BLOOM

218

Dello stesso autore:
*La simmetria dei desideri*
*Neuland*
*Nostalgia*
*Soli e perduti*
*Tre piani*
*L'ultima intervista*
*Il vocabolario dei desideri*

Titolo originale: *Gever nichnas bapardes*



ISBN 978-88-545-2469-9

Il nostro indirizzo internet è: www.neripozza.it

# La Strada della Morte

Il mio avvocato dice che anche se decideremo di mentire in tribunale, conviene avere chiara la verità. E che la cosa migliore è riportare tutti gli eventi esattamente come si sono svolti. Perciò eccoli qui.

Fino a quel momento non mi era mai capitato di vedere sul giornale la fotografia di un conoscente, morto. Lo so, in questo paese ha dell'impossibile. Prima o poi, con tutte le guerre e le operazioni-che-di fatto-sono-guerre, ti deve succedere di scorrere la prima pagina e imbatterti nella fotografia di un ex compagno di classe. O di un commilitone.

E invece no. Chissà come, sono riuscito ad arrivare a metà della mia vita senza dover affrontare quest'esperienza. Forse per questo il brivido è stato cosí intenso. Di solito si dice «brivido» perché non si trova una parola piú precisa, ma a me è davvero venuto freddo alle scapole. E al coccige. Sono rimasto raggelato davanti alla foto nel piccolo riquadro, che non si trovava in prima pagina: era tra le ultime, vicino ai necrologi. Non ho avuto bisogno di soffermarmi. Era lui. Avevamo trascorso insieme a La Paz solo qualche ora, ma quel viso mi era rimasto impresso. Il naso scolpito. Gli occhi, che persino nel bianco e nero del giornale s'indovinavano chiari. La barbetta da monaco.

Nel trafiletto sotto la foto si diceva che Ronen Amirov, turista israeliano di ventotto anni, era rimasto ucciso in un incidente sulla «Strada della Morte», in Bolivia, mentre era in luna di miele. La bicicletta su cui era in sella, c'era scritto, aveva sbandato ed era precipitata nel baratro. La moglie, Mor Amirov, che era con lui al momento dell'incidente, aveva chiamato i soccorsi, ma al suo arrivo la squadra medica aveva potuto solo constatare la morte. La bara stava rientrando in Israele. Il funerale si sarebbe svolto nei giorni a venire.

Non avevo motivo di piangere per quella notizia. All'epoca, nella mia vita c'erano dolori molto piú personali della morte di quel ragazzo che a malapena conoscevo. E comunque piango di rado. Ho pianto quando è nata Liori – per meglio dire, quando me l'hanno messa in braccio per la prima volta. Ho pianto la prima notte senza Liori, nel nuovo appartamento, dopo che al telefono mi aveva chiesto di andare a trovarla in sogno. E basta.

Chissà, forse il pianto contiene in sé tutte le cose che fino a quel momento sono rimaste nascoste. Come la dichiarazione dei redditi.

A ogni modo, dopo qualche giorno di finte esitazioni, ché dentro di te sai già cosa finirai per decidere, sono partito per andare in visita alla famiglia di Ronen riunita per la *shivah*, la settimana di lutto stretto. Ma solo dopo essermi lasciato alle spalle gli ingorghi di Tel Aviv, quando ho imboccato l'autostrada, mi sono reso conto di quant'ero emozionato all'idea di rivedere Mor di La Paz.

Che parola di merda «emozionato»: ogni volta che tengo un laboratorio, tra i partecipanti c'è sempre uno che commenta, è stato emozionante. A forza di sentirlo ripetere, smette di essere emozionante. Forse «scombussolato». Ecco la parola che andavo cercando. Piú mi avvicinavo a destinazione, piú ero scombussolato. Mi sentivo la pancia tesa come se stessi contraendo i muscoli. I pensieri volavano fuori dal finestrino. La musica proveniente dalla radio mi entrava da un orecchio e usciva dall'altro. Sempre piú scene dell'inaspettata visita notturna di Mor nella mia camera mi si ripresentavano alla mente.

Si è rivolta a me per strada. Chiedendomi in inglese con accento israeliano se sapevo come si arrivava alla gelateria di Juan. Per un attimo sono rimasto indeciso, potevo stare al gioco e rispondere in inglese, ma qualcosa nel suo tono deve aver scatenato in me una reazione immediata. Ho risposto in ebraico che ci stavo andando anch'io ed erano invitati a unirsi a me.

Le si sono illuminati gli occhi e mi ha toccato il braccio, l'ha sfiorato con due dita, una scossa elettrica, e ha detto, israeliano? Ma dài. Non avrei mai indovinato, sei cosí alto.

Sí, ho risposto. Lo so. Me lo dicono in tanti. E non ho neanche... l'età adatta. Per il solito viaggio post militare, intendo.

Perché, quanti anni hai?

Trentanove, ho confessato.

Non li dimostri, ha ribattuto. Non seduttiva. Assertiva.

Il suo compagno, che fino a quel momento era rimasto in silenzio, ha teso la mano per stringere la mia. Ronen, si è presentato con una formalità poco appropriata alla nostra situazione di viaggiatori zaino in spalla.

Omri, ho risposto tendendo a mia volta la mano. Piacere di conoscerti.

E io sono Mor, ciao! è intervenuta lei. Lasciando il braccio incollato al corpo.

Siamo qui in luna di miele, ha detto Ronen cingendola con un braccio.

Non l'aveva solo cinta con un braccio, aveva anche stretto a sé lei e i suoi ricci, come a dire: è mia.

Auguri, ho commentato sorridendo, mentre tentavo, come un terapeuta di coppia, di dividere equamente i miei sguardi fra i due senza soffermarmi troppo sull'uno o l'altra.

E tu? si è interessata Mor quando ci siamo incamminati. Cosa ci fai qui se «non hai l'età adatta»?

Per me è un viaggio post divorzio.

Davvero? Mi ha lanciato un'occhiata di straforo. Originale!

Ronen non ha detto niente. Aveva una barba appuntita perfettamente tagliata, che carezzava insoddisfatto. Come se avessimo infranto il comandamento non scritto «non conversare mentre cammini». Piú tardi, in gelateria, ha ordinato un solo gusto. Vaniglia. Lei invece ha chiesto di assaggiarne diversi prima di scegliere il caramello. Poi ho ordinato e pagato anch'io, in spagnolo. Era una settimana che lo studiavo e mi piaceva sentirmi rotolare le parole di bocca.

Ma come parli bene! Mor si è voltata verso di me con un cucchiaino di gelato in mano. Sono capaci tutti, sto seguendo un corso, ho risposto.

Sei bravo, ha insistito lei, sorridendomi.

Non c'era niente di seduttivo nel suo sorriso. Mi ha ricordato il sorriso di una liceale in una scuola per ragazze religiose. Pudico. Imbarazzato. Se me l'avessero chiesto in quel momento avrei scommesso che era osservante, o che lo era stata. Gli orecchini grandi. La vivacità esagerata. I ricci intrappolati sotto il fazzoletto. La felpa e i pantaloni larghi e svolazzanti. Una volta avevo tenuto un laboratorio in una scuola religiosa a Carmiel, e avevano quell'aspetto le studentesse. Per contro, c'era qualcosa nelle occhiate che di tanto in tanto mi lanciava, quando Ronen non se ne accorgeva. Qualcosa di audace, che si approssimava alla disperazione senza però raggiungerla. Qualcosa di affamato. Ecco la parola che cercavo. Aveva lo sguardo affamato. Affamato di cosa, precisamente? Ancora non ne avevo idea.

Ci siamo seduti a leccare i nostri gelati. Quanto tempo ci vuole a finire un gelato? Cinque minuti? Dieci? Persino mentre mangiava il gelato sembrava una brava bambina. Leccatine delicate, caute, con la punta della lingua, senza trascurare nessun lato del cono.

Ci siamo limitati a una banale conversazione tra viaggiatori. O meglio, io e lei abbiamo chiacchierato, e Ronen teneva gli occhi concentrati, inquisitori sul suo gelato, come se tentasse di calcolare l'algoritmo con cui si andava sciogliendo.

Mor ha detto, siamo partiti dalla Bolivia e adesso siamo indecisi su come proseguire.

E io ho detto, in molti mi hanno consigliato il Perú.

E lei ha detto, sí. Ma nella sua voce percepivo una titubanza, come se non fosse convinta che i consigli altrui potessero valere per loro.

Quanto tempo avete? ho domandato.

Una luna e mezza.

Non sai come vi invidio.

Perché, tu quanto hai?

Due settimane al massimo, ho risposto, di piú non posso. Per via di mia figlia. Già cosí la nostalgia è uno strazio. E ci sono gli accordi sulle visite. E il lavoro. Anche due settimane sono un problema, in effetti.

Accidenti, ha commentato lei, e mi ha scoccato un'altra occhiata affamata, mentre nello stesso tempo posava la testa nell'incavo della spalla di Ronen in un gesto di abbandono che sembrava aver ripetuto migliaia di volte.

Lui invece continuava a fissare il gelato che colava. E a tacere.

Poi mi hanno accompagnato al mio ostello. Erano diretti al Mercato delle Streghe, ed ero di strada.

Ci siamo fermati sul marciapiede, davanti al cancello aperto dell'ostello.

Mor ha commentato, è proprio bello qui, e si è alzata in punta di piedi per vedere al di là di me, come se sbirciasse oltre le mura di una città proibita.

Anch'io ho sbirciato – il lembo di pelle scoperto dal gesto di allungarsi, che aveva sollevato leggermente la felpa – e ho aggiunto, il cortile interno è bello, le stanze abbastanza spoglie.

Ronen è intervenuto – era la prima volta che mi rivolgeva la parola – bene, allora... di sicuro ci rivedremo in città.

Io ho confermato, sí.

Fine. Non un abbraccio. Non un bacio sulla guancia. Non l'indugio di uno sguardo. Non riccioli che si voltano indietro dopo essersi allontanati. Neppure un segno di quello che sarebbe successo dopo.

Mentre andavo a trovare Mor, all'incrocio Kabri, ho svoltato a destra.

Un cartello annunciava che la mia meta distava quindici chilometri.

Ho pensato che non esistono segnaletiche di cartone scritte a mano, in cui la freccia indichi «Per la *shivah*». Soltanto «Per il matrimonio di».

Ho rallentato. Viaggiavo sulla superstrada a settanta all'ora, come se cercassi di rimandare una conclusione. O guadagnare tempo per i ricordi.

I colpi alla porta della mia camera nell'ostello sono arrivati poco dopo mezzanotte. Avevo appena terminato una videochiamata con Liori, che mi ha raccontato che il giorno prima era rimasta di nuovo sola durante la ricreazione e poi ha di nuovo chiesto se durante il viaggio facevo cose pericolose; io l'ho rincuorata, no, assolutamente no, e lei ha proposto di fare beatbox al telefono, allora ho avvicinato, come sempre, il pugno alla bocca lasciando un buco nel mezzo per soffiare il ritmo base, e lei si è unita, come sempre, picchiettandosi il corpo, e abbiamo cominciato a improvvisare rime sul suo nome, Lior-Lior, andiamo a cercare i fior, io e il mio piccolo tesor, torno presto mio amor, ma prima che riuscissimo a prendere il ritmo Orna si è intromessa per dire che stavano tardando a scuola, la bambina si doveva ancora pettinare, perciò abbiamo avvicinato le labbra allo schermo e scoccato un bacio sonoro. Fine. Mi sono sdraiato sul letto, sfinito dallo sforzo di essere felice per lei, e ho pensato, cosa ti aspettavi, idiota, di poter fare un viaggio spensierato come se fossi un ragazzo, a trentanove anni? Poi ho preso *Alzate l'architrave, carpentieri,* il libro di Salinger che durante la divisione dei beni avevo insistito per tenere io, e ho ripreso a leggere da dove avevo interrotto la notte precedente.

Amo il ritmo delle frasi di Salinger, e all'inizio i colpi alla porta si sono inseriti nel *beat* della storia. Ma dopo qualche secondo di silenzio sono ripartiti, questa volta piú forti. Sincopati. Ho aperto, ed era lí davanti a me. La ragazza della gelateria. Leggins e una camicia a quadretti che le aderiva al corpo in modo tutt'altro che pudico. Si può? mi ha chiesto, per poi passarmi davanti senza aspettare la risposta. L'odore di capelli appena lavati mi ha sfiorato le narici come una brezza. Profumo di donna. Le ho domandato se voleva bere qualcosa, poi mi sono subito scusato perché in realtà in camera non avevo niente. Per me è un'abitudine offrire da bere agli ospiti, le ho spiegato, e mi è venuto in mente, un attimo, ho dell'acqua minerale.

Grazie, ha risposto. Le ho passato la bottiglia. Ha preso un sorso infinito, come se stesse tracannando una bottiglia di birra per farsi coraggio, dopodiché si è seduta sul bordo del letto e ha detto, ti posso chiedere una cosa?

Ho risposto, sí, certo. E mi sono seduto anch'io sul letto, ma non vicino. Qualcosa in lei comunicava che non era il caso. Mi sono appoggiato al muro e ho allungato le gambe in avanti, ma non troppo. Attento a evitare che i miei piedi toccassero le sue ginocchia.

Si è sistemata i capelli dietro le orecchie, mettendo in mostra gli orecchini, e solo a quel punto ha voltato la testa verso di me dicendo, lo sapevi fin dall'inizio?

Avevo l'impressione di capire cosa intendeva. Eppure, per guadagnare tempo, ho fatto l'ingenuo: sapevo cosa?

Che non avrebbe funzionato, fra te e... tua moglie. Voglio dire... prima di sposarvi o che so... durante il primo anno, ci sono stati segnali?

Guarda, ho scandito lentamente. E mi sono fermato. Non avevo idea di cosa dire.

Allora lei si è alzata e ha cominciato a camminare su e giú per la stanza. La camera era piccola, non c'era molto spazio. La valigia aperta, una scrivania, il cestino della spazzatura, il muro, due paia di scarpe infangate. Si muoveva in mezzo a tutto questo con le guance arrossate, gli orecchini saltellanti e manovre ipnotiche – era come guardare uno spettacolo di danza. La danza dell'imbarazzo. Raccoglieva i capelli e poi li lasciava ricadere, prendeva una biro dal tavolo e la stappava, tornava indietro quasi inciampando nella valigia e invece no, all'ultimo secondo la schivava, stirava la maglietta verso il basso, tambureggiava sui leggins a ritmo regolare, come se fosse il metronomo della danza, e fra una cosa e l'altra parlava, in parte a me e in parte a se stessa, mi dispiace davvero, non avrei dovuto venire qui, cosí a notte fonda, tu nemmeno mi conosci, lascia perdere, dimenticatene, io adesso me ne vado, uff che figura –

Non te ne andare, l'ho pregata.

Ha smesso di camminare. E poi si è seduta. Ha stretto una mano sull'altra. Senza guardarmi. Aveva delle belle dita, lo smalto rosso in tinta con la camicia.

Hai fatto una domanda grande, ho risposto.

Sí, le sue labbra si sono incurvate in un sorriso senza allegria. E ha piantato gli occhi sulle sue All Star.

E... non voglio sparare a caso. Per questo non ho risposto subito.

Ok. Pensavo di averti spaventato –

E poi... è tutto cosí fresco. Ancora non riesco a vedere le cose in prospettiva.

Quando vi siete separati? Ti disturba se te lo chiedo?

Tre mesi fa.

È fresco davvero, ha detto e buttato giú un altro sorso d'acqua. Un sorso piú breve. Le ho preso la bottiglia per dare una sorsata anch'io.

Penso che... no, sai, non lo sapevo fin dall'inizio, ho proseguito.

Mor ha annuito piano, ho avuto l'impressione di scorgere della delusione nel suo gesto.

Ma non significa... a posteriori ne colgo, di segnali.

Mi fai un esempio? Si è voltata verso di me con tutto il corpo.

E-sem-pio – ho scandito lentamente in modo da guadagnare tempo per pensare – forse perché adesso sono in viaggio, mi torna in mente un episodio successo durante il viaggio post militare che abbiamo fatto insieme.

Dove siete stati?

È questo il punto: eravamo indecisi fra Australia ed Estremo Oriente, e alla fine per motivi economici abbiamo optato per l'Oriente. Una mattina mi sveglio tardi nella guesthouse a Dharamsala, vedo che lei non è nel letto, vado al ristorante e la trovo seduta tutta sola, con una faccia da funerale. Prima che io abbia il tempo di ordinare un caffè al banco, lei spara, avremmo dovuto scegliere l'Australia. E poi cosa scopro? Ha fatto colazione con un Crocodile Dundee che le ha raccontato meraviglie dei deserti australiani, e si è entusiasmata. Amore mio, le dico, siamo alle pendici dell'Himalaya, e ai tuoi piedi si distende la valle piú bella del mondo –

È bello davvero quel posto, l'ho visto in fotografia.

Infatti! Le ho chiesto, perché pensare all'Australia adesso?

Ma lei ha insistito, avremmo dovuto scegliere l'Australia, Omri.

Era un segno?

All'epoca non l'ho considerato un segno. Ma, a ripensarci, non era mai soddisfatta. Non del suo lavoro. Qualunque lavoro fosse. Non della casa in cui abitavamo. Qualunque casa fosse. Non della maestra di Liori all'asilo. Né alle elementari. Le pareva sempre che la cosa giusta fosse altrove. Avevamo una battuta fissa: io ero l'unica cosa che non cambiava.

E alla fine è successo.

Non proprio.

A quel punto della conversazione, ora che ci ripenso, Mor era già sdraiata di traverso sul letto matrimoniale in camera mia. Il modo in cui si era distesa evidenziava le sue splendide curve, ma non sembrava esserne consapevole. Non pareva farlo apposta.

Cosa significa «non proprio»? ha chiesto. E ha posato la mano a coppa sotto il mento per sostenerlo. Fissandomi come se ogni mia parola avesse un peso enorme.

La vita di coppia è una giungla, ho proseguito. Grovigli e bisogni s'ingarbugliano ed è difficile distinguere causa ed effetto. Incolpare l'altro è la soluzione piú facile. Ma non è giusto. La mia parte di responsabilità non è stata minore. Bisogna imparare a vivere accanto a una donna quasi sempre scontenta. Invece io mi sono allontanato, come se fosse contagiosa. E ci sono state anche altre difficoltà, che non si possono prevedere. Nostra figlia… diciamo che è… molto sensibile. Nel novantanovesimo percentile di sensibilità. E… ognuno di noi è cambiato e ha preso una direzione diversa, e poi… se stare insieme per quindici anni senza scannarsi fosse già un grande risultato, invece che un fallimento? Scusami, tu stai cercando risposte certe, ma io ancora non ne ho.

Va benissimo cosí, mi stai aiutando, ha detto e mi ha guardato dritto negli occhi.

Veramente?

Ho allargato un pochino le gambe e adesso le mie calze di lana quasi sfioravano i suoi fianchi stretti.

Verissimo.

Siamo rimasti zitti per qualche istante. Ciascuno con gli occhi fissi su un punto diverso del muro. Ho pensato che era strano e bello: nonostante ci conoscessimo appena la nostra conversazione aveva già un *beat*. Inclusa questa pausa. Arrivata esattamente al momento giusto.

E ho pensato che avevo incontrato tantissime persone dopo la separazione – alunni, amici, colleghi, ero persino andato due volte da uno psicologo – e con nessuno avevo provato quella sensazione rara: che in quel momento al mondo esistevamo solo io e la persona che era insieme a me.

E ho pensato che Mor aveva le guance paffute, e forse ero l'unico uomo al mondo a considerare sexy le guance paffute.

Non so cos'altro dirti, ho proseguito dopo quattro tempi di silenzio. Per la verità non mi è quasi capitato di parlare della separazione. Non cosí.

Mor ha di nuovo alzato gli occhi su di me. Lo sguardo era caloroso, ma non del tutto leggibile. Non si è avvicinata nemmeno di un millimetro e ha continuato a grattarsi i leggins con le unghie, pareva piú un tic che un vero prurito. E un'altra cosa: nonostante fosse sdraiata per traverso sul mio letto, non si era tolta le scarpe. I suoi piedi calzati sporgevano di una ventina di centimetri fuori dal materasso, sfiorandolo.

Ho pensato che se le avesse tolte, sarebbe stato un segno. Però non ero affatto certo di desiderare che le togliesse. Come quei dolori, i dolori dell'arto fantasma, che i soldati sentono esattamente nel punto dell'arto amputato – dopo la separazione da Orna avevo la sensazione di essere in preda a una monogamia fantasma: sapevo che avrei dovuto festeggiare la mia ritrovata libertà, ma non lo facevo. Dopo quindici anni con la stessa donna, non riuscivo a immaginarmi in una situazione intima con un'altra. Mi metteva anche un po' di tensione. Non ero del tutto convinto che avrei funzionato.

Alla fine – credo che la visita sia durata massimo un'ora – Mor si è alzata dal letto e ha detto, rischio che Ronen si svegli.

Un momento – mi sono alzato dopo di lei – non mi spieghi perché tutte queste domande?

Non posso, ha risposto.

Non è giusto – ho atteggiato la bocca a una smorfia da bambino deluso – e lei ha insistito, mi spiace, e ha sorriso, ma il tono era serio, mi sembrerebbe di tradirlo.

Ok – ho unito i palmi delle mani e mi sono abbassato in un inchino giapponese – allora... lieto di averti offerto i miei servigi. Quando la sua mano era ormai sulla maniglia della porta ho deciso di osare, posso aggiungere ancora una cosa?

Sí, ha annuito.

Sto sparando alla cieca, ma tutt'al piú penserai che è una cretinata: un viaggio è... una situazione estrema, da certe persone tira fuori il meglio, da altre invece –

Lo so, ha annuito. E le si sono inumiditi gli occhi. Di

botto. Di solito gli occhi si inumidiscono lentamente, invece è successo in un lampo. Si è girata verso la porta per nascondermelo, poi all'improvviso si è voltata, ha mosso due passi rapidi verso di me, si è alzata in punta di piedi e mi ha baciato.

Nella casa dove la famiglia era riunita per la *shivah*, in un primo momento non l'ho vista.

I visitatori venuti a portare le condoglianze erano raccolti in due gruppi: uno in sala, sei o sette teste bianche radunate intorno a una donna ritta, che doveva essere la mamma di Ronen, e il secondo nei pressi del tavolo da pranzo, quattro o cinque giovani e una ragazza senza ricci, appoggiata a uno dei ragazzi, che sembrava sul punto di piangere.

Fra la sala e la zona pranzo un pianoforte a coda con il coperchio alzato, come se qualcuno fosse in procinto di sedersi a suonare, o avesse finito appena prima del mio arrivo, e di fianco un caminetto con un fuoco scoppiettante. Lo spazio risuonava di quel brusio che si sente solo nelle case in lutto. Voci tristi, esitanti, da cui di tanto in tanto emerge una piú alta, come il musicista di un'orchestra che si esibisce in un assolo.

Proprio mentre pensavo che si dovrebbe distribuire ai visitatori un bigliettino, come ai matrimoni, con l'indicazione del tavolo dove siedono le persone che conosci, e se non conosci nessuno ti spediscono al tavolo di chi non conosce nessuno –

È comparso Ronen Amirov.

Per meglio dire, un ragazzo talmente simile a Ronen Amirov – l'altezza, la schiena leggermente ricurva, persino la barbetta da monaco – che per due tempi il mio cuore ha perso un battito.

Poi mi ha porto la mano dicendo, sono Gal, il fratello di Ronen. Ci somigliamo tantissimo, lo so. Ce lo dicono... ce lo dicevano di continuo.

Condoglianze, ho detto.

Ancora non ci rendiamo veramente conto, ha continuato Gal. Siamo tutti sotto shock. Dove… hai conosciuto mio fratello?

In Bolivia. Ho incontrato lui e Mor lí.

A La Paz?

In effetti sí.

Caspita, ha detto. E ho notato che il suo tono di voce era improvvisamente sceso di mezza ottava. Sei stato gentile a venire.

Ho annuito.

Ha aperto la bocca come per chiedere qualcos'altro, ma poi ci ha ripensato e ha biascicato, Mor è di là, come se indicasse qualcosa di ripugnante, e ha fatto cenno con la testa a una stanzetta in disparte.

Era lo studio stretto e lungo di una persona anziana. Una scrivania. Una grossa lampada. Intorno, scaffali coperti di libri. Anche lo spazio fra i libri e il ripiano al di sopra era stipato di volumi. Alcune seggiole di plastica nere erano accostate alla libreria, e sotto la finestra, nell'angolo in fondo alla stanza, si trovava una sedia da ufficio, su cui sedeva Mor.

A gambe incrociate. I piedi coperti da calzettoni di lana.

Piú tonda di come la ricordavo. Piú bella di come la ricordavo. Con un paio di jeans scuri e una felpa chiara con un'immagine di Frida Kahlo.

I ricci erano trattenuti da un semplice mollettone e le orecchie erano disadorne di orecchini, ma al collo, sulla pelle ambrata, era appesa una catenina d'oro sottile.

Non avevo dove sedermi perciò sono rimasto in piedi. Mor era immersa in una conversazione con una delle amiche che la attorniavano, e non si è nemmeno accorta che ero entrato. Ha detto, dal nastro delle valigie. Insieme al mio zaino. E l'altra ha commentato, dev'essere stato tremendo. E Mor ha detto, i suoi vestiti sono tutti lí, i libri, non ho ancora disfatto niente. Non me la sento. E l'amica ha risposto, ogni cosa a suo tempo. Sono rimaste in silenzio qualche secondo, uno di quei silenzi che seguono le frasi fatte, poi Mor ha posato su di me lo sguardo. Perplesso.

Mi sono avvicinato e chinato e l'ho abbracciata. Delicatamente, senza stringerla a me.

Omri, mi sono presentato dopo essermi scostato, di La Paz.

Lo so, ha mormorato.

Fine. Non mi ha piú rivolto una parola. Né un'occhiata. Quando si è liberata una seggiola in un angolo, mi sono seduto. Ho cercato di catturare il suo sguardo, ma era impossibile. Era richiesto altrove. Ho cercato di sentire cosa raccontava alle amiche, ma parlava a voce molto bassa, e con le sporadiche parole che mi arrivavano non riuscivo a comporre frasi. Ho notato che quando un'amica si sforzava di farla parlare, riusciva in fretta a portarla a raccontare di sé. Sempre sottovoce, cosí non sentivo niente. Allora ho preso uno degli album di fotografie che passavano di mano in mano e ho finto di sfogliarlo; ogni tanto sollevavo gli occhi per il piacere di guardarla ancora un pochino. Ho notato che la piccola cicatrice fra le sopracciglia si era accentuata, dimostrava parecchi anni di piú. Ma questo la rendeva ancora piú attraente. I suoi lineamenti si erano leggermente ammorbiditi. L'espressione del viso addolcita. Al posto della ragazzina per bene, fin troppo ottimista, di La Paz, mi trovavo davanti una donna. Una donna triste, senza dubbio. Persino la Frida Kahlo sulla sua felpa aveva lo sguardo mesto. Ma non una donna spenta. Il suo viso esprimeva un dolore profondo, ma il corpo manifestava una certa agitazione. Un'inquietudine. Ogni qualche secondo scioglieva la posizione a gambe incrociate e le accavallava, poi di nuovo le incrociava e le accavallava e daccapo cosí; ogni qualche frase delle sue interlocutrici afferrava la catenina d'oro che portava al collo e se la infilava in bocca; si grattava di continuo la gamba dei jeans, il tic che ricordavo dalla mia camera nell'ostello.

Pian piano la stanzetta in cui ci trovavamo si è svuotata quasi completamente. Restavamo soltanto io, Mor e una sua amica. E ancora non mostrava alcun segno di interesse nei miei confronti. Anzi. Chiacchierava con la sua amica in un sussurro, con il chiaro intento di escludermi.

Mi sono sentito un cretino, avevo fatto tutto il viaggio fino alla Galilea per portare le mie condoglianze a una che nemmeno mi degnava di uno sguardo. Cosí mi sono detto, un ultimo album e via.

Nell'ultimo album e via c'era una serie di fotografie del loro matrimonio, ognuna con familiari diversi, ma tutti chiaramente parenti di Ronen. Nessuno con i riccioli. Le dona l'abito, ho pensato. Sottolinea i fianchi. Anche se si percepisce dalla postura che non è abituata a portare i vestiti. Di sicuro non di quel tipo. Ronen le stava a fianco, raggiante. A quanto pareva, l'uomo rigido, severo che avevo incontrato a La Paz aveva anche un sorriso generoso che gli allungava gli occhi, ingentiliva il naso e lo trasformava in un ragazzo attraente. Un sorriso di quelli che ti rendono simpatica una persona. Che ti fanno dispiacere che sia morta.

Seguiva una fotografia di loro due seduti uno di fianco all'altra con gli occhi fissi su qualcosa che si svolgeva sul palco, forse era il momento degli auguri; nonostante non si toccassero, avevano i volti illuminati dalla luce dell'intimità. Poi uno scatto di loro due che si baciavano. E che si baciavano di nuovo. E ancora una volta, fotografati da un'altra angolatura –

Bastava cosí.

Mi sono alzato per andarmene.

Non è sembrata neppure accorgersi che ero uscito dalla stanza, ma una volta arrivato alla porta d'ingresso mi sono sentito sfiorare la spalla. Un tocco quasi impercettibile.

Mi sono voltato.

Grazie di essere venuto, mi ha porto la mano.

La sua stretta è stata piú lunga del normale. Lunga abbastanza perché potesse lasciarmi in mano un foglietto.

Ho annuito. E chiuso il pugno intorno al foglietto.

Solo in macchina ho osato leggere.

*Prosegui fino alla fine della strada, poi svolta a sinistra nella piazza e continua dritto finché non vedi il monumento. Aspettami al parcheggio. Ci vorrà un po', ma troverò una scusa per raggiungerti.*

Per prima cosa ho telefonato a Orna. Le ho chiesto di andare a prendere Liori al doposcuola al posto mio. Lei ha commentato, è proprio da te impuntarti per le visite, subito dopo sparire in Bolivia per due settimane, e poi dare buca quando la devi andare a prendere. Le ho detto di non esagerare, era la prima volta che succedeva. E lei sapeva quanto tenevo a Liori. Ha ribattuto che non la potevo avvisare cosí, all'ultimo momento. Liori non prende bene quel tipo di sorprese. Già cosí stava passando un periodo delicato. Ho spiegato che non avevo alternative, ero in Galilea, non sarei comunque arrivato in tempo. Mi ha chiesto cosa ci facevo, su al Nord. Le ho raccontato una bugia. Ha commentato, ti dai da fare, da quando ci siamo separati. Ho ribattuto, non è una novità. E, e poi adesso ho anche gli alimenti da pagare. Ha concluso, insomma, va bene, la vado a prendere, anche se non te lo meriteresti.

Stronza, ho borbottato lontano dal cellulare, e avvicinandolo ho detto, grazie, Orna.

Poi sono uscito dall'auto. Mi sono fermato davanti al memoriale e ho letto i nomi dei caduti da destra a sinistra e da sinistra a destra. Poi secondo l'ordine delle guerre. Ho pensato che da quando io e Orna ci siamo separati Liori fa continuamente domande sulla morte. Quando morirai, papà? E la mamma, quando? Dove si va da morti? Si può tornare indietro? Sei sicuro che non si può?

Ho guardato l'orologio e deciso che se entro cinque minuti Mor non fosse arrivata, me ne sarei andato. Almeno avrei fatto in tempo ad abbracciare mia figlia quel giorno.

Invece dieci minuti dopo stavo ancora lí in attesa.

Alla fine Mor è arrivata. In sella a una bicicletta. L'ho vista apparire da dietro la curva, e a vederla mi sono intenerito.

Forse perché di solito chi corre in bicicletta ha l'aria contenta. Energica. Mentre nel suo modo di muoversi c'era un che di malinconico. Dolente.

Forse perché la strada era deserta. E ampia. Per cui sembrava una paladina solitaria. Molto solitaria. O una bambina, in fuga da una banda di ragazzini che la insegue.

Pedalava a tutta forza. Il vento e la velocità le scompigliavano i ricci, e lei li ha ricacciati dietro l'orecchio. Alla folata successiva si sono liberati di nuovo, e mi è tornato in mente come pedalava dietro al marito sulla Strada della Morte. Precipitosamente. E in me si è risvegliato lo stesso istinto: dovevo assicurarmi che nessuno le facesse del male.

Si è fermata al monumento, ha fatto passare una gamba di sorprendente lunghezza sopra il telaio, ha appoggiato la bici al muro con i nomi dei caduti e mi si è avvicinata. Il petto le si sollevava e abbassava velocemente; ansimava. Chissà se per via della corsa, o per me. La situazione era talmente ingarbugliata che non sapevo neppure se era il caso di abbracciarla.

Cazzo, era appena rimasta vedova.

Si è alzata in punta di piedi, mi ha baciato – un bacio fuggevole, sulla guancia – e ha detto, avevo dimenticato quanto sei alto. E poi, scusa se sono stata cosí antipatica prima. Avevo addosso gli occhi di tutti. Mi sa che hanno qualche presentimento. Non so. Forse è tutta una mia idea. Sua madre in realtà si comporta bene con me. I fratelli, invece... quelli là... non escluderei... sono contenta che tu sia venuto – è ammutolita e ha sorriso, un sorriso sconsolato – non capisci una parola di quello che dico, eh?

Ho annuito.

Ha lanciato occhiate a destra e a sinistra, come se temesse di essere pedinata, dopodiché mi ha fatto un cenno, vieni.

Da dietro il monumento partiva un sentierino nascosto che fino a quel momento non avevo notato e lei si è mossa in quella direzione, dando per scontato che l'avrei seguita.

Era metà febbraio. Il 17 febbraio, per l'esattezza. Ricordo la data perché due giorni prima avevamo festeggiato il compleanno di Liori.

La primavera non era ancora esplosa del tutto, ma non era già piú inverno. I ciclamini cominciavano ad appassire fra i sassi, mentre sbocciavano i primi anemoni. Il sole spuntava tra le nuvole piú prossime, ma le nubi all'orizzonte erano pesanti, nere. Solo pochi dei mandorli fra i quali camminavamo erano fioriti. Gli altri non ancora. Il sentiero era un po' fangoso, per via della stessa pioggia che il sabato, cadendo, aveva spedito gli invitati al compleanno di Liori dal giardino al salotto, quel salotto che un tempo era stato anche mio (Liori si era resa conto che indugiavo sulla soglia, indeciso se entrare, e senza aprir bocca aveva infilato la mano nella mia, come un adulto che prende per mano un bambino prima di attraversare la strada).

I passi di Mor erano piú pesanti di come li ricordavo a La Paz. Quel giorno, all'uscita dalla gelateria, lei e i suoi riccioli saltellavano per strada. Adesso c'era un che di schivo nella sua andatura.

L'ho seguita in silenzio finché non siamo arrivati a un gigantesco masso piatto, grande almeno quanto un letto matrimoniale. Era circondato e nascosto dagli arbusti che crescevano tutto intorno, solo uno dei lati volgeva al panorama: le colline verdi si succedevano verso occidente, fino al mare.

Si è seduta.

In alcune conchette nella pietra si era raccolta dell'acqua. Ho trovato uno spazio asciutto, non lontano da lei ma nemmeno troppo vicino.

Ha abbracciato le ginocchia, girato la testa verso di me, mi ha lanciato quella sua occhiata in due fasi, prima ti fissa e poi abbassa gli occhi, e ha chiesto, come stai?

Come sto io?

Sí, come stai, Omri?

Quante persone mi hanno domandato come sto da quando mi sono separato, ho pensato, ma nessuno in questo modo. Con curiosità vera. Che invita a una risposta sincera. Incredibile, con due parole aveva di nuovo creato una bolla intorno a noi.

Ho l'impressione che tu… stia passando dei momenti… un po' piú drammatici, ho risposto.

Hai baciato un'altra, dopo che ci siamo baciati noi due a La Paz?

No.

Sei un monaco, per caso?

Sono selettivo. Tu nella vita cosa fai? Non so niente di te.

Scienziato, studio l'atomo.

Ma guarda. Io sono musicista.

Ma guarda. Anche tu violinista?

Perché, chi è violinista?

Ronen… suonava.

Nel mio caso tamburi e percussioni. Senti, mi vuoi raccontare cosa… cos'è capitato?

Voglio, ma lasciami… il mio tempo.

Hai freddo, Mor?

Perché?

Stai tremando. Vuoi la mia giacca?

Non servirebbe. È cosí da quando… dalla Strada della Morte. Ho sempre freddo. Per quanti strati abbia addosso. È un freddo che sale da dentro.

Mi sono sfilato la giacca, gliel'ho posata sulle spalle e ho detto, mi spiace, non posso vederti cosí.

Grazie, ha risposto. E ha tenuto le maniche penzoloni, senza infilarci dentro le braccia. Insomma… tu riesci a campare di musica?

Quindi stiamo ancora parlando di me?

Lei ha annuito. Due volte. E la cicatrice tra le sopracciglia si è accentuata un altro po'.

Allora ho proseguito, tengo un laboratorio che ho chiamato «Al ritmo del cuore», lo porto nelle scuole.

E cosa succede nel tuo laboratorio?

Davvero ti interessa?

Davvero, tantissimo, ha insistito, e ha posato la mano a coppa sotto il mento per sostenerlo, proprio come allora, a La Paz.

Insegno ad ascoltare suonando. Questa generazione di ragazzi è tutta un deficit di attenzione. Quasi nessuno di loro è in grado di sostenere una conversazione. Secondo me hanno difficoltà a relazionarsi con gli altri, oltre che un deficit di attenzione. Perciò suonando insieme le percussioni –

Non è stato un incidente.

Cosa?

La caduta di Ronen – non è stata un vero incidente.

Ha infilato le braccia nella mia giacca. Prima la manica sinistra. E dopo la destra. Ha liberato i riccioli rimasti intrappolati nel colletto, allacciato la lampo fino in cima, poi l'ha riaperta. Per metà. Si è portata un dito alla guancia come se si stesse asciugando una lacrima. Nonostante non ci fosse nessuna lacrima. Ha riportato il braccio lungo il corpo.

Volevo accarezzarle la mano, ma mi sono trattenuto.

Ha detto, vagabondavamo spesso da queste parti, io e Ronen.

Anche tu sei di... di questa zona?

Sono di Ma'alot. Arrivavo qui da lui con l'autostop e poi si andava a camminare. Dopo la morte di suo padre è andato in paranoia.

Sí, l'ho notato negli album di fotografie, a un certo punto il padre non compariva piú.

Un arresto cardiaco. Ronen era in casa quando è successo. Ha cercato di salvarlo.

Merda.

Lo portavo a camminare perché non impazzisse del tutto. Prima di incontrarmi se ne stava sempre con il naso fra le note del violino, non conosceva nessun sentiero nei dintorni. A volte camminavamo un'ora, altre una giornata intera.

Wow.

La regola era che si camminava finché lui non cominciava a sorridere. Bastava un sorriso solo, uno vero. Non aveva importanza quanto tempo ci voleva.

Adesso era vera la sua lacrima. Una, solitaria, scivolava lungo la guancia. Quando Liori era piccola le leccavo le lacrime con la lingua, lei scoppiava a ridere e smetteva di piangere. Ma da quando io e Orna ci siamo separati, ho l'impressione che pianga dentro.

Mor ha cancellato da sé la sua lacrima solitaria con un rapido gesto del dito, e si è rannicchiata dentro la mia giacca.

Mi hanno chiesto di fare il riconoscimento, ha raccontato con voce soffocata. Un tizio, un poliziotto, mi ha condotto all'ospedale. O all'obitorio. A La Paz. O a Coroico. Non ricordo niente. Tutti i primi giorni si sono mescolati nella testa. Il poliziotto continuava a parlarmi in spagnolo e io facevo sí sí con la testa. Senza capire cosa stesse dicendo.

Non c'era qualcuno dell'ambasciata insieme a te?

Hanno chiuso l'ambasciata dopo l'operazione Piombo Fuso contro Gaza, nel 2009.

Cazzo.

C'è una coppia di israeliani che abita in città e aiuta i turisti, ma erano in vacanza in Israele.

E quindi, anche dopo… tutti gli interrogatori… e la burocrazia?

Completamente sola. Quattro giorni, mi hanno trattenuta.

Ho posato una mano sulla sua. Un gesto istintivo. Come picchiare su un bongo. Non sono stato lí a pensarci. Lei non ha spostato la mano, ma nemmeno ha reagito stringendo la mia.

Siamo rimasti seduti cosí per alcuni minuti, senza parlare. Ciascuno con il suo film in testa.

Le nuvole nere, che prima erano solo all'orizzonte, si andavano avvicinando. Il vento creava increspature sull'acqua raccolta nelle conche del masso. Mi era venuto freddo, ma non mi sognavo neanche lontanamente di chiederle indietro la giacca.

Ho pensato alla sua bicicletta, rimasta non legata vicino al monumento, e al fatto che nella mia città, a Ramạt Gan, l'avrebbero rubata nel giro di un minuto.

Ho pensato a quando portavo Liori alla materna in bici, era piccolissima; una volta siamo caduti, ho perso l'equilibrio e lei ha battuto la testa sul marciapiede, quanto erano stati lunghi i secondi prima che scoppiasse a piangere.

Ho pensato allo sguardo straziato di Liori quando le ho spiegato – ho parlato io per primo, per dimostrare a Orna che reagivo, che ero ancora in piedi – papà e mamma non vanno piú d'accordo, perciò papà si trasferisce in un'altra casa. All'inizio non ha capito. Proprio non capiva cosa intendessimo dire. Aveva un sorrisetto strano, quasi le stessimo raccontando una barzelletta.

Ho pensato che in effetti era piuttosto bizzarro che Mor si defilasse cosí dalla *shivah* del marito. E che l'avessero relegata in una stanzetta in disparte. E che nessuno della sua famiglia fosse presente. Non la mamma, non il papà. Non una sorella. Mia madre non si sarebbe allontanata un attimo se fossi stato colpito da una tragedia come quella.

Ho ripetuto, mi vuoi raccontare cos'è successo?

Ha esitato un attimo prima di rispondere, vorrei, ma ho paura.

Resterà fra noi, le ho assicurato, e mi sono appoggiato la mano sul petto, come a giurare.

Non è questo il punto.

Allora qual è il punto?

Finché una cosa non viene raccontata, è come se non fosse successa. A te stessa puoi dire che è solo nella tua fantasia.

Come preferisci, io a ogni modo sono qui per ascoltare.

Sei un uomo meraviglioso.

Non sono affatto meraviglioso.

Davvero? Allora raccontami qualcosa di non meraviglioso di te.

Adesso?

Sí, mi aiuterebbe. Perché quello che sto per raccontare io non è affatto meraviglioso.

Ho esitato. Da un lato non volevo giocarmi lo sguardo con cui Mor mi aveva guardato fino a quel momento: uno sguardo pulito, non ancora offuscato da conti in sospeso e offese né dalla conoscenza della parte oscura dell'altro – perciò forse non era il caso di raccontarle che mi avevano cacciato dal Conservatorio, per esempio –

D'altro canto era evidente che se volevo capire esattamente in che modo suo marito era caduto in un baratro dalla Strada della Morte, e cosa ci faceva Mor con me invece che a casa a piangerlo, dovevo darle qualcosa in cambio.

Bene, ho esordito, quando sono... rientrato dalla... Bolivia.

Sí.

Orna, la mia ex moglie, ha improvvisamente fatto dietrofront riguardo agli accordi presi durante la mediazione, esigeva di ridurre i giorni in cui Liori sta da me. Ha detto che Liori con me non avrebbe trovato un ambiente stabile perché avevo perso il lavoro al Conservatorio senza averne un altro fisso e poi mi ero dileguato all'estero per due settimane. Insomma, ero inaffidabile, proprio come mio padre. Allora le ho telefonato per dire che le volevo parlare a tu per tu. Lei ha risposto che preferiva vedermi in presenza degli avvocati, e le ho spiegato che era meglio per lei se gli avvocati non partecipavano. Non a questo colloquio. Ci siamo incontrati quella stessa sera, in un caffè di quello che un tempo era il nostro quartiere. Le ho detto che non intendevo rinunciare a un solo minuto con Liori, la bambina aveva bisogno di suo padre, e se lei non tornava seduta stante al nostro accordo iniziale sulle visite, avrei informato l'Agenzia delle entrate della dubbia gestione fiscale del suo ufficio. Ha ribattuto che non poteva credere che io fossi capace di simili bassezze e io ho insistito che se non voleva che la sua nuova vita cominciasse in prigione, faceva meglio a ricalcolare le sue mosse. A quel punto lei ha detto, Omri, sono io, perché fai cosí? E io mi sono alzato e sono uscito. Senza pagare.

Ma perché ha detto tutte quelle cose su di te? ha chiesto Mor, e ho sentito la sua mano muoversi leggermente sotto la mia, a disagio.

Perché è vero che... dopo il divorzio sono andato in crisi. Ed è vero che mio padre era un inetto. Uno di quegli uomini capaci di dimenticarsi il figlio in macchina con i finestrini chiusi in piena estate. Ed è vero che io non sono un granché con gli impegni, non riesco a... portarli avanti. Ma Liori? Lei non ha mai avuto modo di accorgersene. Con lei sono solido come una roccia.

Ti credo.

Tu senti solo la mia campana. Cosí è facile credermi.

No. È una delle cose che ho colto subito di te, Omri, quando eravamo nella gelateria: sei un bravissimo papà.

Ma come...?

Ti avevo chiesto per quanto tempo ti saresti fermato, e tu avevi detto, al massimo due settimane, di piú non posso. Per via di mia figlia. Avevi raccontato che già cosí la nostalgia ti straziava.

Già.

È per questa frase che sono venuta da te all'ostello. Per via del modo in cui avevi parlato di tua figlia.

Davvero?

Sapevo che non avresti approfittato della situazione.

Caspita.

Ma Omri, ha attaccato Mor, e poi è rimasta zitta. E ha grattato i jeans con la mano libera. Quasi a volerli incidere.

Cosa? ho chiesto.

La mia storia è… molto peggio.

Mentre pronunciava questa frase, ha risposto al mio tocco per la prima volta. Le sue dita delicate si sono strette intorno alle mie dita tozze, come volesse assicurarsi che non sarei scappato dopo aver sentito cosa aveva fatto. Portava ancora la fede.

Insomma, cos'è successo? le ho chiesto.

Non ha risposto, respirava a fatica. Ha chinato il capo, come un animale che si sottomette a una bestia piú forte.

A volte, mentre sto in silenzio con un'altra persona, sento una canzone. Come la colonna sonora di un film. A volte capisco istantaneamente perché proprio quella. Altre solo piú tardi.

*Sei piú bella che mai quando sei ubriaca / non distingui il bene dal male / e nemmeno la bellezza…*

Queste parole di una canzone semidimenticata dei Knesiyat Hasekhel hanno cominciato a risuonarmi nella testa.

Senti, ho detto, mi è venuta un'idea. È una cosa che io e Orna facevamo nella terapia di coppia –

Un evidente successo, ha commentato Mor rialzando la testa.

Sono scoppiato a ridere e ho pensato, non ho mai avuto una donna con il senso dell'umorismo, è sempre stato compito mio far ridere. Poi ho aggiunto, ogni volta che uno di noi faticava a dire qualcosa, la terapeuta proponeva che passassimo alla terza persona.

Alla terza persona?

Lei, lui, loro.

Come in un racconto?

Ho annuito.

Tipo «C'era una volta una ragazza con i ricci innamorata di un ragazzo con cui partí per una luna di miele illudendosi che tutto fosse a posto»?

Esatto.

D'accordo, dammi un attimo.

Prenditi tutto il tempo.

Ha slacciato le stringhe delle sue All Star rosse. E poi le ha riallacciate, piú strette. Scarpa destra, scarpa sinistra. Come fosse in procinto di partire per un viaggio. Poi ha cominciato a parlare.

D'accordo. Allora la ragazza... quella con i ricci, di una cosa era assolutamente certa prima della luna di miele: conosceva bene suo marito. Stavano insieme fin dai tempi del liceo, insieme avevano sentito da morire la mancanza l'uno dell'altra durante il servizio militare, insieme avevano vissuto in un monolocale per tutta l'università. Lui aveva studiato matematica al Politecnico e lei aveva cambiato quattro facoltà fino a optare per una laurea magistrale per diventare assistente sociale clinica. Quando entrambi ebbero terminato gli studi, piú o meno in contemporanea, sentirono che era il momento giusto per un viaggio, il classico «viaggio post militare» che non avevano mai fatto, sennonché c'era un piccolo problema: lei si manteneva facendo dei turni al numero verde di pronto soccorso psicologico e lui dava lezioni private di violino, perciò non avevano un soldo. A quel punto ebbi, anzi, la proprietaria dei ricci ebbe un'idea: sposiamoci a casa dei tuoi, in giardino. Gli amici si occuperanno della musica, da mangiare prepariamo noi, e con i soldi che ci regaleranno partiremo per il Sudamerica. Andò proprio cosí. Anche senza la messinscena della proposta di matrimonio era chiaro a entrambi che sarebbe stato per tutta la vita, e se anche lei qualche volta provava curiosità nei confronti di altri uomini – insomma, era pur sempre una ragazza capace di restare indecisa per secoli davanti ai gusti del gelato – fino a La Paz non permise che quella curiosità facesse capolino. E anche a La Paz, se Ronen non avesse cominciato a comportarsi in modo strano, non sarebbe successo.

Riesci a capire qualcosa da questa terza persona?

Sí.

È come se fosse successo a un'altra, quando lo racconto cosí.

Infatti, l'idea è quella.

Magari fosse successo a un'altra. Sta per piovere, Omri. Vuoi indietro la giacca?

Ma figurati. Continua.

Ok. Allora... I problemi cominciarono già durante il volo. Lui non faceva che lamentarsi. Del cibo. Del servizio. Della qualità dell'audio degli auricolari mentre vedeva il film. Invece lei quel tempo sospeso se lo godeva. Quando il velivolo subí degli scossoni sorvolando l'oceano, lui si agitò da matti, ma lei si sentiva in pace. A destra della ragazza sedeva un uomo con una giacca elegante che giocava con un oggetto simile a un cubo di Rubik potenziato; lei gli chiese cos'era e ne seguí una piacevole conversazione. Il marito non fece commenti, ma mentre aspettavano vicino al nastro delle valigie buttò lí, mica sei costretta a fare amicizia con tutti. Lei non aveva ancora esperienza di frecce avvelenate provenienti da quella direzione, perciò si limitò a non rispondere. Quando arrivarono all'ostello il marito si mostrò insoddisfatto anche della camera e insisté perché si spostassero in un'altra. Di notte parlò nel sonno, parole che non si ricomponevano in frasi: non gli era piú capitato da quando era morto suo padre.

Dopo qualche giorno era ormai chiaro che gli stava

succedendo qualcosa di brutto. Non le sorrideva nemmeno, era sempre attento a risparmiare e a calcolare quanto avevano già speso e quanti soldi restavano. Di notte parlava nel sonno e non si lasciava toccare. Ogni volta che lei lo sfiorava si ritraeva neanche fosse infetta, e l'unica volta che avevano fatto l'amore l'aveva presa con rabbia, come a rivalersi di un torto. Lei aveva protestato, non mi piace cosí, e lui si era inalberato, cosa c'è, non si può sperimentare qualche volta? E da quel momento aveva perso ogni interesse per l'intimità con lei, si rintanava dall'altra parte del letto. Se però erano con altre persone, in autobus o in un caffè, le stava addosso, non la lasciava nemmeno andare in bagno senza accompagnarla con uno sguardo indagatore.

Che ansia, ho commentato.

Mi stai guardando come se volessi domandarmi qualcosa, ha detto Mor. Forza dunque, chiedi.

Le nostre dita erano ancora intrecciate. Le nuvole sopra di noi minacciavano di squarciarsi.

Se stavate cosí male, ho chiesto, perché non siete saliti sul primo aereo per tornarvene a casa?

Perché non sono saliti, intendi dire.

Allora sta funzionando la terza persona?

A quanto pare.

Ti ascolto.

Dopo una settimana, vedendo che suo marito continuava a ignorarla, lei in effetti gli propose di tornare in Israele, e lui rifiutò. Lei insisté, non mi pare che tu ti stia godendo il viaggio, e lui la guardò negli occhi e disse, mi dispiace, non so cosa mi stia succedendo, non faccio che pensare a mio padre, mi arrivano flashback di lui che crolla in salotto, e poi ho un mucchio di altri brutti pensieri che non riesco a interrompere, e lei rispose, va tutto bene, supereremo insieme questo momento, e gli accarezzò la schiena e lui non si ritrasse e lei pensò che era un buon segno.

E davvero seguirono alcuni giorni di dolcezza, di piccole carinerie da parte di lui, lascia, ti porto io lo zaino, vuoi il caffè in camera? Come ti stanno bene questi pantaloni, questa camicetta, perché perdere tempo a guardare il panorama quando posso guardare te? Giorni che si conclusero di colpo, quando lei si trattenne a parlare con la guida a Salar. Voleva solo chiedere come mai la Laguna Colorada era rossa, poteva avergli sfiorato il gomito durante la conversazione, perché lei era cosí, una che cercava il contatto fisico, ma di certo niente giustificava la piazzata del marito quando rientrarono in camera. Adesso non se la sentiva neppure di scendere nei particolari, era stato troppo umiliante, ma tra le altre cose lui le aveva dato della zoccola e della cretina. Quello per lei fu il punto di rottura. All'istante, il continuo sforzo di capirlo e di accogliere i suoi sbalzi di umore lasciò il posto a una rabbia fredda. Gli intimò di non parlarle mai piú in quel modo, se fosse successo di nuovo l'avrebbe mollato su due piedi, luna di miele o non luna di miele, non era disposta a farsi trattare cosí. Era convinta che lui avrebbe discusso, invece cadde in ginocchio, lí, sul pavimento lurido della stanza, le baciò la mano e la scongiurò di perdonarlo. Promise che non sarebbe mai piú accaduto e propose di tornare l'indomani a La Paz, dove sarebbe andato in farmacia a comprare dei tranquillanti, l'importante era che lei non lo lasciasse, non poteva sopportare di perderla, l'avrebbe distrutto.

Ma quindi… io vi ho incontrati subito dopo, nella gelateria di La Paz?

Esatto, due giorni dopo.

Che tempismo.

Omri, dimmi, cosa hai… pensato di me in quel momento, nella gelateria?

Che non eri davvero allegra come volevi sembrare, avrei voluto rispondere. Invece ho ripetuto la sua domanda, cos'ho pensato di te?

Sí.

Mor mi ha rivolto il primo sorriso civettuolo, che era anche un po' triste. Come se sapesse fin troppo bene come andavano a finire i flirt.

Mi sei piaciuta, ho risposto al suo sorriso. Questo è sicuro. Ma non avrei mai immaginato che –

Che ti avrei bussato alla porta nel cuore della notte.

Con indosso un paio di leggins e una camicia a quadretti rossa. Con il primo bottone slacciato.

Te ne ricordi.

Come potrei dimenticare?

Per la verità nemmeno io avrei mai immaginato.

Allora cos'è successo che...

Se continuassimo con la storia?

L'indomani salirono su un pullman per La Paz. Durante il viaggio, lui le si accasciò sulla spalla. Lei, invece, non riusciva a dormire. Era come se lui l'avesse contagiata con il virus dei pensieri negativi. Come avrebbe potuto sopravvivere a un altro mese con lui in quelle condizioni? pensava. Forse doveva fingere di stare male e poi pregarlo di anticipare il volo di ritorno, farlo sentire forte. Ma che razza di idea fare finta di stare male, chi si finge malato durante la luna di miele? Non era cosí che doveva andare. Non avrebbero dovuto fare sesso una sola volta in quindici giorni durante la loro luna di miele, lui non avrebbe dovuto darle della zoccola e della cretina durante la luna di miele, lei non avrebbe dovuto sentirsi zoccola e cretina solo perché lui l'aveva chiamata cosí. E se lui non la trovava piú attraente? Se si erano giocati il loro amore prima di sposarsi e adesso erano diventati come una località turistica fuori stagione? La testa di lui le pesava sulla spalla mentre viaggiavano. Lei la spostava, ma ogni volta che il pullman aveva uno scossone ricadeva e le premeva forte sull'osso.

Piú di tutto sentiva il bisogno di stare in solitudine. Di qualche ora sola con se stessa, per schiarirsi le idee.

Perciò la mattina del giorno in cui poi avevano incontrato il… divorziato alto, propose: va bene se mi prendo la mattinata per andare a zonzo per la città? Lo chiese con la massima gentilezza, ma lui rispose con un secco no, spiacente. Poi spiegò, mi pare che le pillole aiutino, ma non mi sento ancora pronto a restare solo con i miei pensieri, men che meno in questa camera deprimente. Lei aveva voglia di ricordargli che gli avevano raccomandato un ostello bellissimo in città, che lui aveva bocciato per via del prezzo, motivo per cui si ritrovavano in «questa camera deprimente», invece rispose, d'accordo, allora andiamo a mangiare un gelato, ho sentito che c'è una gelateria con dei gusti speciali, non lontano dall'ostello El Lobo, quello dove dormono tutti gli israeliani. E per strada incontrarono il divorziato alto, la prima persona, a parte il marito, con cui lei aveva parlato ebraico dall'inizio del viaggio. Sulle prime l'aveva scambiato per un vichingo, cosí alto e con quei capelli lunghi raccolti in un codino, perciò gli si era rivolta in inglese, ma lui aveva risposto in ebraico, e qualcosa nella naturalezza di quell'incontro e nel calore semplice che lui trasmetteva aveva reso ancor piú palese quanto tutto fosse complicato e in stallo con suo marito, che rimaneva a sedere tra loro trincerato in un silenzio assordante. Dopodiché accompagnarono il vichingo israeliano – che aveva un gran bel nome, Omri – accompagnarono Omri al suo ostello, proprio l'ostello che gli era stato raccomandato e in cui lei avrebbe voluto soggiornare, e oltre la sua spalla lei vide che nel cortiletto interno scrosciava una fontanella, di tutte le cose al mondo proprio quella fontanella l'aveva esasperata, l'aveva portata a realizzare, di botto, che dall'inizio del viaggio stava vivendo sotto dittatura. Certo, il dittatore era infelice, ma era proprio grazie alla sua infelicità che la teneva in pugno e che si era permesso di commentare, un secondo dopo che si erano allontanati da Omri, è patetico il bisogno che hai di mendicare attenzioni da ogni uomo che incrociamo. Lei non rispose a quella perfidia, la sera si infilò a letto con lui in tuta come se niente fosse, si lasciò abbracciare come se niente fosse, e aspettò che i tranquillanti che gli aveva comprato in farmacia lo stendessero. Dopo che si fu addormentato, gli tirò delicatamente la barba per verificare che non si svegliasse e poi si infilò i leggins, indossò gli orecchini e uscí. All'inizio non sapeva dov'era diretta, davvero non lo sapeva, le bastava riempirsi i polmoni di quell'aria di libertà. Ma le gambe la condussero all'ostello di Omri. Non aveva certo idea che la visita nella sua camera sarebbe andata a finire com'era andata a finire.

Il modo in cui Mor mi aveva baciato nell'ostello, mi sono ricordato, era stato non meno sorprendente del bacio in sé: si era lasciata andare del tutto. E di conseguenza anch'io mi ero lasciato andare del tutto. La sua bocca era aperta, calda. Molto calda. Ansimavo, e sentivo che ansimavo. Da quando mi hanno operato al setto nasale durante il militare e l'intervento non è riuscito, respiro soprattutto dalla bocca. E siccome la mia bocca era molto occupata, sono rimasto senza fiato. Ma non m'importava di ansimare vicino a lei. Forse perché anche lei tremava, un tremito leggero, me lo trasmetteva con la lingua che si contorceva intorno alla mia. Era quel tipo di bacio durante il quale le mani cominciano spontaneamente a muoversi sul corpo dell'altro. Ma nel momento in cui l'avevo fatto, nel momento in cui avevo iniziato a carezzarle i fianchi al disotto della camicia a quadretti, si era distaccata da me. Con un movimento brusco. Mi aveva allontanato con la mano e squadrato con un'ultima occhiata, difficile da decifrare. Poi mi aveva carezzato la guancia con la stessa mano con cui mi aveva tenuto lontano, aveva mormorato buona notte, ed era uscita.

Hai mai tradito Orna? ha chiesto Mor con una stretta leggera alla mia mano, che mi ha riportato di botto in Galilea. Al presente.

No.

Avresti voluto?

Un pochino, con la psicologa che aveva in cura Liori; era cosí disponibile che mi sono ritrovato a fantasticare su di lei fra una seduta e l'altra, avrei voluto dire. Invece ho detto –

Verso la fine, sí. Per ripicca. Ma qualcosa... mi ha trattenuto. Non so. Forse non sono il tipo.

Nemmeno «lei», la riccia.

Nemmeno lei cosa?

Dal giorno in cui si era messa con lui non aveva sfiorato neppure con un dito un altro uomo.

Caspita.

Ma una volta successo, quando uscí dall'ostello del vichingo e s'incamminò per le strade vuote, sorprendentemente non si sentí in colpa. Sentiva anzi che tempo un bacio, uno solo, aveva sbrogliato un tormentoso groviglio interiore, e quando s'infilò a letto di fianco al marito pensò che a quel punto, dopo essersi ripresa la libertà, poteva amarlo di nuovo. La mattina aprí tutte le imposte per far entrare il sole e gli disse, alzati, partiamo per un'escursione. Lui rispose, come, cosa, quando, e lei insistette, adesso, tesoro. Ti ricordi le passeggiate che facevamo dopo che tuo padre...? Camminavamo a oltranza finché non sorridevi. Ti ricordi come aiutava? Ecco, è quello che ti serve adesso: stare all'aria aperta. Lui cominciò a dire sí, ma – e lei lo interruppe sfoderando l'arma decisiva: durante i trekking si spende molto meno, Ronen mio. Ogni giorno di cammino sono cinquanta dollari risparmiati!

L'escursione di El Diablo comincia sulle cime delle Ande e prosegue in discesa per tre, quattro giorni, a seconda del ritmo di marcia, fino a Coroico, una cittadina ai confini della giungla. Il sentiero è mal segnalato, perciò si orientarono seguendo il diario di viaggio di un tedesco, tale Dieter Lemke, che lei aveva scaricato da un sito per viaggiatori: «Dal punto in cui vi lascia il camion, proseguite per cinquecento metri fino al serbatoio. Dal serbatoio parte un sentiero. Se avete fortuna – e loro ne ebbero – alla vostra sinistra vedrete degli alpaca. Dopo gli alpaca, salite sul versante sinistro fino a raggiungere una capanna abbandonata». E via andare, e andare, e andare.

Il primo giorno, lui la seguí taciturno. Solo la mattina del secondo, una volta finito di smontare la tenda le disse, è stata una buona idea partire, e lei rispose, non sai quanto sono contenta di sentirtelo dire, Ronen mio. Poi lui osservò, non abbiamo incrociato neanche una persona da quando siamo partiti, e lei chiese, ti pare strano? E lui confessò, mi fa bene.

Con il procedere della marcia, il paesaggio cambiava. La neve si scioglieva in cascatelle sotto le quali cercavano di passare senza bagnarsi, e in torrenti scroscianti che attraversavano su ponti di corde. Ogni volta che bisognava allungare il passo per una trave mancante, o saltare di masso in masso, lui le porgeva la mano e lei la prendeva. Tutti e due sapevano che cosí rivivevano e riconfermavano il momento in cui era sbocciato il loro amore, sulla «balconata» di Har Halutz, poco dopo che lei gli aveva mostrato il punto da cui si ammirano sia il Mediterraneo sia il lago di Tiberiade. All'epoca uscivano insieme già da un paio di settimane, ma nessuno dei due aveva il coraggio di passare per primo dalle parole al contatto fisico. Per la verità, lei ormai cominciava a temere che a lui non piacessero le ragazze. Poi era scivolata. Saltando da un masso all'altro. Una leggera incertezza. Lui le aveva porto la mano per sostenerla, e lei l'aveva presa senza piú lasciarla nemmeno quando erano arrivati su un terreno stabile. Avevano proseguito cosí per tutta la strada del ritorno, fino a casa di lui. Quasi un'ora. Lí, dietro la porta della sua camera su cui era appeso un bersaglio per le freccette, si erano baciati, lui l'aveva spogliata, fermandosi ogni volta per verificare con uno sguardo se poteva continuare, e notando la grossa voglia a forma di Africa a destra dell'ombelico di Mor, che lei considerava orribile e di cui si vergognava tanto da evitare le docce in piscina, era caduto in ginocchio e l'aveva baciata mormorando, com'è bella, quanto sei bella.

Il secondo giorno del trekking cominciò a piovere. Un diluvio.

Secondo le indicazioni di Dieter si trovavano nei pressi di un paesello, perciò corsero per raggiungerlo con gli zaini che traballavano, in cerca di un riparo prima del calare del buio, e bussarono alla porta della prima baracca in cui s'imbatterono. L'uomo che aprí non aveva denti e parlava una lingua antica, zeppa di consonanti. Non lo spagnolo. Cercarono di spiegare a gesti della pioggia e degli abiti fradici, e lui annuí e indicò di seguirlo. Il marito le bisbigliò in ebraico che gli pareva pericoloso e lei rispose ad alta voce, macché, ha gli occhi buoni. E infatti l'uomo li condusse a una piccola costruzione nel centro di quel minuscolo paese, fece tintinnare un mazzo di chiavi enorme, da custode, e aprí il portone e poi la porta dell'aula di una scuola, con tanto di sedie, banchi e lavagna. Fuori continuava a diluviare, ma loro erano ben protetti da quell'arca di Noè. Distesero i sacchi a pelo sulla cattedra dell'insegnante e dormirono tanto saporitamente da non accorgersi dei bambini che entravano e li circondavano. Solo quando la maestra li scosse per la spalla si risvegliarono, e nella loro espressione stupefatta doveva proprio esserci qualcosa di buffo perché i bambini, tutti e sette, e la maestra scoppiarono a ridere, lacrimavano dalle risate, risate talmente spontanee da contagiare anche loro; o meglio anche lei, che iniziò a ridere, mentre lui sorrideva, un vero sorriso sotto la barba, e dopo distribuirono le caramelle che avevano di riserva nello zaino – il diario consigliava esplicitamente di comprare caramelle da distribuire ai bambini, Dieter aveva pensato proprio a tutto – ripiegarono i sacchi a pelo e liberarono l'aula per inoltrarsi nella natura che risplendeva di gocce di pioggia e raggi di sole mentre loro eseguivano in duetto la canzone *Che gioia i bambini*:

lei solista e lui violino, emetteva suoni acuti con la bocca, ma muoveva le mani come se maneggiasse l'archetto. E una volta concluso lui disse, quando rientriamo in Israele potrei riprendere a esibirmi, e lei rispose, sarebbe magnifico, e pensò, ecco, finalmente il mio Ronen, Ronen che ha sparso amore su tutte le mie ferite d'infanzia, Ronen grazie al quale ho capito cosa significhi sentirsi a casa – è tornato.

Ma quando terminarono l'escursione e arrivarono a La Paz il suo Ronen era di nuovo teso come una corda di violino. Lei sognava qualche giorno di riposo – docce calde e sonnellini sull'amaca – ma lui lamentava che La Paz era brutta, tutti quei ciechi e storpi per le strade lo angosciavano, la gente cercava sempre di venderti qualcosa, e quella stanza nell'ostello, chi ti affitta una camera senza finestra? E l'acquario vuoto nella lobby, che roba era? Dov'era l'acqua? Dov'erano i pesci? Temeva che i pensieri negativi gli ripiombassero addosso, e c'era un'altra gita che Dieter Lemke, quello stesso Dieter Lemke, raccomandava: un itinerario in bicicletta sulla Strada della Morte, cioè, un tempo era la Strada della Morte, ma adesso, dopo tante tragedie, il transito era vietato ai veicoli, si circolava solo in bicicletta. Dieter scriveva nel suo blog che i paesaggi erano *astonishing*.

Gli voleva dire che aveva messo in conto di riposare un pochino, ma anche lei temeva che gli tornassero i pensieri negativi e i comportamenti strambi, e non voleva minare l'intimità che aveva cominciato a ricucirsi tra loro. Perciò alla fine non le rimase altra scelta, acconsentì a partire l'indomani per la Strada della Morte.

Quanto parlo, ha detto Mor, e si è posata un dito sulle labbra, come a zittirsi da sola, e poi mi ha lanciato quell'occhiata che non sono convinto di essere ancora riuscito a descrivere come si deve. Forse il punto è che gli occhi abbassati con pudicizia subito dopo lo sguardo sfrontato non sono davvero pudichi, perché ti si posano sullo scollo della camicia, come a spogliarti –

Va benissimo, ho detto. Vai avanti.

In generale io preferisco ascoltare, ha detto. Senza spostare lo sguardo dal primo bottone, slacciato, della mia camicia.

Me lo ricordo, ho risposto, da La Paz.

È strano come le cose che ti succedono quando tu... ha esitato un attimo e poi ha ripreso, a otto anni ho avuto un polipo alle corde vocali. Sono stata operata, e per un mese mi hanno vietato di parlare. Per un mese ho soltanto ascoltato.

Un corso preparatorio per il numero verde di pronto soccorso psicologico.

Esatto.

Adesso però continua, per favore. Ti ascolto.

Ho un nodo in gola, Omri. Se vado avanti alla fine rischio di cedere al pianto.

E sarebbe un male?

Se comincio a piangere non smetto piú. E non va bene. Devo essere forte, adesso.

Perché mai dev'essere forte? mi sono chiesto. E a lei ho domandato, non è che tu... cioè, per me non è un problema stare qui fino a domani, ma tu non... dovresti tornare a casa a un certo punto?

Dovrei – ha sospirato, un sospiro che somigliava a un gemito di dolore, e ha alzato di nuovo lo sguardo su di me – ma ho anche bisogno di tirar fuori questa storia.

Bene.

Insomma – ha inspirato forte, molto forte, e solo a quel punto ha ripreso – quando lei si svegliò, pensò di uscire per andare a far colazione prima della partenza, ma scoprí che la porta della camera era chiusa a chiave dall'esterno, e che suo marito aveva preso la chiave di riserva, e a quel punto...

Un attimo, Omri, forse... forse prima di andare avanti bisogna raccontare qualcosa di questa «ragazza».

Aveva quattro sorelle, tutte brave bambine eccetto lei, e il padre, che temeva la sua cattiva influenza, la puniva in continuazione. Se rientrava tardi da una serata. O gli rispondeva male, in modo irrispettoso. Una delle sue punizioni preferite era chiuderla a chiave in camera senza permetterle di uscire fino al mattino del giorno dopo, nemmeno per andare in bagno. Perciò quando scoprí che il marito l'aveva rinchiusa nella camera dell'ostello, tutte quelle notti di umiliazione in cui era stata costretta a fare pipí dalla finestra nel cortile del condominio le fecero montare il sangue alla testa, cercò di buttare giú la porta a spallate e a calci senza ottenere altro che un dolore lancinante alla spalla, e quando lui tornò con le biciclette lei era fuori di sé. Forse se lui le avesse mentito dicendo che era stato un errore, che non aveva intenzione di portarsi via la chiave di riserva, lei si sarebbe calmata. Invece no: la informò, senza un accenno di scuse, di essersi portato dietro la seconda chiave perché non voleva che mentre lui andava a noleggiare le biciclette lei scendesse a far colazione e si mettesse a civettare con chiunque.

Lei chiese, quindi tu saresti il mio carceriere? E lui rispose, non mi hai lasciato alternative.

Adesso, mentre lo racconta, tanto piú mentre lo racconta in terza persona, le sembra evidente che in quel momento avrebbe dovuto rendersi conto che lui era uscito definitivamente di testa e agire di conseguenza, proteggere se stessa, coinvolgere una persona esterna o metterlo sul primo volo per Israele, dove lo avrebbero rinchiuso in un ospedale psichiatrico; di certo non era il caso di proseguire la discussione, ma in quel momento era cosí sprofondata nella sua disperazione da non riuscire a mantenere un minimo di distanza, voleva prima di tutto ripagarlo con la stessa moneta, ferirlo, dargli uno schiaffo verbale che lo facesse ritornare il suo Ronen, motivo per cui gli raccontò dell'incontro notturno con il vichingo divorziato. Gli raccontò, sono uscita. Gli raccontò, dopo che ti sei addormentato. Gli raccontò del bacio. Gli raccontò anche cose mai successe. E poi – lei che non aveva fatto mai male a una mosca, che non immaginava di avere dentro quella roba, vedendo che lo schiaffo verbale non aiutava, non lo scuoteva – cominciò a tempestargli il petto di pugni. Lo vedi? Pugno. È tutta colpa tua! Pugno. Sei stato tu a costringermi!

Non guardarmi cosí, Omri. Mor ha ritratto di colpo le sue dita dalle mie.

Cosí come?

Come se avessi fatto un errore tremendo a raccontargli di noi. È ovvio che ho fatto un errore tremendo.

Alcuni avvoltoi hanno cominciato a volteggiare sopra le nostre teste. O sopra una carcassa invisibile.

Mor li ha guardati. Io ho guardato lei e ho notato, per la prima volta, diversi fili d'argento, inaspettati per la sua età, disseminati fra i ricci.

Vero che nei film – si è rivolta a me – quando una donna prende a pugni il petto di un uomo, lui la abbraccia forte finché lei non si calma?

Vero.

Be', la realtà è diversa.

Com'è andata nella realtà?

Lui si limitò ad allontanarla con un sorriso amareggiato e a dire, lo sapevo, e lei ribatté, ma come, e lui insisté, mia madre ha sempre detto che sei una gatta randagia pronta a seguire chiunque le dia una ciotola di latte, e lei reagí, potrei risponderti ma non intendo abbassarmi a questo livello, e lui si sedette sul letto, si cacciò le mani sotto le cosce come per tenerle a freno prima che fosse troppo tardi e disse – rabbioso, non implorante – non lo capisci che non posso vivere senza di te? Lei gli si sedette di fianco e rispose, non devi vivere senza di me. Mi dispiace, Ronen mio, mi dispiace di essere andata da lui. Lui la fissò con un sorriso amaro come il fiele, non la sfiorò, poi guardò le due biciclette in mezzo alla stanza e disse, le ho pagate un occhio della testa, e lei pensò, proprio a questo sta pensando adesso? e propose, allora forza, partiamo, e lui... lui acconsentí, senza entusiasmo, d'accordo, ma a una condizione. E lei disse, ti ascolto. E lui impose, il tuo telefono lo tengo io. Cosí non messaggi con quell'Omri dietro le mie spalle. E lei ribatté, non ho nemmeno il suo numero. Lui serrò le labbra e ribadí, è la mia condizione. Tanto era forte l'impulso a fare penitenza che lei estrasse il telefono dalla tasca e glielo allungò, ecco. Nella speranza che si tranquillizzasse.

Invece, appena imboccarono la Strada della Morte lui si rinchiuse di nuovo in se stesso, non le rivolgeva quasi la parola, teneva le distanze anche mentre pedalavano, sempre qualche metro piú avanti. Lei aspettava che l'umiliazione passasse, considerava che la disponibilità a partire fosse un buon segno ed evitava di commentare che la strada si restringeva in un tratto spaventoso e privo di barriera di sicurezza; si sforzava di guardare solo avanti e a sinistra, per non vedere il baratro profondo sulla destra; con i ciclisti che incrociavano non scambiava nemmeno un cenno di saluto e si disprezzava per la sottomissione a quella dittatura, d'altro canto era prigioniera dell'illusione di riuscire ancora a salvare la loro luna di miele dal baratro. Non immaginava che lui in cuor suo stesse maturando tutt'altra decisione. Si era trasformato in un perfetto estraneo. Persino quando passarono davanti alle piccole croci piantate in terra in memoria delle persone cadute di sotto – ogni croce la raggelava e le imponeva di rallentare – lui mantenne il silenzio. Restava chiuso davanti a lei fino in cima alla lampo, come il suo sacco a pelo.

La notte, in tenda, soffriva di crampi ai polpacci per via dello sforzo e del freddo. Di giorno sfrecciava come una furia, durante le rare pause taceva e guardava qualunque cosa fuorché lei, e dopo un minuto o due diceva, per me basta cosí, e risaliva in sella, e lei doveva sforzarsi di tenere il ritmo perché non fosse inghiottito dalla nebbia – c'era quasi sempre la nebbia – ma non gli voleva chiedere di rallentare, per non risvegliare i demoni e anche perché sperava che cosí, con una corsa rabbiosa, sudata, tutta la sua collera sarebbe evaporata attraverso i pori e a quel punto lui l'avrebbe potuta perdonare per la stupidaggine commessa e per le stupidaggini che aveva inventato di aver commesso, sí, in quella fase credeva ancora possibile che tutto si risistemasse, ricordava di continuo a se stessa quello che il vichingo le aveva detto nella sua camera, che un viaggio è una situazione estrema, da certe persone tira fuori il meglio, da altre invece – te lo ricordi di avermelo detto?

Certo.

D'un tratto le tornò in mente l'unica vacanza degli ultimi anni, sulla spiaggia di Achziv, dopo la laurea triennale. Fin dal primo momento Ronen si era lamentato del prezzo esagerato per quell'alloggio modesto, e aveva troppo caldo, e dopo troppo freddo, e c'era sabbia ovunque, e a cena, quando tutti gli ospiti si riunivano, lei aveva chiacchierato con i commensali e lui invece aveva tirato fuori un libro sugli ultimi giorni di Hitler nel bunker, si era immerso nella lettura senza girare pagina nemmeno una volta, finché a un certo punto si era chinato verso di lei per dire, insomma, io ne ho abbastanza, tu puoi rimanere qui a civettare con chi ti pare, e mentre tornavano alla loro capanna si era tenuto mezzo metro piú avanti di lei, e quando lei aveva chiesto perché camminava cosí in fretta non aveva risposto, e una volta arrivati aveva mollato un calcio alla porta invece di aprirla, si era buttato sul materasso, esausto pur non avendo fatto niente per tutto il giorno, le aveva dato le spalle, era crollato in un lampo e aveva parlato durante il sonno, frasi smozzicate, come faceva subito dopo la morte di suo padre –

Che brutta storia.

Non a tutte le coppie si addicono i viaggi, si ripeteva la ragazza, non a tutte le coppie si addicono i viaggi.

Dobbiamo solo sopravvivere alla Strada della Morte, e poi tornare a casa e non viaggiare mai piú insieme.

Mi sono preoccupato per te dopo che sei uscita dalla mia camera in piena notte, sai?

Davvero?

La mattina dopo appena sveglio vi ho cercati in tutti gli ostelli di La Paz. Avevo un presentimento… brutto.

Che carino che sei, ha detto Mor.

Il suo tono mi ha infastidito. «Che ca-ri-no». Ma quale ca-ri-no? Mi prendeva per un bimbetto? Perciò non le ho raccontato che l'indomani ero partito sulle loro tracce. Mi sono limitato a incoraggiarla a continuare, con un cenno del capo.

E lei ha continuato. Sprofondata nella rievocazione degli eventi.

La notte in tenda si destava per le fitte di un crampo improvviso, ma non gridava, per non disturbare il marito, e se le scappava la pipí non usciva dalla tenda, per paura che lui si risvegliasse proprio in quel momento e pensasse che era di nuovo andata da un altro; adesso che lo raccontava si rendeva conto di quanto fosse ormai tutto irrimediabilmente rovinato, nemmeno del panorama riusciva a godere – di tanto in tanto spuntavano dalla nebbia le cime innevate delle Ande, il nastro d'argento sinuoso del fiume Yungas, i cespugli selvatici, le nuvole basse, le cascatelle che ricadevano direttamente sulla strada – erano là, ma su di lei non lasciavano alcun segno, come un dipinto al museo di cui osservi la bellezza senza che dentro di te si smuova nulla, eppure, per l'amore che ancora gli portava, e per quel senso di colpa per cui ti dici, «cos'ho combinato, come ho potuto baciare un altro durante la luna di miele», che alla fine si era risvegliato e le faceva pensare che forse era davvero una zoccola, come aveva detto lui, o una ragazza facile, come diceva sempre suo padre, ogni mattina si tirava fuori dal sacco a pelo, ogni mattina cacciava tutto nel suo zaino e ogni mattina montava in sella, pedalava due o tre metri dietro di lui per tutta la giornata e a volte, quando erano costretti a rallentare a causa di una frana che bloccava la strada, cercava di lanciare qualche amo di parole, magari prima o poi l'avrebbe agganciato.

Qui ricorda un pochino la salita prima di arrivare a Gerusalemme, non trovi?

Hai visto la targa, prima, con i nomi in ebraico? Penso di aver letto di quell'incidente sul giornale. Otto ragazzi. Una jeep.

Tentava anche con le canzoni. Canticchiava. Magari si sarebbe unito con il suo finto violino. O avrebbe canticchiato insieme a lei. *Into my arms, Oh Lord won't you buy me, Where do the children play, California dreamin' on such a winter's day, I want to ride my bicycle, I want to ride my bike* –

Finché non si arrese. Quanto puoi parlare o cantare senza che ti rispondano? E senza sentirti stupida?

Suo padre la puniva con il silenzio. A volte durava un giorno. Altre, se trovava un pacchetto di sigarette nella sua cartella, due. E una volta, quando aveva scoperto della sua storia con il maestro di teatro, un mese intero. Lei si rivolgeva a lui, e lui non le rispondeva. Se le doveva chiedere qualcosa, anche solo il pepe durante la cena, pregava sua sorella Elisheva di fare da tramite. Vero che non c'è niente di piú umiliante?

Vero.

Grazie di aver risposto.

Prego.

Mi risponderai sempre, Omri, me lo prometti?

Promesso.

Mi piaceva che avesse detto «sempre». «Sempre» significava che avevamo un futuro. Di colpo ho avuto un flashforward, ho visto noi due qualche mese piú tardi, vicini, in confidenza, una coppia rilassata al Barby Club di Tel Aviv per il concerto dei Knesiyat Hasekhel. Le note del basso fanno tremare il pavimento sotto i nostri piedi.

L'ultimo tratto della Strada della Morte – Mor ha ripreso il suo racconto – lo percorsero in un silenzio totale, pesante. Il cinguettio degli uccelli può essere il suono piú meraviglioso, ma anche il piú disperante se sottolinea il silenzio. Ricordava ancora il rumore della catena della bicicletta di lui che cigolava leggermente, e lo stridore dei freni della propria nelle discese, il fruscio della terra schiacciata sotto le ruote, e il ronzio delle zanzare, vicino all'orecchio, appena piú in alto delle sopracciglia.

Erano partiti dalle montagne vicino a La Paz, a cinquemila metri di altitudine; scesero, chilometro dopo chilometro, nella giungla dai mille morsi d'insetti. Anche il clima mutò quasi di colpo da freddo e secco a tropicale e umido, e iniziò a piovere, come adesso, gocce minute, gocce che non ti costringono a scendere di sella, ma rendono friabile il ciglio della strada. Sulla Strada della Morte nulla separa i ciclisti dall'abisso, c'è solo un ciglio sottile, che quando è bagnato ti si sbriciola sotto le ruote.

Pedalavano veloci, dentro la nebbia. Secondo le indicazioni di Dieter, il riparo piú vicino doveva trovarsi a otto chilometri, e speravano di raggiungerlo prima che calasse il buio a rendere il viaggio ancora piú pericoloso.

Si tenevano nel mezzo della strada, lui cinque o sei metri davanti a lei.

Poi lui deviò leggermente verso destra.

Lei lo chiamò, attento, Ronen mio, non stare vicino al bordo.

Lui non rispose. Invece di allontanarsi dal bordo, si accostò di piú.

Allora lei gridò, sei pazzo? Cosa stai facendo?

O meglio, le sembra di avere gridato cosí, successe tutto talmente in fretta che non è sicura delle parole precise, le parole precise sono svanite nella nebbia.

Sí, sono pazzo! urlò lui. Pedalando ancora piú veloce.

Basta, Ronen mio. Accelerò anche lei fino a raggiungerlo. Sentiva ansimare il marito e vedeva le sue tempie imperlate di sudore.

La pioggia aumentò, colpiva i loro visi e bagnava le parole che le uscivano di bocca.

Ronen mio, per favore, allontanati dal bordo –

A te cosa importa –

Ma cosa dici. Io ti amo –

Non è vero –

Sí che ti amo. Basta, Ronen mio. Per favore. È pericoloso. Dieter ha scritto chiaro che prima delle curve bisogna stare a ridosso della montagna –

E allora –

Scivolerai giú!

Va bene, scivolerò!

Ti prego, allontanati dal bordo!

Era cominciata una discesa ripida appena prima di una curva. Era una pendenza di quasi novanta gradi. Ho stretto il freno con la mano per rallentare, ma Ronen ha proseguito il volo in avanti. Ho girato il manubrio verso sinistra, per tenermi addossata alle rocce, ma Ronen è rimasto nel centro del sentiero. Volevo... gridare, ma la voce non è uscita. In quegli ultimi secondi mi sono paralizzata, capisci? Non ho fatto niente. Ho frenato e l'ho visto succedere. Come se fosse un film. Ha continuato a sfrecciare dritto, come se non ci fosse il tornante né la nebbia, e quando è arrivato alla curva ha sterzato bruscamente verso destra, apposta, e ha spinto... ha proprio spinto la bici verso il baratro.

Dopo, quando sono emersi i fatti e sorti gli interrogativi, ho ripensato alla descrizione di Mor e i dubbi mi hanno assalito: se c'era cosí tanta nebbia e Ronen si era fiondato in avanti mentre lei frenava, com'era riuscita a vedere con chiarezza cosa succedeva? Perché mai Ronen avrebbe dovuto sterzare verso il baratro? Se c'era una curva a gomito, bastava proseguire dritto. E come diavolo riusciva Mor – alla faccia dell'esercizio rubato alla terapia di coppia – a raccontare una faccenda del genere dal di fuori, come fosse una storia, tornando a parlare in prima persona soltanto alla fine?

Ha appoggiato la testa su di me. All'inizio i suoi ricci mi hanno sfiorato la spalla, poi la guancia. Ne sono rimasto stupito non meno che del bacio a La Paz. Bisogna sentirsi molto vicini a una persona per abbandonarsi in quel modo, per ammettere con l'altro e con te stesso che la vita è piú grande di te e non hai piú la forza di affrontarla.

Siamo rimasti in silenzio a lungo.

Mi ha raggiunto il suo profumo. A La Paz avevo a malapena fatto in tempo a percepirlo, ricordavo solo il piacere che mi aveva dato. Adesso avevo il tempo di inalarlo a fondo: un aroma delicato di limone nei capelli, uno intenso di biscotti al burro appena sfornati sul collo, e un odore nuovo, che a La Paz non c'era. Forse di paura.

Aveva quasi cessato di piovigginare e solo rade gocce, le ritardatarie che cadono dalle foglie, arrivavano portate dal vento.

Avrei dovuto inorridire fin nelle profondità dell'anima per la sua storia. Oppure nutrire profondi sospetti, troppi dettagli poco convincenti.

L'orrore e i sospetti c'erano, ma in quello stesso momento in me germogliava un altro sentimento, molto piú potente.

Un sole esitante spuntava tra le nuvole, già basso sul mare, quasi lo baciava – ma non ancora.

Non faccio che rodermi il cuore, Omri, mi ha detto. Con voce tremante. Ormai parlava in prima persona. La testa era ancora posata sulla mia spalla. La sua coscia attaccata alla mia.

Ma tu cosa avresti potuto...? ho cominciato a dire.

Sai, mi ha interrotto, quando Ronen aveva una licenza di sabato durante il militare lo andavo a prendere alla stazione, e un attimo prima che ci abbracciassimo lui si toglieva gli occhiali da sole che teneva appesi alla camicia perché non ci disturbassero nel *sumud*, cosí lo chiamavamo, *sumud*, come i palestinesi chiamano l'attaccamento alla terra, quello spiritello che si agitava finché la piccola paura dell'abbandono che si nasconde dentro ogni nostalgia si placava in entrambi. Capisci? Forse se l'avessi stretto cosí, con forza, i primi giorni della luna di miele, se avessi preteso un *sumud*, si sarebbe calmato. E forse se non avessi parlato con la guida a Salar, e se non fossimo mai andati in Bolivia, se non fossi venuta da te di notte, e se non avessi acconsentito al viaggio in bicicletta sulla Strada della Morte.

Non si può sapere, Mor. Con tutti questi «se» –

Avevo la mia strada, Omri. Sapevo dove stavo andando nella vita. E sapevo che non ero sola a percorrerla. Adesso mi sento completamente persa. Non ho idea di cosa farò.

Mi pare – le ho messo cautamente un braccio intorno alla spalla – che l'idea della *shivah* sia proprio questa, no? Rimandare tutte le domande a piú tardi, dopo la fine della settimana di lutto.

Si è stretta a me, mostrando che l'abbraccio era gradito.

Eppure ancora non ero convinto che fosse opportuno quello che stava succedendo. Ho pensato, perché hai parlato del lutto, idiota, fra un attimo le tornerà in mente e si riscuoterà e tornerà a casa e non la vedrai mai piú.

I nostri corpi, invece, si sono intrecciati senza sforzo né esitazione.

Gli avvoltoi si sono spostati a circolare altrove.

È tornata a risuonarmi in testa la canzone dei Knesiyat Hasekhel. Ho cercato di scacciarla, ma scacciare una canzone dalla testa è impossibile quanto frenare un innamoramento.

*Sei persa piú che mai*
*Quando sai quello che vuoi*
*Anch'io sono cosí.*

Non mi va di rientrare, ha detto dopo un lungo silenzio.

Perché?

La sua famiglia… non gli ho raccontato la verità. Ho detto che è stato un incidente, che si teneva vicino al dirupo ed è scivolato, e adesso ho l'impressione che sospettino, e…

Ma perché dovrebbero –

Continuano a verificare se sono abbastanza affranta. Se mi comporto come ci si aspetta da una vedova. Io però durante il volo ho finito le lacrime. Sono salita sull'aereo devastata, dopo quattro giorni in cui non avevo chiuso occhio, e ancora non riuscivo a addormentarmi. Allora mi sono messa a bere cognac in bicchieri di plastica e a piangere. A un certo punto devo avere esagerato, perché qualcuno ha chiamato una hostess.

Accidenti.

È venuta a chiedermi cosa stava succedendo, se avevo bisogno di qualcosa, e mi ha consigliato di andarci piano con l'alcol. Allora le ho raccontato la mia storia. È rimasta a bocca aperta, si è seduta nel sedile vuoto accanto al mio, ha appoggiato una mano sulla mia e mi ha chiesto di parlarle di Ronen. Allora le ho detto. Dei bigliettini che mi lasciava sul frigorifero. Di come una volta che ero malata mi ha suonato Brahms, un concerto privato per un singolo spettatore, che applaudiva con i piedi alla fine di ogni brano perché faticava a muovere il resto del corpo. E di come al matrimonio, vedendomi in disparte perché la mia famiglia nemmeno si avvicinava, è venuto, mi ha stretto tra le braccia e ha detto, non sei sola, Mor. Parlavo e piangevo e piangevo e parlavo, e alla fine anche la hostess è scoppiata in lacrime, mi ha trasferito in business e portato un altro cognac.

È stata gentile.

Anche su questo i suoi fratelli hanno trovato da ridire, ci credi? Mentre tornavamo dall'aeroporto suo fratello mi ha chiesto, scusa, cognata, sei ubriaca?

Ma tu perché non gli hai raccontato la verità?

Non mi avrebbero creduto. La tirchieria. La prepotenza, la follia – Ronen non era cosí. Durante quelle due settimane, sembrava si comportasse come un pessimo attore, che a ogni replica ti ricorda che è solo un teatrino. Non mi avrebbero mai creduto se gli avessi detto che si era buttato volontariamente giú nel baratro. Avrebbero immaginato di peggio.

Volevo chiedere, cosa può esserci «di peggio»? Ma non ne ho avuto il tempo.

Tu mi credi, vero? mi ha chiesto, e ha sollevato la testa dalla mia spalla fissandomi con lo sguardo dell'orfanella di fronte a una coppia in visita all'orfanotrofio per decidere quale bambino adottare.

Sí, ho risposto. Cercando di suonare convinto.

Senti solo la mia campana, perciò per te è facile crederci, ha detto con un sorriso.

Ho ricambiato il sorriso.

Ha allungato una mano verso la mia guancia e ha cominciato ad accarezzarla. Io ho allungato la mia e catturato un ricciolo fra le dita, era piú morbido di quanto immaginassi, l'ho avvolto e riavvolto, lentamente –

Poi mi sono chinato verso di lei: non perché l'avessi deciso, perché una corda invisibile mi attirava. Con forza.

È stato un bacio piú dolce che a La Paz. E piú lento.

Le mie mani hanno accarezzato la sua nuca e le sue mani hanno accarezzato la mia, e poi le mie braccia, e poi il petto e pian piano si sono infilate sotto la camicia.

È stato tutto molto delicato, all'inizio. Quasi malinconico. E proprio per questo, eccitante. Sentivo com'era ancora cauta. Ancora dubbiosa se si poteva, lí, sul masso. E se davvero lo voleva. E anch'io non ero certissimo di cosa volevo. O potevo. Allora ho risposto alla sua cautela con altrettanta delicatezza. A ogni sua carezza, il mio corpo si risvegliava da un lungo letargo, e quando ha passato una gamba sopra di me e si è seduta a cavalcioni, si è infiammato. E anche le voci nella mia testa che ammonivano, cosa stai combinando, pazzo, è vedova, suo marito si è suicidato durante la luna di miele, siete all'aperto, rischiate di farvi scoprire – tutte le voci si sono di colpo zittite.

Io e Orna avevamo quasi smesso di fare l'amore, negli ultimi anni. E anche quando capitava, col tempo sempre piú cose mi erano vietate. Qui le dava fastidio. Lí le faceva male. Questo non le andava piú. Non cosí. E non sulla pancia. E non con il dito. E non con la lingua. Fare sesso con lei era come camminare in un campo minato. Contava solo evitare una mossa sbagliata.

Con Mor, su quel masso piatto, una volta premuto in entrambi il pulsante dell'abbandono, è stato come un buon duetto, un duetto di corpi, in cui tutto è perfetto e fluisce con una naturalezza sorprendente, impensabile fra un uomo e una donna semisconosciuti, un duetto in cui ogni carezza è benaccetta, in cui si percepisce il bisogno reciproco di quel contatto. Un bisogno quasi disperato. Ma questo non rende egoisti, al contrario, rende generosi. In cui il ritmo è imprevedibile. Varia. Puoi arrotolarti un ricciolo intorno al dito per diversi secondi, lenti, soffermandoti, e poi con un gesto rapido afferrare tutti i capelli. In cui di colpo si scoppia a ridere perché uno spuntone di roccia si è infilato nel posto sbagliato. E poi si ride di nuovo, perché il fondoschiena è scivolato in una pozza d'acqua. In cui si scoprono con delizia nuovi continenti, ecco, una voglia a forma di Africa, ed è questa la sensazione nell'incollare le labbra al suo capezzolo, e le sue dita sembreranno anche delicate ma graffiano forte, proprio forte, fino a farti sanguinare –

In cui di colpo, nel mezzo della passione, ci si ferma un attimo a guardarsi intorno, in ansia, cosa diavolo stiamo facendo. Lei dovrebbe essere a casa a ricevere le condoglianze. Qualcuno potrebbe chiedersi dov'è sparita. Venire qui a cercarla. Forse dovremmo fare attenzione e –

Poi ci si stringe di nuovo in un abbraccio. Pancia nuda su pancia nuda. Collo su collo. Guancia su guancia. Prendendo coraggio l'uno dall'altra per un lungo momento. Prima di tornare a strapazzarsi a vicenda di baci e morsi. E si sfilano gli ultimi brandelli di stoffa che ancora separano –

In cui la donna è cosí bagnata che quando l'uomo le entra dentro non la si può chiamare penetrazione. Piuttosto: fusione.

In cui da un certo punto non ci sono piú parole, solo sillabe.

Eppure qualche parola l'ha detta, ricordo, appena prima del culmine –

Non ti spaventare.

Cosa? Di cosa...?

Quando vengo sembra che io. Stia. Soffocando.

E nonostante mi avesse avvisato, quando è arrivato, quando ci è arrivata, quei rantoli facevano una certa impressione, le pupille si sono rivoltate verso l'alto, e poi c'è stato qualche secondo in cui mi hanno fatto pensare a una sirena d'allarme. Ha smesso del tutto di respirare, l'aria non usciva e non entrava. Ho avuto paura che fosse finita, l'avevo persa, ero terrorizzato – le immagini si rincorrevano – come sarei riuscito a rivestirla e a trascinare il corpo fino a casa di Ronen? Chi diavolo porta un cadavere a una *shivah*? Come avrebbero reagito i presenti? E cosa avrei risposto ai poliziotti quando mi avrebbero chiesto di cos'era morta? «Di orgasmo»?

Ma poi ha aperto gli occhi, lentamente –

E ha detto, ciao. E ha detto, grazie.

Sei viva? ho chiesto.

Sí, ha risposto, grazie.

Cosa grazie? ho protestato. Spogliati.

Mi dispiace, ha sospirato e allargato le braccia come Gesú crocifisso, non posso avere contatti con un uomo.

Ma senti senti.
Proprio cosí.
Eri religiosa?
In un certo senso, ha detto. E di colpo mi è sembrata tristissima.
Tutto bene? ho chiesto per assicurarmi.
Sai com'è, ha risposto. Mio marito è morto.
Scusa, ho incespicato, non intendevo –
È tutto a posto, ne avevo bisogno, ha detto.
Felice di averti servita, ho ribattuto. E le ho baciato la spalla d'avorio.
E tu? ha detto. Non vuoi godere, oggi? Fa un po' freddino, e fra poco devo rientrare.

Ci siamo incamminati verso il memoriale. Il sentiero, che all'andata era un pochino fangoso, ormai era diventato una poltiglia unica, e Mor lanciava occhiate a destra e a sinistra come timorosa che qualcuno ci seguisse. Non capivo come mai la paura si fosse risvegliata solo adesso, ma non ho voluto commentare. Sentivo i graffi che mi aveva inciso sulla schiena, e mi è balenato il pensiero; era un bene avere la prova che era successo davvero. Perché quante probabilità c'erano che succedesse? Poi ho sentito la sua mano che cercava la mia e ho disteso le dita per accoglierla, e abbiamo continuato a camminare. Vicini. Mano nella mano. E ho pensato che la nostra andatura era perfettamente sincronizzata. Che camminavamo bene insieme.
Sai, le ho raccontato, vi ho seguiti. Sulla Strada della Morte.
Cosa?!
Ho cercato di raggiungervi.
Ma… come?
Quando sei uscita dalla mia camera, la notte, eri cosí… ho temuto che ti potesse succedere qualcosa. E per la verità… ti volevo rivedere ancora una volta. Ho girato per tutta la città. Da un ostello all'altro. Non puoi immagi-

nare quanti ostelli ci siano a La Paz. Ci ho messo un sacco di tempo a trovare quello dove eravate registrati. La *señora* all'ingresso mi ha riferito che eravate partiti per un'escursione, poi eravate rientrati ed eravate ripartiti giusto quella mattina; si è lamentata che avevate lasciato un *quilombo*.

*Quilombo*?

Un casino. Ha detto di aver sentito delle grida dalla vostra camera, ma lei non si intromette nella vita dei suoi ospiti. E dopo, quando è entrata per riordinare, era tutto sottosopra e lo specchio del bagno era a terra. In mille pezzi. Solo voi *israelíes* vi comportate cosí, ha detto.

Che figuraccia.

Mi sono scusato in nome del popolo che vive a Zion e le ho chiesto dove credeva che foste diretti. Ha risposto che, a giudicare dalle biciclette, dovevate essere andati alla via degli Yungas. Le ho detto che non ne avevo mai sentito parlare e mi ha spiegato che gli Yungas chiamano cosí la Strada della Morte. A quel punto mi sono preoccupato sul serio. Mi sono precipitato in centro, ho noleggiato una mountain bike e sono partito.

Un momento – si è fermata di botto – fino a dove sei arrivato?

C'era un posto di blocco della polizia, le ho mentito. Dopo la cascata grande. Non permettevano di passare in bicicletta. Perciò sono stato costretto a fare dietrofront e tornare a La Paz. Fine. Due giorni piú tardi ho preso il volo per Israele.

Caspita, ha risposto. Espirando molta aria. È rimasta in un silenzio da digerisco-un'informazione-nuova e alla fine ha aggiunto, in tono diverso, è l'intenzione che conta.

Arrivati alla macchina si è sfilata la mia giacca e me l'ha restituita.

Grazie, ha detto.

È stato un piacere, ho risposto.

Mi hai sbrogliato un gran groviglio, ha aggiunto, e mi ha lanciato un'occhiata genuina e calorosa, di quelle che non cercano piú di sedurre o impressionare.

Sarò lieto di continuare a sbrogliarne, ho ribattuto.

Sí, eh? ha commentato in un tono amaro che non le avevo mai sentito prima.

Ti va se torno a trovarti durante la settimana? Giovedí tengo un seminario qui nel Nord.

Meglio di no, ha detto. Potrebbero sospettare.

D'accordo. E dunque? Ci si sente quando è finita la settimana di lutto?

Sí.

A che numero ti chiamo?

Per ora non ce l'ho… il mio telefono è caduto… con Ronen.

Caspita. Allora dove…?

Ti troverò io.

Va bene. Ti posso abbracciare?

Non qui.

Allora immagina che ti stia abbracciando.

Bene, mi ha rivolto un sorriso smorto, immaginalo anche tu. Poi è montata in sella.

Ho aspettato. Avevo acceso il motore, ma ancora non mi muovevo. Ho aspettato per vedere se si voltava indietro. Desideravo assaporare ancora una volta quello sguardo genuino e caloroso. Non si è voltata. Eppure, anche dopo che è scomparsa dietro la curva, non mi sono mosso. Non so perché. Forse avevo un presentimento. O forse cercavo solo di tenermi stretto quel momento.

A ogni modo dopo due minuti, massimo tre, è riapparsa la sua bicicletta. Pedalava nella mia direzione, veloce come in discesa nonostante fosse in salita, e arrivata alla macchina ha buttato la bici sul marciapiede e si è infilata nel sedile di fianco al guidatore.

Metti in moto, ha ordinato. Ansimante. Paonazza.

Cos'è successo?

Non ce la faccio a tornare là.

Perché? Cos'è successo?

Ti dispiace muoverti?

Sono partito. Guidavo seguendo le sue istruzioni, svolta dopo svolta, lontano dal centro abitato.

Le ho lanciato un'occhiata di straforo. Aveva una faccia diversa. Tesa. Dura. Si mordeva le labbra. Persino le sue guance paffute, morbide erano scavate, e rendevano sporgenti gli zigomi. Creavano una spigolosità non bella che prima non c'era.

Dove si va? le ho chiesto quando alla fine siamo arrivati alla statale.

Se lo sapessi te lo direi, ha ribattuto in tono sgradevole. Rude.

Mi sono fermato sul ciglio della strada. Le ho messo una mano sul ginocchio. Per tranquillizzarla.

L'ha spostata brusca e ha detto, mi impedisci di pensare.

Ho riportato la mano sul volante chiedendomi, perché mi parla in questo modo? E mi sono anche detto, sono ancora in tempo per vedere Liori, se me ne vado seduta stante.

Ok – Mor aveva preso una decisione tra sé e sé – prosegui dritto e all'incrocio gira a sinistra. Dopo due o tre minuti vedrai sulla destra uno sterrato.

Solo adesso, ripensandoci, mi rendo conto di quanti segnali avrebbero dovuto allarmarmi. Ma è proprio il problema di quel tipo di segnali: li vedi solo a posteriori.

Per esempio il modo in cui la sua amica d'infanzia – quella che durante il tragitto aveva descritto come «la mia salvezza durante il liceo», «l'unica della classe che capiva il mio senso dell'umorismo», «l'unica oltre a me che ascoltava i Radiohead» – ci ha accolti.

Quando siamo arrivati alla casa di mattoni di fango dell'amica, era già buio. Anche la casa era buia, a eccezione di qualche baluginio di candela alle finestre; piú tardi ho capito che l'intero villaggio non era collegato alla corrente, né al telefono né al Wi-Fi. Per motivi ideologici.

Abbiamo bussato a una porta di legno. Una giovane donna, su per giú dell'età di Mor, ci ha aperto e ha sgranato gli occhi stupefatta. Come se Mor fosse tornata dal mondo dei morti.

Mor l'ha salutata entusiasta, ma l'altra non ha dimostrato lo stesso trasporto. Si sono abbracciate sulla porta, ma era evidente che l'amica voleva tagliare corto.

Oh Ofelia, ha esclamato Mor, sempre cingendole la vita, come state, signora, dopo cotanti giorni?

Un uomo cordiale con dei pantaloni bianchi svolazzanti è apparso dalla cucina con una bimbetta in braccio. Amore mio, perché non li inviti a entrare? Stiamo giusto per sederci a cena.

Non dovresti essere a casa per la *shivah*, adesso? Cioè io… ti faccio le mie condoglianze, intendevo venire domani, ha detto Ofelia indietreggiando di un passo.

Dovevo prendere una boccata d'aria, ha risposto Mor, ed è entrata in casa. Te la ricordi com'è la famiglia di Ronen, sono pesantissimi.

Lui è Omri, mi ha finalmente presentato. Lo abbiamo conosciuto in Bolivia. Questa è Gili, la mia migliore amica da quando siamo state Ofelia e Amleto al saggio del corso di teatro per ragazzi. E questo è… suo marito. Mi ricordi il tuo nome?

Osher, ha risposto l'uomo. E ha indicato con il braccio un tavolino basso circondato da cuscini.

Abbiamo cenato. Tutte cose sane. Insalata. Hummus fatto in casa, si sentiva la consistenza dei ceci. Barbabietole. Gallette di riso. Il cibo che piaceva a Orna e che io non sopportavo.

Mor non faceva che elogiare quelle squisitezze e porre domande, curiosa. Poi ascoltava con profonda attenzione. Tutta concentrata.

Osher rispondeva infervorato: avevano costruito la casa da soli. Avevano scelto un parto naturale. Una vita a zero consumi. Mentre le multinazionali calpestano gli individui.

Mor annuiva partecipe e poi si è messa a raccontare della telefonata di un disperato che aveva contattato il numero verde: era stato licenziato da una grande fabbrica in Galilea e si vergognava di dirlo alla moglie. Ogni mattina usciva per andare al lavoro, con la borsa e tutto, e si nascondeva in un'altra città fino a sera.

L'ho guardata mentre parlava. Era brava a raccontare storie. Le pause. I gesti. Ma c'era anche una lieve nota malinconica in tutto quello che diceva. Ho pensato, cosa vuole? Suo marito è morto sotto i suoi occhi pochi giorni fa. E ho pensato anche, quel gesto con cui fa volare i ricci da una parte all'altra è proprio bello. E anche, andrà d'accordissimo con Liori. Liori la adorerà. E ho pensato anche, macché andrà d'accordo con Liori, vacci piano.

Durante la cena non ho quasi parlato.

Anche Gili non ha aperto bocca, scrutava Mor con uno sguardo per me indecifrabile, pieno di odio o pieno di amore.

Piú tardi, quella notte, ho avuto la risposta.

Osher ci ha sistemato materassi e lenzuola in sala. Mor si è addormentata in pochi secondi. Non avevo mai visto il suo volto rilassato. Aveva sempre un'espressione intensa: attenta. Seducente. Riflessiva. Concentrata su un obiettivo. Era facile per me immaginarla recitare al corso di teatro.

Ma adesso dormiva. Un ricciolo ribelle le era scivolato sulla guancia. L'ho risistemato dietro l'orecchio. *Sei piú bella che mai quando sei ubriaca, non distingui il bene dal male,* tornava a risuonarmi nelle orecchie la strofa della canzone dei Knesiyat Hasekhel. Mi sono addossato al suo fianco. Di solito si dice, «ho sentito il calore del suo corpo». Io invece ho sentito il freddo del suo corpo. Mi sono ricordato che prima, sul masso, aveva detto che il freddo si diffondeva da dentro. E ho pensato, suo marito è morto. E ho pensato, cosa ci fa qui con me invece di essere alla *shivah*? E ho pensato, chi ha detto che siamo obbligati a stare in casa per la *shivah*? Si può anche camminare per la *shivah*. Viaggiare per la *shivah*. Ho infilato le braccia tra le sue e l'ho stretta a me. Ma non riuscivo a addormentarmi, perciò ho preso il telefono e fatto quello che faccio sempre per calmarmi: ho letto vecchi messaggi che Liori mi aveva mandato dal telefono di Orna. Molti emoticon di cuoricini. Poche parole.

È stato allora che ho sentito la voce di Gili.

All'inizio ho captato solo il tono. Aveva qualcosa che mi ha spinto ad accostarmi al muro e a tendere l'orecchio.

A quanto pare le pareti di fango non isolano bene.

Non ti pare strano? stava dicendo Gili. Sí, è quella di cui ti ho raccontato… è proprio da lei presentarsi insieme a un uomo mentre… è nel suo stile… gatta randagia… prima l'insegnante di teatro… e poi io… e poi ha visto Ronen che suonava il violino su un prato al festival di Acri… suo marito intendo, quello che è morto in Bolivia… e da quel momento non… si è comportata come se io fossi trasparente… e adesso di colpo sono «la sua migliore amica»… qualcosa non mi… non ti pare strano che suo marito è morto e lei nemmeno… non dirmi che incanta anche te… non ci puoi cascare… incredibile… e allora?… Questa cosa non è normale… e in piú con un uomo. Sí, e allora?… Compassione? Cosa c'entra la compassione? Non se ne parla proprio… domattina levano le tende.

Di solito non ricordo i sogni. Anche il sogno di quella notte nella casa di mattoni di fango doveva avere altre parti. In quella che ricordo, Liori si perdeva in un bosco simile a quello al limitare del *moshav*, il paese di campagna in cui sono cresciuto. Mi chiamava, papà! Papà! Io mi spostavo su un monociclo come se non avessi fatto altro nella vita e cercavo di individuare dalla voce dove diavolo si trovasse in mezzo alla foschia densa che era calata sul bosco, mentre in lontananza mia madre, la voce di mia madre, intendo, mi ammoniva in italiano, insistente, «Si raccoglie quel che si semina». Ero preoccupato per Liori nel sogno. Molto preoccupato. Ma a un certo punto la voce di mia mamma svaniva e la foschia mi avvolgeva. Mi inumidiva. Mi carezzava con gentilezza. Mi era difficile non abbandonarmi alle sue carezze. Voglio dire a quelle di Mor. Voglio dire che mi sono svegliato per le carezze vere di Mor, la sua mano che mi accarezzava sotto la maglietta, sulla schiena, con infinita delicatezza, come se sapesse che lí sono custoditi i miei ricordi dolorosi e li volesse guarire a forza di carezze, e solo dopo alcuni lunghi minuti, pazienti, mi ha sfilato la maglietta. Lentamente. Mi ha girato supino. Mi ha baciato sul petto. E poi piú in basso. E ancora piú in basso.

Orna me lo prendeva in bocca soltanto per festeggiare compleanni e anniversari di matrimonio. E solo se glielo chiedevo espressamente. E sempre, qualche secondo prima di venire, dovevo ricordarmi di spostarle la testa. Non sia mai, per carità.

Ho provato a spostare anche la testa di Mor.

Sto per venire, ho mormorato dopo aver sollevato leggermente la coperta, e lei non ha comunque spostato la testa.

Cosí a trentanove anni, in un paese tanto sperduto da non comparire nemmeno su Google maps, mentre i primi raggi del sole filtravano attraverso le imposte, ho conosciuto per la prima volta questo piacere supremo. Che è quasi dolore.

Quando ho aperto gli occhi ho detto, grazie. Ho sollevato la coperta e chiesto, e tu? Vuoi?

Lei ha strisciato verso l'alto sotto la coperta fino a che i riccioli non sono spuntati fuori, mi si è distesa di fianco e ha detto, non qui.

Dopo un breve silenzio ha voltato la testa verso di me e mi ha guardato negli occhi come per dire, *Inta Omri*[1],

1. *Inta Omri*, «Sei la mia vita», famoso brano della cantante egiziana Umm Kulthum. (*N.d.T.*)

e con un dito si è messa a carezzare gli angoli delle labbra, il mio sorriso. Poi ha chiesto, perché sei cosí buono con me?

Le ho detto la verità, perché tu mi piaci molto, Mor.

Ha emesso un sospiro che era anche di dolore e mi ha posato la testa sul petto e abbiamo respirato insieme per qualche minuto, senza parlare; ero cosí grato e sereno che le ho raccontato della conversazione sentita attraverso il muro come fosse un aneddoto buffo.

Lei l'ha trovato un po' meno buffo.

Vieni, si è alzata di scatto dal materasso, ce ne andiamo.

Ma –

Potrebbe telefonare ai fratelli di Ronen.

Mi puoi spiegare perché sei tanto –

Le domande piú tardi, Omri.

La mia auto non partiva.

Ho cominciato a spiegare a Mor che da quando avevo divorziato non avevo avuto tempo di passare dal meccanico per la revisione –

Ero a metà frase quando è uscita dalla macchina e ha aperto il cofano.

Si è chinata.

Poi mi ha fatto cenno di riavviare.

A quel punto è tornata al suo posto, si è legata la cintura di sicurezza e ha detto, parti.

Mia madre era segretaria in un'autofficina, ha replicato alla mia domanda muta. Passavo con lei tutte le vacanze estive.

Adesso spiegami cosa succede, ho preteso quando abbiamo imboccato la strada asfaltata.

Si è accesa la spia della benzina. Eravamo in riserva.

Prima un caffè, ha detto.

Come, un caffè?

Non ho avuto nemmeno il tempo di lavarmi i denti

dopo... dopo di te, ha detto e mi ha lanciato un'occhiata complice. E poi devo pensare a dove si va.

Mi sono ricordato di quando Orna mi aveva detto – in un tono innocente che mi aveva fatto imbufalire – cosa pensavi che sarebbe successo, Omri? Per tutta risposta le ho fracassato il portatile e sono andato da mia madre; nonostante fosse notte fonda lei non ha fatto domande, mi ha aperto il divano letto e ha steso le lenzuola –

Perciò ho chiesto a Mor, ma la tua famiglia? È da queste parti?

Sí, ha risposto con una punta di amarezza, ma non è un'opzione.

Posso chiedere perc –

Facciamola breve, mi hanno cancellata.

Perché?

È una storia lunga, ha risposto. E dopo una lieve titubanza ha aggiunto, sai quando un dipendente smaschera la corruzione in un'azienda e finisce per essere licenziato?

Sí.

Una cosa simile.

Nel senso che –

Lascia perdere, non ce la faccio a parlarne adesso.

Mi sono voltato verso di lei con tutto il busto.

Aveva avvicinato il pugno alla bocca e si mordeva un dito, e d'un tratto me la sono immaginata bambina. Ho proprio visto la fotografia. Ricciolina. Sguardo ribelle. Un lecca-lecca in mano.

Se un giorno avrai voglia di parlarne, io ci sono.

Grazie, ha risposto, e mi ha lanciato quella sua occhiata genuina e calorosa.

Allora cosa ne dici di venire a casa mia? ho proposto. Senza rifletterci.

Non sono sicura che sia una buona idea, ha detto. Non c'è lí tua figlia?

Arriverà solo nel fine settimana. Al momento è dalla madre.

Ah.

Senti, l'ho avvertita, io sistemo e pulisco prima del suo arrivo perché la casa sia confortevole, però adesso c'è... un bel *quilombo*. Non ho ancora avuto il tempo di montare i mobili dell'Ikea. Cioè, non sono ancora riuscito a impormi di farlo. E il lavandino è ingombro di piatti sporchi, sai com'è un uomo che vive da solo. Ma se non ti disturba –

Non mi disturba affatto, ha risposto. Ma dal tono trapelava ancora una certa esitazione.

Meglio se resto in macchina, ha detto quando ci siamo fermati alla stazione di servizio.

Invece di chiederle, perché? mi sono limitato a, quanto zucchero? e solo quando il caffè era pronto, mentre allungavo i soldi al cassiere, mi è di colpo venuto in mente che avevo lasciato le chiavi inserite nel quadro.

Ho lanciato un'occhiata alla macchina e ho visto Mor che allungava una gamba, poi l'altra, e passava al posto di guida.

Ho agguantato il caffè dal bancone e sono scattato di corsa.

Mentre correvo, il caffè mi è schizzato sulla maglietta. Ho imprecato. Correvo e imprecavo. Ho fatto in tempo ad aprire la portiera e saltare dentro prima che partisse.

Cosa ti è preso? ho chiesto, controllandomi il piú possibile.

E ho pensato, gatta randagia.

È rimasta a lungo in silenzio, con gli occhi fissi sulle All Star.

Stringevo ancora in mano il caffè. Me lo sono tenuto. Intenzionalmente.

Ho frenato il forte impulso di mollarle un ceffone. E di farla scendere dalla macchina.

Alla fine ha sollevato due occhi smarriti e ha detto, scusa, Omri. Ho sbagliato.

Sono ammutolito per lo stupore.

In tanti anni, Orna non mi aveva chiesto scusa nemmeno una volta. Non ne sono capace, mi aveva detto quando avevamo cominciato a frequentarci. Dopodiché tra di noi le scuse erano diventate di mia competenza esclusiva. Adesso scoprivo che poteva anche andare in modo diverso.

Ho annuito. Sforzandomi di apparire il piú possibile severo, di non mostrare che quelle scuse avevano fatto sbollire di colpo la mia rabbia.

Mi hai aiutato molto, ha detto Mor, ma credo davvero che da qui in poi sia meglio se proseguo da sola.

Ma ti pare? Ho infilato il caffè nello spazio apposito e incrociato le braccia davanti al petto.

Nemmeno immagini in che guaio ti stai cacciando, Omri.

E se mi volessi cacciare nei guai?

Perché dovresti vole –

Da quando ho divorziato ho perso il ritmo, Mor. Di giorno sono un automa. Di notte vado a vedere le partite di calcio al bar insieme ai muratori rumeni. Non riesco a stare a casa. Il volume del televisore in una casa in cui non ci sono una donna e una bambina rimbomba troppo forte.

Capisco, Omri.

No, non puoi capire. Non puoi capire cosa significa quando ti chiamano dalla scuola di tua figlia per dirti che è dalla prima ora che piange, e tu chiedi alla segretaria, perché? E quella tace, e il motivo è chiaro a entrambi. E non hai idea, Mor, di com'è sentire tua figlia che ti chiede due volte al giorno, sei sicuro che morirai prima di me, papà? e renderti conto che è colpa tua se per tutta la vita avrà il terrore di essere abbandonata. E non hai idea di come sia alzarsi la mattina e andare in camera sua per svegliarla con tanti baci e grattini sulla schiena e scoprire che non c'è, perché in base a quel cazzo di accordo quel giorno non deve stare con te.

Suona davvero…

E non mi va di fare niente. Dal Conservatorio mi hanno sbattuto fuori perché mi sono imbufalito con uno studente che aveva risposto al telefono durante le prove del gruppo, e gli ho lanciato addosso la bacchetta della batteria. Non ho le palle nemmeno per portare avanti i laboratori che mi sono inventato io. Mi costringo a presentarmi ai laboratori e agli studi di registrazione perché l'affitto va pagato. Le uniche due volte in questi sei mesi in cui ho avuto voglia di qualcosa, Mor, in cui ho sentito il cuore tornare a battere, è stato quando sei venuta nella mia camera in Bolivia e quando ti ho vista pedalare verso il monumento.

Capisco.

Perciò non te ne uscire con la storia che vuoi continuare da sola e non mi fare mai piú uno scherzo del genere. Non è proprio il caso.

Va bene.

Siamo rimasti qualche minuto in silenzio. Lei continuava a tenere gli occhi bassi sulle All Star. Ho preso il suo caffè e ho bevuto un sorso, scottandomi la lingua. Ho borbottato, fanculo, e ho visto che non era sicura se era diretto al caffè oppure a lei. A entrambi, volevo dirle. Quando un'auto si è fermata nel parcheggio alla nostra destra, con una coppia di genitori davanti e due bambini e un cane sul sedile posteriore, ho detto, forza, dài. Facciamo benzina. Andiamo a casa mia. E lungo la strada mi spieghi in che guaio mi sto cacciando, penso di avere il diritto di saperlo, no?

Anche adesso che ci ripenso, non mi è chiaro se quella scena alla stazione di servizio non sia stata tutta una montatura per darmi l'illusione che fossi io a controllare la situazione, io a decidere (avrebbe potuto passare al posto di guida mentre aspettavo il caffè e andarsene, aveva tempo a sufficienza), o se Mor non avesse davvero cercato, per l'ultima volta, di impedirmi di precipitare con lei nell'abisso.

Di solito in autostrada viaggio a centotrenta, anche centoquaranta all'ora. Dopo il divorzio certe notti saltavo in macchina, imboccavo l'autostrada e tiravo fino a centocinquanta. Che ci provassero a fermarmi.

Adesso guidavo a ottanta, non di piú, per via della foschia, pesante come nel sogno.

Mi sono ricordato che una volta, mentre tornavamo da una vacanza in Galilea, Liori ci aveva chiesto cos'era la nebbia. Orna guidava, per lasciarmi riposare, e alla radio trasmettevano *Where Is My Mind* dei Pixies; le avevo messo una mano sulla coscia come a dirle che anch'io ripensavo ai nostri sabati mattina nell'appartamento di via Tchernikovsy, e con l'altra avevo fatto quello che i genitori del ventunesimo secolo fanno quando non sanno cosa rispondere ai loro figli e vogliono evitare la figuraccia: avevo cercato su Google. Poi avevo letto a Liori una traduzione simultanea per bambini della voce «Nebbia» su Wikipedia e lei si era morsa le labbra, come sempre quando riflette, e aveva chiesto, quindi la nebbia è una nuvola caduta giú?

Qualche minuto dopo che eravamo entrati in autostrada, Mor ha cominciato a parlare.

In prima persona.

Ho pensato, prima persona, devo aver passato un esame.

Non ce l'ho fatta a tornare alla *shivah,* ha spiegato, perché i suoi fratelli erano in piedi davanti alla porta di casa. A braccia conserte, cosí. Come due mafiosi. Mi aspettavano.

Ma perché dovrebbero –

Ieri, appena prima che tu arrivassi, mi hanno mostrato delle mail che Ronen gli ha spedito dalla Bolivia.

Gli ha spedito delle mail?

Anch'io all'inizio non ci credevo. Quando ne ha avuto il tempo? Mi hanno detto, minacciosi, siediti. Era un ordine. Le hanno aperte sul computer e si sono piazzati uno alla mia destra e l'altro alla mia sinistra, come due guardie, mentre leggevo. Si volevano assicurare che non sarei scappata dopo aver visto cosa c'era scritto.

Che ansia.

È stato come vedere un film porno.

Un porno?

Un porno dell'anima. Tutta la sua interiorità messa a nudo. Ogni paranoia.

Di cosa aveva paura?

Niente di razionale. I tranquillanti che mi aveva chiesto di comprare per lui? Pensava che li avessi sostituiti con altre pillole, che lo stessi drogando di proposito. Ogni uomo con cui avevo scambiato una parola durante il viaggio, non solo tu, lo considerava complice potenziale di un sofisticato complotto finalizzato a derubarlo di qualcosa.

Era uscito di testa.

Sai una cosa strana? Quando mi ha rinchiusa in camera durante il viaggio, non sono stata capace di provare compassione per lui. Davanti ai divieti e alle umiliazioni io d'istinto mi ribello. Ma ieri, mentre leggevo, mi sono resa conto che capiva che gli stava succedendo qualcosa di brutto, capiva che stava distruggendo la luna di miele con il suo amore – eppure non riusciva a fermarsi o a chiedere aiuto.

Caspita.

Allora ho cominciato a piangere. Da quando ero atterrata in Israele mi ero sentita piuttosto distaccata, svolazzavo al di sopra e al di sotto delle cose – quando perdi qualcuno ti si spalanca dentro un abisso, in cui forse hai un po' di paura a guardare – e proprio lí, davanti al computer, mentre i due fratelli mi alitavano addosso la loro ostilità, ho capito, è finita, non si torna piú indietro, non avrò piú Ronen. Non troverò piú bigliettini appiccicati al barattolo del caffè, ogni mattina uno nuovo, con la parola «amo» all'inizio e poi tante piccole cose: amo che bevi il caffè tutto d'un sorso come fosse spremuta, amo che esci e poi torni subito a casa per prendere qualcosa che hai dimenticato, amo che cambi di continuo canale radio perché su un altro potresti trovare la canzone che aspetti – va bene se parlo di lui, Omri?

È strano che fino adesso tu non lo abbia fatto, ho pensato. E ho detto, certo.

Grazie, ha risposto Mor.

È naturale che tu abbia pianto per le sue mail, ho aggiunto.

Mi hanno lasciato piangere per trenta secondi, forse un minuto, e poi hanno preteso di sapere – a un certo punto uno dei due ha sferrato un pugno sul tavolo – cosa avevo da dire su quello che Ronen aveva scritto. Sulle sue accuse. Allora li ho guardati negli occhi e ho spiegato che non c'era niente di vero. Non l'avevo drogato. Non l'avevo chiuso in camera nell'ostello. Era stato lui a rinchiudere me. E non l'avevo tradito durante il viaggio.

E il bacio che ci siamo dati a La Paz? avrei voluto dire. Ma non volevo suonare come i fratelli di Ronen, perciò ho chiesto solo se alla fine l'avevano lasciata in pace.

All'apparenza sí, ha risposto Mor. Ma stanno facendo pressioni sulle autorità boliviane perché autorizzino un perito da loro incaricato a riesaminare i reperti dell'autopsia.

Come lo sai?

Omri, cos'è questo CD? Come mai c'è una tua foto in copertina?

Sono i *Camouflage*. Il gruppo con cui suonavo. Ma –

Caspita, suoni in una band?

Suonavo.

Mettilo un attimo. Ho bisogno di calmarmi un pochino.

È partito il primo pezzo, e lei si è rilassata sul sedile e ha chiuso gli occhi.

Sono entrati i tamburi e ho pensato, come si sente che è stato registrato prima della separazione. Adesso sono troppo sfibrato per suonare cosí.

Ho sbirciato Mor: aveva socchiuso le labbra, concentrata nell'ascolto. Come se volesse anche assaporare i suoni, gustarli.

Orna non si abbandonava mai alla musica in quel modo, ho pensato. Non c'è stata una volta che io le abbia fatto sentire un mio nuovo brano senza che lei nel frattempo fosse impegnata a fare un milione di altre cose. Sfogliare una rivista. Cucinare quinoa. Controllare i messaggi sul cellulare.

A un certo punto, quando il brano si è fatto piú ritmato, Mor ha cominciato a suonare con le mani su tasti immaginari, appena sopra il ginocchio. E le dita tenevano perfettamente, ma perfettamente, il ritmo.

Alla fine del pezzo ha aperto gli occhi e detto, wow, Omri, sei tu alle percussioni? Stupendo. Poi mi ha lanciato un'occhiata fresca e ha aggiunto, ne hai di talento, eh?

Adesso mentre scrivo non mi capacito: come mai non ho approfondito la questione dell'autopsia? Perché era cosí in ansia se i fratelli di Ronen volevano un secondo parere, visto che l'esito avrebbe per forza dimostrato il suicidio di Ronen?

E come mai non mi sono domandato perché, se i fratelli di Ronen sospettavano che l'avesse tradito durante la luna di miele, aveva deciso di scappare via proprio con me? Davvero non aveva nessun altro al mondo a cui rivolgersi? E tutte le amiche che le stavano intorno alla *shivah*? Quali corruzioni aveva smascherato, in famiglia, per meritarsi il licenziamento?

Forse evitiamo di domandare quando abbiamo paura di conoscere le risposte. O forse la ragione è piú semplice: non sono un investigatore e non ho l'istinto da investigatore. Sono un uomo che si è lasciato irretire da una donna capace di premere i pulsanti giusti. È cosí: quando si premono i pulsanti giusti possiamo perdere la testa, possiamo cadere nell'abisso, possiamo diventare complici di un crimine.

Abbiamo ascoltato ancora qualche brano del disco dei Camouflage. Di tanto in tanto Mor commentava, che bello. Oppure, wow. La maggior parte delle espressioni di ammirazione seguivano un assolo del percussionista.

Alla fine dell'ultima canzone ha aperto gli occhi e detto, una cosa me la devi spiegare.

Pensavo volesse sapere perché le tracce del disco erano cosí lunghe.

Com'è possibile che tua moglie abbia voluto il divorzio? ha chiesto e mi ha sorriso.

Sono scoppiato a ridere.

Sono seria, mi si è rivolta con un sorriso. Hai talento. Sei attraente. Scopi da favola. Qual è il suo problema?

Ho lasciato una mano sul volante e l'altra l'ho allungata ad accarezzarle la guancia.

Il traffico sulla strada costiera procedeva lento. La nebbia era talmente fitta che a malapena vedevo la macchina davanti. Solo la striscia gialla del margine baluginava di tanto in tanto sulla destra.

Dimmi, come sei diventato percussionista? mi ha chiesto.

Fin da piccolo piazzavo padelle e pentole sul pavimento della cucina e le suonavo con le mani, le ho raccontato.

Me lo immagino, ha detto. Cioè, riesco proprio a immaginarti bambino.

Anch'io immagino te, le ho confessato. E di nuovo mi sono visto davanti la stessa fotografia. Riccioli. Sguardo ribelle. Lecca-lecca.

A ogni modo, ho continuato, dopo che mio padre si è dileguato, mia mamma ha comprato una batteria, l'ha installata nella mia camera e ha detto, se si fa una cosa, tanto vale farla bene.

Cosa significa che tuo padre si è dileguato? ha chiesto Mor, e io ho pensato, con Orna mi ci sono voluti tre mesi per sentirmi abbastanza al sicuro da raccontarle di mio padre, ed ecco, con Mor –

È sparito, ho spiegato. Svanito nel nulla. Ha fatto copia e incolla dalla nostra vita a un'altra. Si è lasciato dietro un paio di stivali di pelle che a volte annusavo per… essere certo che fosse esistito.

Nient'altro?

Ha lasciato anche dei debiti. I creditori ci bussavano alla porta e dicevano di essere «amici del papà»; mia madre mi ha insegnato a non aprire.

Accidenti, adesso capisco.

Capisci cosa?

Molte cose, ha detto. Molte cose. E invece di entrare nel merito ha cominciato a carezzarmi il collo. Precisamente nel mio punto della consolazione. Come se qualcuno le avesse spifferato dove si trova.

Il disco dei *Camouflage* è ripartito. Dall'inizio. Adesso, dopo che Mor aveva elogiato il mio «talento», sentivo davvero di averne parecchio, di talento. E per la prima volta dopo la separazione mi è tornata la voglia di ricostituire la nostra band. O di crearne una tutta nuova. Invece di partecipare solo alle registrazioni dei pezzi altrui. Perché no, in effetti? Chi mi fermerebbe? Ho talento. Scopo da favola.

Ho di nuovo portato la mano alla sua guancia, e questa volta lei ha piegato la testa abbandonandola nel mio palmo.

*Magari potessimo viaggiare per sempre,* ha cantato le parole della canzone di Sivan Shavit e si è protesa per darmi un bacio-morso sul collo e ha chiesto con un tono da bimba in gita scolastica, quanto manca?

Il navigatore indica un quarto d'ora, l'ho informata. E ho immaginato che appena entrati in casa l'avrei sbattuta contro il muro, le avrei bloccato i polsi con una mano, con l'altra le avrei abbassato i pantaloni con uno strattone e poi, con tutta dolcezza, l'avrei leccata fra le gambe.

Proprio non immaginavo che un quarto d'ora dopo qualcun altro avrebbe bloccato i polsi a lei. E a me.

La sera che avevo beccato lo scambio di mail tra Orna e il tipo che se la scopava, avevo preso il computer di mia moglie, l'avevo sollevato per aria e poi scaraventato a terra. Davanti a lei. Lei aveva gridato, ma sei scemo? Io chiamo la polizia! Ma io avevo ribattuto che se avesse chiamato la polizia, io avrei chiamato la moglie del tipo con cui scopava.

Dunque non avevo mai avuto a che fare con le forze dell'ordine.

I poliziotti in borghese ci aspettavano nelle loro auto sotto casa mia, e quando ci siamo avvicinati all'ingresso ci hanno circondati. Tentare la fuga non aveva senso. Hanno ammanettato Mor. E poi, con mia grande sorpresa, anche me.

Mor ha avuto giusto il tempo di lanciarmi un'ultima occhiata da lepre in trappola.

Dopodiché ci hanno spinti dentro due macchine diverse.

C'è stato un momento ridicolo: evidentemente al corso gli insegnano che devono piegare a forza la testa della persona in arresto prima di spingerla in macchina, per spezzarla ancor prima dell'inizio della battaglia. Ma io sono troppo alto e non ce l'hanno fatta; dopo il terzo tentativo sono stati costretti a chiedermi educatamente di salire in macchina. Durante il tragitto ho domandato, per quale motivo mi avete arrestato? Il poliziotto seduto di fianco a me mi ha posato una mano sulla spalla, l'ha stretta forte e ha risposto con voce quasi amichevole, chiudi il becco.

Anche l'occhiata da lepre in trappola era falsa? Me lo domando ancora. Un'interpretazione da attrice consumata? Parte di un piano sofisticatissimo finalizzato a condurci dritti dritti tra le braccia dei poliziotti proprio sotto casa mia, per convincere tutti che eravamo complici?

Non ne sono sicuro. Anche adesso che so quel che so, preferisco pensare a noi come a due persone che si sono trovate in una situazione piú grande di loro, piuttosto che a una coppia alla Bonnie e Clyde.

L'ufficiale della giudiziaria mi ha domandato se avevo nemici nel carcere. Ho borbottato di no, che idea.

L'assistente sociale mi ha ripetuto piú e piú volte, si faccia forza. Ma non ha spiegato come.

Dopodiché mi hanno sbattuto dentro in stato di fermo e per ventiquattr'ore nessun agente mi ha rivolto la parola. Tamburellavo a mani nude sui muri per non uscire pazzo.

Una volta mi hanno portato a fare dei controlli. Mi hanno scattato diverse fotografie, frontali, di profilo. Hanno prelevato un campione di sangue e poi di urine. E mi hanno riportato in cella. Per due volte hanno messo altre persone nella cella. E dopo qualche tempo le hanno fatte uscire. Per tre volte mi hanno passato del cibo. Immangiabile. Una volta c'era persino il dolce. Budino alla vaniglia.

La cella non era come quelle che si vedono nelle serie TV. Era molto piú deprimente. Una finestrella con le sbarre da cui entrava una luce torbida. Un letto a castello. Un tappeto dello spessore di un tappetino da yoga. Un water con il sedile rotto. Una doccia che era un buco nel muro. Odore di mozziconi tutto il tempo. Tintinnio di chiavi tutto il tempo. Porte di metallo aperte e sbattute tutto il tempo, con una cadenza che sembra quasi regolare e ti fa uscire di testa.

Mi hanno sequestrato il cellulare, cosí non ho potuto leggere i vecchi messaggi di Liori per calmarmi. In alternativa, ho cercato di contare le pecore sul suo pigiama. Ho cercato di immaginarla con addosso il pigiama e ho provato a contare le pecore. Mi è tornato in mente come s'infilava nel nostro letto il sabato mattina, e nonostante il suo corpicino si frapponesse fra me e Orna, sentivamo che ci univa; di colpo mi ha invaso una strana nostalgia per Orna, non la Orna di adesso, la Orna di una volta, quella che mi apprezzava. E per quella sensazione di non aver bisogno di andare in nessun posto, perché tutto il mio mondo era con me in quel letto.

Anche la stanza degli interrogatori non era come quelle che si vedono in televisione. Non c'erano lampadine fulminate né scrivanie in formica. Solo faldoni. Faldoni a decine.

L'investigatore mi ha dato una bottiglietta di acqua gassata e un bicchiere di plastica (fra tutte le possibilità, proprio l'acqua gassata? ho pensato. Cos'è, mi avete scambiato per mio padre?), e mentre bevevo mi ha aggiornato sulle novità. Prima quelle cattive. Poi quelle ancora peggiori.

La polizia in Bolivia aveva permesso al perito incaricato dalla famiglia di riesaminare le fotografie del cadavere e i reperti dell'autopsia. Le conclusioni dei boliviani si erano rivelate approssimative. Con il nuovo esame il perito aveva rinvenuto segni evidenti di colluttazione e tracce di farmaci in dosaggi anomali, dunque esisteva il ragionevole sospetto che la morte di Ronen Amirov non fosse stata provocata da un incidente, come aveva dichiarato la vedova durante l'interrogatorio in Bolivia. Il defunto in alcune mail aveva messo i familiari al corrente della relazione nata durante il viaggio di nozze tra sua moglie e un israeliano di nome Omri, ed espresso il timore che sua moglie e il suddetto Omri progettassero di ucciderlo simulando un incidente per incassare i soldi dell'assicurazione sulla vita che lui aveva stipulato prima della partenza. Omri, siamo in possesso di fotografie dove lei appare in intimità con Mor Amirov, scattate nel corso della *shivah,* mi ha detto l'investigatore. Dopodiché vi siete recati insieme al suo appartamento, sempre durante la *shivah.* E per concludere, il dato piú importante: negli scorsi due giorni abbiamo interrogato Mor. Nega che si sia trattato di un omicidio premeditato, ma ammette che ci sia stata una colluttazione fra lei e il marito sulla Strada della Morte. Colluttazione di cui lei, Omri, sarebbe stato testimone e al termine della quale Amirov è precipitato nel baratro. Considerata la data del suo rientro in Israele, la versione fornita da Mor Amirov risulta senz'altro plausibile. E devo dire che il fatto che lei e Mor Amirov abbiate avuto rapporti sessuali mentre la signora avrebbe dovuto piangere la morte del coniuge dà adito al sospetto che abbiate in tal modo festeggiato il successo del vostro piano.

Sono rimasto in silenzio. Di solito si dice, «sono ammutolito per lo stupore». Ma non era esattamente stupore quello che provavo. Piuttosto un senso di vuoto. Il vuoto di uno stadio dopo che la partita è finita e tutti gli spettatori se ne sono andati lasciandosi dietro solo cartacce.

Cos'ha da dire in merito? ha preteso di sapere l'investigatore.

Suppongo di aver bisogno di un avvocato, ho risposto.

Di tutti i pensieri possibili, il primo che mi ha assalito non appena l'investigatore ha lasciato la stanza è stato come avrei fatto a spiegare a Liori che non poteva venire da me per il fine settimana.

Ha un'espressione tutta sua quando sta per piangere. Una smorfia pre-pianto. Un raggrinzirsi commovente che comincia dalle labbra, tira il naso e raggiunge gli occhi.

Se avesse saputo che suo padre era in arresto, se una delle sue compagne di classe avesse sentito la notizia al telegiornale, insomma già cosí, dopo la separazione –

Perciò la mia prima telefonata non è stata a un avvocato, bensí a Orna. Mentre aspettavo, sullo schermo del mio cellulare è comparsa una fotografia di noi tre – non ero ancora riuscito a impormi di cambiarla – durante una gita in bicicletta. Sembravamo una famiglia normale. Sorridente. Contenta.

Orna ha risposto dopo troppi squilli.

Le ho detto, sono nei guai. Le ho detto, mi accusano di complicità in omicidio. Le ho detto, in Bolivia. Le ho detto, spero ti sia chiaro che sono innocente. Le ho detto, alla fine ne uscirò, ma nel frattempo ho due richieste da farti.

Dall'altra parte solo silenzio.

Ci sei? ho sondato.

Sí, ha risposto Orna. Sono solo sconvolta.

Per la verità anch'io, ho ammesso.

Cosa mi volevi chiedere? ha domandato. Nella sua voce ho riconosciuto tutto: l'impazienza e la delusione e una preoccupazione sincera e anche un certo sol… che fortuna non essere piú sposata con questo inetto.

Inventa una storia per Liori. Dille che sono malato. Non fare accenno all'arresto. Difendiamola da questa merda finché è possibile.

D'accordo, ha risposto Orna.

E il secondo favore, chiama il tuo avvocato. Chiedigli se ha un penalista da consigliarti.

Liori è la vera ragione per cui non ho continuato a seguire Mor e suo marito sulla Strada della Morte.

Li ho raggiunti il giorno dopo. Ho noleggiato la migliore mountain bike di La Paz e pedalato come un matto. Da quando mi sono separato non sono al massimo della forma, perciò dopo qualche ora mi dolevano i muscoli. Ma non mi sono fermato nemmeno un momento a riposare. Le scene che mi frullavano per la testa erano il mio carburante: lo strano silenzio di Ronen mentre eravamo diretti alla gelateria. L'occhiata che mi aveva rivolto Mor quando mi avevano accompagnato all'ostello, un'occhiata che a posteriori mi pareva una richiesta d'aiuto. Le grida che la *señora* aveva sentito provenire dalla loro camera. I vetri infranti per terra. Qualcosa non andava, fra quei due – e io acceleravo – altrimenti perché lei si sarebbe presentata in camera mia in piena notte?

Erano un tornante piú avanti, quando li ho avvistati.

Lui pedalava alcuni metri davanti a Mor.

Non avevo programmato cosa fare, quando li avessi

raggiunti. Con un certo ritardo ho pensato che non era per niente una buona idea aggregarsi a una coppia in luna di miele il giorno dopo aver baciato la sposa. Chissà se lei gli aveva raccontato qualcosa. Chissà come avrebbe reagito lui.

Perciò mi sono limitato a seguirli per sincerarmi che Mor stesse bene, a una distanza che, senza espormi, mi avrebbe permesso di precipitarmi a difenderla, se ce ne fosse stato bisogno.

Quando è calato il buio e si sono fermati a montare la tenda, mi sono arrestato anch'io, ho fatto dietrofront, sono tornato indietro di qualche centinaio di metri e ho piantato i picchetti.

La notte, ricordo, ho sognato Sha'ar Hagai, sulla strada fra Gerusalemme e Tel Aviv. Ero sul sedile posteriore di un'auto che qualcuno guidava troppo veloce giú per le discese – poteva essere mio padre – e gli chiedevo di rallentare nelle curve, altrimenti saremmo finiti giú dalla scarpata.

Mi sono alzato prima dell'alba perché non mi precedessero, e ho aspettato che si svegliassero. Poi, nonostante il sogno, ho continuato a pedalare. Sempre tenendomi a distanza.

Sulla Strada della Morte ci sono davvero delle croci sul ciglio, in memoria di chi è precipitato di sotto. Ogni volta che ne superavo una, mi davo del coglione. Non aveva alcuna logica quello che stavo facendo. D'altro canto, pensavo, sono quindici anni, da quando sei sposato con una donna razionale, che ti comporti in modo razionale. Forse è arrivato il momento di agire in modo illogico, per una volta.

Il terzo giorno la visibilità era pessima, per via della nebbia. Ho tentato di avvicinarmi un altro pochino, di pedalare appena piú veloce, ma la strada era sdrucciolevole e a una curva ho sbandato, la bici è slittata e sono caduto. Sono proprio volato via dal sellino.

Ho afferrato una delle croci in memoria dei caduti e

mi sono tirato su. Non posso dire che stessi per precipitare nello strapiombo, o che mi sia trovato a gambe penzoloni tra terra e cielo, ma qualcosa in quella caduta in prossimità del ciglio – forse è stata la piccola croce alla quale mi sono aggrappato e il nome inciso sopra – mi ha scatenato un batticuore che è continuato per molto tempo, anche dopo che avevo sollevato e stabilizzato la bicicletta. Ero furibondo con me stesso: cosa stai combinando, deficiente? Hai una figlia. E le hai promesso di non fare niente di pericoloso. Chi conta di piú, tua figlia o una sconosciuta che hai baciato una sola volta?

Sono rimontato in sella, ho girato la bici e ho preso la via del ritorno. Non a causa di un posto di blocco della polizia, come avevo raccontato a Mor per nasconderle la verità. Ma perché volevo vivere.

Guidavo con prudenza. Ci si vedeva a malapena nella nebbia. E a malapena ho visto il ragazzo che scendeva dalla direzione opposta.

Abbiamo tutti e due frenato all'ultimo secondo, manubrio contro manubrio.

Mi ha insultato in italiano. «Stronzo». Tutta la mia famiglia materna è italiana, perciò gli ho risposto con un «vaffanculo».

Lui è scoppiato a ridere. E cosí, invece di inveire l'uno contro l'altro, io e Paolo abbiamo cominciato a parlare.

Gli ho detto che con quella nebbia continuare a scendere era un suicidio.

Lui ha ribattuto che proprio non ci pensava di morire, perché stavano per pubblicare il suo primo libro.

Siamo ripartiti insieme verso La Paz. Procedevamo lenti. La notte abbiamo dormito in strada, nella sua canadese. Gli ho raccontato di Mor, della sua visita inaspettata nella mia camera, del bacio che l'aveva suggellata e del fatto che, chissà perché, nonostante ci conoscessimo a malapena, tenevo davvero a lei.

Paolo mi ha ascoltato e ha commentato, io prenderei suo marito, lo butterei nel precipizio e farei l'amore con lei, ma tu non darmi retta, io sono italiano, ho il sangue caldo. E poi ha aggiunto, non è male come storia. Ti dispiace se prima o poi la metto in un libro?

Dunque ha un alibi? mi ha chiesto il mio avvocato e si è lisciato la cravatta.

In teoria sí, ho risposto. Se riusciamo a rintracciare quel Paolo.

Conosce il suo cognome?

No.

L'avvocato ha storto la bocca in una smorfia di disapprovazione. Come se mi disprezzasse. Come se non conoscere il cognome di quell'italiano provasse definitivamente che sono una nullità. Volevo mollargli un pugno, a quel bastardo. Ho proprio sentito montare la furia. Ma non potevo, mi serviva il suo aiuto. Il mio pugno è tornato a essere una mano aperta e cinque dita e ho detto, però mi ha raccontato diverse cose di sé.

D'accordo, ha replicato l'avvocato. Proveremo a lavorare con quello che abbiamo. Ma prima di tutto qui c'è una lettera per lei.

Una lettera?

Me l'ha consegnata l'avvocato della sua ragazza. Non so come sia riuscita a convincerlo a recapitarle una lettera. Rischia la revoca della licenza per una cosa del genere. Dica, che aspetto ha questa Moria, per plagiare gli uomini in questo modo?

Mor.

A quanto pare il nome sulla carta d'identità è Moria. Sapeva che viene da una famiglia osservante?

Ha accennato qualcosa in merito, in effetti. Ma ho capito che non ha grandi rapporti con loro.

Certo, ovvio che non abbia rapporti con loro.

In che senso? Perché ovvio?

A quanto mi risulta, a diciassette anni ha denunciato alla polizia suo padre perché picchiava lei e le sorelle, gliele dava di santa ragione. Regolarmente. Ma tutta la famiglia

– le sorelle, la mamma – si è schierata dalla parte del padre. Hanno negato. Dichiarato che si era inventata tutto.

Incredibile, ho commentato. E ho capito. Allora alludeva a questo quando ha parlato di un «dipendente che smaschera la corruzione».

Insomma, è una figa stratosferica? ha insistito l'avvocato.

Non direi, ho risposto, indispettito che parlasse cosí di lei. E ho pensato, ma ha uno sguardo che prima ti si incolla addosso e ti scatena la voglia di sbatterla contro un muro, e subito dopo si abbassa pudico e ti fa venire il desiderio di difenderla in eterno da chiunque la voglia sbattere contro un muro.

*Ciao Omri, mia roccia solida.*

*Ti scrivo perché non ho altra scelta, sono costretta a rischiare.*

*Ti scrivo perché il mondo mi è crollato addosso, sono sepolta sotto le macerie e l'unica fessura attraverso la quale può penetrare la speranza sei tu.*

*Avevo progettato di creare un'associazione dopo la luna di miele, sai? La volevo chiamare Storie di viaggio. La mia idea era che i volontari dell'associazione partissero per una passeggiata, un volontario con una persona in crisi, e la ascoltassero. Come al numero verde, ma in movimento.*

*A quanto pare l'unica passeggiata che potrò fare nei prossimi anni sarà durante l'ora d'aria in prigione.*

*Il mio avvocato dice che la pena per omicidio – anche se è stato per legittima difesa – può arrivare a vent'anni.*

*La fedina penale che mi ritrovo di certo non aiuta (quando l'insegnante di teatro mi ha mollata con un SMS ho comprato una tanica di benzina e cercato di mandare a fuoco la sua Ford Fiesta. Non ne vado fiera, ma non sono pentita). Se aggiungiamo la questione dell'assicurazione sulla vita, i frammenti del mio DNA sotto le unghie di Ronen e le mail che ha spedito alla famiglia, butta male. L'unica cosa che mi potrebbe aiutare nel processo, dice l'avvocato, è una testimonianza che confuti inequivocabilmente le accuse contro di me.*

*Ti scrivo anche se quasi certamente a questo punto mi consideri una stronza manipolatrice. Quasi certamente stai ricostruendo quanto è successo dal momento in cui sei arrivato a farmi le condoglianze e pensi che io ti abbia teso una trappola, che abbia progettato tutto in anticipo per incastrarti.*
*Se è questo che ti stai raccontando, lo capisco. Hai ottime ragioni. Ma io ti voglio raccontare una storia diversa. Anche se le probabilità che tu sia interessato ad ascoltarla sono poche. Anche se le probabilità che tu ci creda sono inesistenti. Te la voglio raccontare perché è la pura e semplice verità.*
*La verità è che mi sono innamorata perdutamente di te, Omri. Non l'avevo programmato. Non è il tipo di cosa che una sposina in viaggio di nozze programma. Ma è quello che è successo. Ed è piú forte di me. È stato piú forte di me dal primo momento in cui mi sono seduta sul tuo letto, nella camera dell'ostello, come se una corda invisibile mi attraesse verso di te senza che io mi potessi opporre.*
*Per questo sono scappata dalla* shivah, *per incontrarti (matta).*
*Per questo ho fatto l'amore con te su quel masso (matta da legare, ma ne valeva la pena).*
*Per questo ho girato la bicicletta e non sono tornata a casa (ancora non ero in grado di separarmi da te).*
*Per questo volevo lasciarti alla stazione di servizio e proseguire da sola (avevo capito che saresti finito nei guai per colpa mia).*
*Per questo ho accettato di rifugiarmi nel tuo appartamento (presumevo che la polizia ci avrebbe raggiunti, ma ti volevo sentire ancora una volta).*
*E in fondo per questo ho anche –*
*In fondo al cuore speravo che saresti venuto alla* shivah, *sai? Che avresti saputo di Ronen in qualche modo. Ma avevo anche paura che venissi, e comunque mi pareva impossibile, e quando sei entrato nello studio, chinandoti leggermente per non picchiare la testa contro lo stipite, volevo correrti incontro e abbracciarti, ma non potevo; ero la vedova, lí dentro. L'ho percepita la tua delusione per il mio disinteresse. Non credere che non abbia notato come stropicciavi la maglietta tra le dita, e martoriavi le stringhe allacciate e scioglievi la coda e poi*

*raccoglievi di nuovo i capelli e nascondevi la testa nell'album del matrimonio mio e di Ronen, come se davvero ti appassionasse. Era seducente (non dico meraviglioso, sennò ti sentirò sgridarmi dentro la mia testa, non sono meraviglioso!). Non c'è niente da fare, l'imbarazzo aggiunge fascino a un uomo. E comunque, nonostante l'imbarazzo, non hai mollato, hai insistito, sei rimasto seduto, solido, con quelle spalle larghe, e cosí si è riaccesa in me la sensazione che avevo avuto nella tua camera a La Paz, che in un'altra vita tu e io avremmo potuto –*
*Perciò ho cominciato, mentre parlavo con le colleghe del numero verde che fingevano di essere mie amiche, a progettare il nostro incontro sul masso –*
*Te lo devo dire, Omri: c'è un'altra ragione per cui mi sono affrettata a lasciare La Paz, oltre alla speranza che giovasse a Ronen.*
*Volevo scappare via da te.*
*Quando mi innamoro mi assale una leggera debolezza, come quando hai i primi sintomi di un'influenza. Succede anche a te, o ti capita il contrario? Quando ti innamori diventi piú acuto?*
*Sapevo che se fossimo rimasti in città mi sarei ritrovata a sgattaiolare nel tuo ostello tutte le notti.*
*Mi sono detta, in fondo cosa c'è stato fra me e lui? Due chiacchierate e un bacio. Niente che potesse destabilizzarmi in questo modo. Niente che non ci si potesse lasciare alle spalle. Ma non sono riuscita a lasciarmi alle spalle il calore delle tue mani sotto la mia maglietta quando ci siamo baciati, e non sono riuscita a lasciarmi alle spalle il piacere di sollevarmi in punta di piedi per un bacio, e non sono riuscita a lasciarmi alle spalle la sensazione di essere al mio posto tra le tue braccia, e non sono riuscita a lasciarmi alle spalle come mi ero sentita mentre parlavamo: non una zoccola, non una cretina, ma intelligente, divertente, speciale. Capisci? Non mi uscivi dalla testa, ho continuato a sognarti – sí, già allora – persino la notte in cui io e Ronen abbiamo dormito nella scuola mentre fuori diluviava –*
*Era come se mi fossi scissa in due Mor: una faceva tutto quello che ti ho raccontato in terza persona sul masso: cantava,*

*provava a sedurre, cercava di perdonare, tentava di tutto per mantenere la pace in famiglia e salvare il suo matrimonio.*
*E l'altra – quella indegna, di cui non ti ho raccontato – aveva già cominciato a svuotare il cuore per fare posto a un nuovo amore.*
*E piú Ronen taceva, piú mi teneva a distanza, piú mi umiliava, piú il pensiero di te occupava spazio. Immaginarci insieme era il mio modo di non lasciarmi offendere da lui. Di non sentirmi miserabile.*
*Non credevo che le mie fantasie si sarebbero trasformate in realtà cosí in fretta. Proprio no. Anche quando Ronen mi ha sbattuto con forza contro lo specchio dopo che l'avevo preso a pugni sul petto (non ti ho raccontato tutto, Omri, è imbarazzante crescere da bambina maltrattata e diventare una donna maltrattata), e anche quando ha giocherellato con il suo coltellino, la mattina della caduta, e ha rivolto la lama nella mia direzione dicendo, non so cosa farei se tu mi lasciassi, non ho avuto paura che andasse oltre. Credevo di conoscere i limiti di Ronen, e i limiti al di là di quei limiti. Insomma, leggere le persone è sempre stato il mio superpotere.*
*Solo quando ha cominciato a correre di proposito vicino al ciglio della Strada della Morte, nella nebbia, gridando che sí, era pazzo, era pazzo –*
*Solo allora ho capito che c'erano anche due Ronen: il Ronen-di-casa, di cui potevo prevedere le azioni, e il Ronen-del-viaggio, un'altra persona –*
*Solo allora ho gridato, mentre pedalavo, ti amo, Ronen mio, non ti lascerò mai, stai attento, smettila di guidare cosí, per favore, smettila di guidare cosí – ma lui non si è voltato verso di me, non ha risposto, ha accelerato, senza allontanarsi dal bordo, anzi, si è spinto ancora un po' piú a destra, vicinissimo a dove il ciglio cominciava a franare, e le ruote della sua bicicletta hanno cominciato a schizzare fango in tutte le direzioni –*
*Allora mi sono avvicinata, sempre pedalando. Sterzando leggermente con il manubrio. Sapevo esattamente cosa volevo fare: tirarlo per il cappuccio della giacca, trascinarlo a forza verso il centro del sentiero, farlo cadere, dargli un pugno da fargli per-*

*dere i sensi, poi legarlo a un albero con la catena della bicicletta e cercare aiuto, la polizia, un'ambulanza, qualcuno che gli impedisse di farsi del male finché non l'avessero ricoverato –*
*Ma evidentemente il Ronen-del-viaggio aveva altri progetti, perché quando gli sono arrivata vicino mi ha afferrato per la manica e tirato verso di sé –*
*Forse voleva trascinarmi nel baratro insieme a lui, forse solo spaventarmi, come facevo a saperlo? È successo tutto in un decimo di secondo –*
*L'ho spintonato bruscamente: con una mano ho tenuto saldo il manubrio mentre la mano libera si infilava sotto la sua che mi stringeva e poi saliva di colpo, con forza, ho strappato via la manica dalla sua stretta cosí che lui per un secondo ha perso l'equilibrio –*
*Ma con tutta probabilità non sarebbe caduto se la seconda Mor, quella indegna, criminale, non avesse aggiunto una spinta decisiva, intenzionale, sul petto, con la mano libera.*
*Dopo la caduta è calato il silenzio assoluto.*
*Ricordo di essere smontata di sella per guardare nel baratro, ma mi sono venute le vertigini e sono arretrata di un passo. Ricordo che la mia bicicletta è caduta perché non l'avevo appoggiata da nessuna parte. Ricordo che sono andata fino in fondo al tornante, per controllare se c'erano testimoni, e ho trovato solo uno stormo di uccelli. Mi sono seduta sulla terra bagnata. Ho cercato il telefono nella tasca per chiamare aiuto e a quel punto mi sono resa conto che, merda, il mio cellulare l'aveva lui. Nello zaino volato insieme a lui nel burrone.*
*La pioggia continuava a cadere e la terra sotto di me era diventata tanto fradicia che ho sentito che cominciavo ad affondare. Non mi dispiaceva affondare.*
*Sapevo che dovevo attivarmi. Alzarmi e agire e tentare ogni possibilità. Ma per parecchi minuti non sono riuscita a fare niente. Se non sprofondare nel fango.*
*Non avevo pensieri. Per lo meno non pensieri distinti.*
*Solo la sensazione profonda, abissale, di essere sola al mondo. Come se si fosse estinta l'intera umanità e io fossi l'unica superstite.*

*O al contrario, che da quel momento in poi avrei errato come Caino, con il segno sulla fronte, indegna di trovarmi al cospetto degli altri uomini.*
*Non credo di essermi mai sentita cosí sola come in quei momenti, Omri, dopo la caduta di Ronen.*
*D'altra parte, il fatto che non fosse presente nessuno mi ha permesso di scegliere quale versione raccontare piú tardi dell'accaduto.*
*Capisci, adesso, perché mi sono agitata quando i suoi fratelli hanno minacciato di far riaprire l'inchiesta sulla base delle sue mail? E perché non ti volevo coinvolgere?*
*Magari la storia di questa luna di miele riguardasse un marito uscito di testa e una moglie che ha fatto di tutto per accoglierlo e salvarlo, senza purtroppo riuscirci! Cosí ho provato a raccontarla a te (e a me stessa) sul masso vicino al memoriale ai caduti. Ma non è la verità. La vita di coppia è una giungla, come hai detto tu. E la verità è che la sua ferita ha aperto la mia ferita che ha aperto la sua ferita originaria che ha aperto la mia ferita originaria. Fino a che non ho commesso quel che ho commesso.*
*Deposito nelle tue mani il mio segreto oscuro (ne hai uno anche tu?). Non sono stupida. So che potresti usare questa lettera in tribunale come prova per incriminarmi. Mi auguro che tu non lo faccia, che accetterai di fare una cosa diversa. Potresti non aver voglia di ascoltare un'altra parola, dopo tutto quello che ho scritto qui, eppure, per la minima possibilità che non sia cosí, e perché il mio avvocato dice che non conta cos'è successo davvero, ma quale parte riuscirà a raccontare la storia piú convincente in tribunale, ecco la storia a cui ho pensato.*
*Ci hai seguiti sulla Strada della Morte perché eri preoccupato per lo strano comportamento di Ronen nella gelateria. E di quel che ti aveva raccontato la* señora *nell'ostello. Ci hai raggiunti proprio quando Ronen dava di matto. Ci hai visti lottare. Sei testimone che è stato lui a cercare di trascinarmi nel baratro e io mi sono difesa. Con le unghie. Hai visto da vicino come sono stata costretta a liberarmi dalla sua stretta per non precipitare. Di conseguenza è caduto. Io naturalmente*

*racconterò la stessa identica versione. Il mio avvocato dice che se i piccoli dettagli coincideranno, ci sono buone possibilità di convincere il giudice che si è trattato di legittima difesa.*
*E tu i dettagli li conosci dalla storia che ti ho raccontato sul masso in terza persona.*
*Che ne dici?*
*Mi rendo conto che si tratta di una richiesta impegnativa. E che se accetti ti accolli un bel rischio. Ma anch'io mi sono accollata un rischio pazzesco mandandoti questa lettera. Lo faccio nella speranza che anche tu senta come me: che l'amore non si può programmare. Che a volte sboccia in circostanze che sembrano impossibili. E che se rifiuteremo quello che può esserci fra noi, Omri, staremo sfuggendo al destino.*

*C'è stato un momento, Inta Omri. Nella tua auto. Poco dopo che mi hai raccontato di tuo padre. D'un tratto ho avuto una visione: noi due che usciamo per una passeggiata verso sera (a Ramat Gan c'è un parco in cui si sentono cinguettare gli uccelli?), i tuoi passi sono grandi e lenti, i miei piccoli e veloci, quindi si accordano, e io ti racconto che quel giorno, come parte del mio lavoro in Storie di viaggio, sono andata a camminare con una giovane vedova, e di botto, mentre parlava del marito morto, ho sentito il dolore di Ronen, proprio forte, e tu mi posi una mano sulla spalla, mi capisci e non ti spaventi se parlo di lui, e poi mi racconti della telefonata che hai ricevuto da Carlos Santana: il suo batterista è malato e ti ha chiesto di sostituirlo al suo concerto a Tel Aviv, al Parco Yarkon, e del nuovo laboratorio che hai proposto alle ditte hi-tech, un successo tale che «temo che diventeremo ricchi» –*
*Ti ho immaginato mentre me lo dicevi. E io ridevo. Ci ho immaginati felici insieme.*
*Tua,*

*Mor*

Insomma, cosa scrive? mi ha chiesto il mio avvocato tamburellando con le dita sul tavolo a un ritmo in tre quarti.

Sono rimasto qualche attimo in silenzio.

Sconcertato di fronte al rischio che Mor aveva corso.

Era chiaro che si era arrischiata a mettere il suo destino nelle mie mani anche per spingere me a mettere il mio destino nelle sue. La tattica era chiara. Ma non per questo meno efficace.

Me la sentivo dentro. Un'ondata di stupore e compassione e desiderio di salvarla, che mi allargava il petto e da lí si diffondeva in ogni parte del corpo, finanche ai lobi delle orecchie.

Ho aspettato che l'ondata passasse.

Poi ho raccontato all'avvocato qual era la proposta di Mor. A grandi linee.

Si è ringoiato le parole dure che voleva usare per lei – le ho proprio viste ridiscendere lungo la gola – e ha detto, non penserà di prendere seriamente in considerazione la cosa, vero?

Sono rimasto in silenzio.

Mi sta prendendo in giro? ha chiesto incredulo.

Sono rimasto in silenzio.

Mi stia bene a sentire, ha proseguito. Ha le orecchie ben aperte? In qualità di suo avvocato la devo avvertire che qualora confessasse di essersi trovato lí con loro, potrebbe accadere di tutto.

Ho annuito.

Inclusa un'accusa per falsa testimonianza nel migliore dei casi, e di concorso in omicidio nel peggiore.

Ho annuito.

Incluso che quella ragazza che… come dire, non è esattamente Madre Teresa, le si rivolti contro nella sua testimonianza e incolpi lei di aver spinto il marito nel baratro.

Ho annuito.

Bene, ha sospirato l'avvocato alzando un sopracciglio, sconfortato. Qualunque cosa lei decida di fare, prima di tutto bisogna rintracciare quel Paolo.

Abbiamo scoperto che parecchi scrittori italiani rispondono al nome di Paolo. Paolo Giordano. Paolo Pagani. Persino Paolo Di Paolo.

Ma del Paolo che serviva a noi non era ancora uscito nessun libro, stava giusto per pubblicare il primo.

Cos'altro sapevo di lui?

Che era cresciuto vicino al lago di Como. Si era trasferito a Torino per studiare scrittura. In una Scuola qualcosa. Aveva una compagna. Che l'aveva mollato perché lui aveva descritto la madre di lei in modo poco lusinghiero in un racconto. Ed era stato tanto stupido da farglielo leggere. Ah, nella sua famiglia era successa una tragedia spaventosa. Mi era appena tornato in mente. Nel corso della notte a un certo punto mi aveva detto che tutti gli israeliani che incontrava in Sudamerica partivano in viaggio appena finito il servizio militare. Quanto a me, non gli sembrava che fosse un viaggio post militare, e poi io avevo menzionato di... Avere una figlia? Gli ho risposto che il mio era un viaggio post divorzio. È rimasto zitto in segno di approvazione e poi ha detto, il divorzio è una merda. Ma è comunque meglio che essere *dishonest*. Ho ribattuto che io ancora non sapevo cosa fosse meglio, cominciavo adesso a metabolizzare. Temevo che avrebbe segnato mia figlia per tutta la vita. Segnato mia figlia per tutta la vita? ha ripetuto con un tono beffardo che indicava che il suo machete era piú grosso. È rimasto un po' in silenzio. Poi ha raccontato che quando aveva sette anni sua madre era rimasta sconvolta nello scoprire che il padre aveva una seconda famiglia. A Capri. Un'altra moglie, altri figli. Si recava a Capri molto spesso per affari. Ma nessuno sospettava. Il disgraziato era riuscito a mantenere una doppia vita per un decennio. E se non avessero inventato lo smartphone, sarebbe probabilmente andato avanti per sempre. Dopo aver scoperto i messaggi mandati all'altra donna, la mamma di Paolo aveva parlato con i suoi fratelli in Sicilia e una notte erano arrivati, avevano acchiappato suo padre, l'avevano trascinato in un bosco e l'avevano tagliato in due con una sega elettrica, all'altezza della vita. Metà l'avevano buttata nel lago di Como, l'altra metà, con tutta la testa, l'avevano ficcata in una scatola e spedita con FedEx alla seconda famiglia, a Capri.

Il suo libro parlerà certamente di questo, ha ipotizzato l'avvocato. Ho seguito un corso di scrittura tempo fa, e l'insegnante ci ha spiegato che nel primo romanzo gli autori raccontano la storia piú forte che è accaduta in famiglia, per cui la vera prova per uno scrittore è il secondo libro.

Interessante. Ma... come ci aiuta?

Ha detto che la famiglia di sua madre è italiana? E lei parla la lingua? Che si piazzi al telefono domani e chiami tutte le case editrici d'Italia finché non scopre quale sta per pubblicare un romanzo in cui c'è un uomo che viene tagliato in due con una sega. O il contrario.

Il contrario?

Una donna che viene tagliata in due. L'insegnante ha detto che se abbiamo paura che le persone vere su cui basiamo la storia la prendano a male o, peggio, ci querelino fino a lasciarci in mutande, è opportuno introdurre dei cambiamenti.

Il silenzio di mia madre quando le ho presentato la mia richiesta era eloquente. Potevo letteralmente sentire tutto quello che avrebbe voluto dirmi.

Per esempio, «Come ha fatto un ragazzo intelligente come te a cacciarsi nei guai in modo cosí stupido?» o, «Da me dovevi ereditare proprio la tendenza a sceglierti compagni problematici?» e ovviamente l'immancabile «Si raccoglie quel che si semina» in italiano, un classico fin dai tempi in cui i creditori di mio padre bussavano alla porta.

Ma non ha detto niente di tutto questo –

Si è segnata sul suo eterno taccuino rosso tutti i dettagli che le dettavo, e ha trovato Paolo Accordi in meno di quarantott'ore.

L'ha beccato a letto. Un attacco di panico-pre-uscita-del-primo-romanzo. Ma si ricordava di me e ha accettato di mandare al fax del mio avvocato una testimonianza minuziosa, convalidata da un notaio, in base alla quale il giorno in cui Ronen Amirov era caduto nel burrone sulla Strada della Morte io mi trovavo con lui, dunque non potevo essere coinvolto in quella storia.

Bene, l'avvocato tamburellava con le dita sul tavolo con un ritmo in sette ottavi. Abbiamo un alibi solidissimo. Da qui in avanti sta a lei valutare. Ammesso che sia in grado di fare delle valutazioni, quando si tratta di quella ragazza. A ogni modo la mia posizione le è chiara, vero?

Ho annuito.

Non mi dica che lo sta davvero prendendo in considerazione.

Non ho annuito.

D'accordo – ha fatto un profondo sospiro, di frustrazione – se anche decidesse di fare la grande stupidaggine, per non dire la stupidaggine colossale, di mentire in tribunale per lei, conviene che noi due abbiamo chiara la verità.

Prenda. Ha estratto dalla cartella un quaderno a spirale e una Pilot nera. Riporti tutti gli eventi. Esattamente come si sono svolti. Per ordine.

Cosí ho scritto, per una notte intera. Senza soste. E la mattina ho riletto tutto, dall'inizio.

A volte mi pareva che l'uomo descritto fosse un vero sprovveduto. Altre, che si fosse risvegliato alla vita dopo anni di letargo e rifiutasse, a ragione, di rinunciarci.

A volte ero convinto che Mor avesse davvero seguito il suo cuore. Altre, di essermi imbattuto nella *femme fatale* di La Paz. Aveva architettato tutto, o quasi tutto, con premeditazione.

Di una sola cosa non aveva tenuto conto.

Il mondo si divide in due gruppi di persone: chi ha figli. E chi non ne ha.

Solo una che non ha figli può chiedere a uno che ne ha di assumersi un rischio del genere per lei.

Liori – mi sono detto prima che l'avvocato entrasse nella cella per sentire cosa avevo deciso – è lei la mia storia di viaggio, adesso. Non diserterò come ha fatto mio padre. Intendo essere presente appieno nella vita di mia figlia. Amarla finché non approderà in un porto sicuro. Fare in modo che la sua sensibilità non venga ferita. Mai e poi mai le darò motivo di vergognarsi di me.

Il mio alibi mi ha scagionato. Sono stato rilasciato. Ho strappato in mille pezzi la lettera di Mor. Nonostante avesse provato a trascinarmi con sé nel baratro, non ho voluto né cercato vendetta. A quanto pare non sono il tipo. Nella mia testimonianza in tribunale ho cercato di descriverla nel modo piú positivo possibile, di sminuire l'importanza del nostro incontro e la sua influenza sugli eventi in Bolivia. Non so se sia servito. Le mail di Ronen, presentate per esteso ai giudici, preannunciavano in modo agghiacciante quanto sarebbe accaduto sulla Strada della Morte. Testimoni che lo conoscevano, avevano suonato con lui, studiato con lui hanno sostenuto che Ronen «era incapace di fare del male a una mosca», men che meno a Mor, di cui era perdutamente innamorato. I reperti dell'autopsia non hanno consentito di stabilire con certezza chi dei due avesse provato a difendersi nei momenti decisivi, sull'orlo del precipizio. Per di piú, la difesa non è riuscita a dare una spiegazione convincente del filmato della videocamera di sicurezza della farmacia, che mostrava Mor nell'atto di acquistare un tranquillante diverso, molto piú forte di quello che Ronen nelle sue mail aveva indicato di averle chiesto. E del guasto ai freni di Ronen, che poteva essere stato procurato da chi aveva trascorso tutte le vacanze nel garage di un meccanico.

Mor è stata condannata per omicidio. A dieci anni di prigione.

Con grande sforzo e uno stretto coordinamento – che mi ha ricordato la nostra sincronia di un tempo – siamo riusciti, io e Orna, a nascondere tutta la vicenda a Liori. O almeno cosí credevo. Una sera, prima di addormentarsi, Liori ha dichiarato che non voleva morire. Le ho detto che ero felice di saperlo. Poi mi ha spiegato con la massima serietà che aveva visitato il mondo dei morti e non lo aveva trovato per niente divertente. Ti posso chiedere come ci sei arrivata? ho chiesto con cautela. E lei ha risposto senza esitare, attraverso la strada della morte! E ha descritto, come se si trattasse di una nozione comune, si entra in un tunnel e quando si esce ci si trova lí.

Lí?

Nel loro mondo, papà. Quello dei morti.

Per alcune settimane dopo la condanna i media hanno riportato articoli sulla «Luna di Morte», e quando mi capitava, di tanto in tanto (di tanto in tanto? Chi sto prendendo in giro? Tre volte al giorno, come le tre preghiere del buon ebreo) di cercare su Google il nome di Mor, mi comparivano sullo schermo, e di seguito un servizio di diversi anni prima su un nuovo numero verde di pronto soccorso psicologico per adolescenti. Mor era stata filmata mentre spiegava «Cerco di arrivare, conversando, al momento in cui la mia solitudine incontra la loro. Devo ricollegarmi all'adolescente abbandonata che ero, per poterli aiutare». E poi «Chi è cresciuto in una famiglia felice non può capire quanto una famiglia possa rendere disgraziati».

Sotto il servizio sul numero verde appariva un vecchio articolo su *Amleto* nel sito delle notizie locali del comune di Ma'alot Tarshiha. Si trattava di una recensione – il nome del commentatore non era indicato – dello spettacolo presentato dalla compagnia di teatro giovanile. L'anonimo critico riteneva che, per quanto l'originalità sia apprezzabile, Amleto non possa essere interpretato da una ragazzina tutta ricci, altrimenti il contesto ne esce distorto; se

Shakespeare avesse saputo di quella pagliacciata – cosí la definiva – si sarebbe rivoltato nella tomba. Sotto il testo compariva una fotografia dove si vedeva sul palco, sfocata, Mor che sventolava qualcosa di simile a una spada.

A un certo punto ho smesso di cercarla su Google. Tentavo di dimenticare.

Sono uscito con diverse donne, con qualcuna sono persino andato a letto. Ma mentre lo facevo restavo sempre in disparte a guardarmi. E dopo mi rivestivo sempre in tutta fretta. Mi bastava questo per capire quanto la bolla che Mor era riuscita a creare intorno a noi mentre eravamo insieme fosse rara. Nei primi attimi al mattino, prima che la lucidità prendesse il sopravvento, e negli ultimi istanti la sera, prima che il sonno mi vincesse, compariva sul mio schermo interiore, in divisa da detenuta, si attorcigliava un ricciolo intorno al mignolo e chiedeva curiosa, come stai?

Ci ho pensato. Non doveva per forza essere o una cosa o l'altra. O Mor *femme fatale* o povera infelice. O le piacevo davvero o mi aveva usato. Completamente buoni e cattivi si è solo nei film di Hollywood. Le persone vere sono sia una cosa sia l'altra. Dunque poteva sia essersi innamorata di me a La Paz, sia aver cercato di sfruttarmi per evitare la prigione. Non c'era contraddizione tra il fatto che mi avesse mentito e il fatto che fra noi ci fosse una calamita.

Ho pensato che negli occhi di Orna, soprattutto negli ultimi anni, avevo visto di continuo cosa non ero. Negli occhi di Mor, invece, avevo visto cos'ero. E con il tempo diventiamo ciò che l'altro vede in noi.

Alla fine sono tornato a insegnare al Conservatorio. Ho messo in piedi una nuova band. Ho cominciato a proporre laboratori su un tetto che ho preso in affitto a Tel Aviv, nel quartiere Florentin.

In fondo, quanto tempo avevamo trascorso insieme? Un'ora di miele a La Paz. E altre ventiquattr'ore di miele in Galilea.

Mi tornava in mente di continuo come mi aveva posato la testa sulla spalla e mi dicevo, una ragazza che fa una cosa del genere sta stipulando un patto con te. E tu, tu l'hai infranto. E forse per eccesso di cautela hai perso un amore come ne capita uno solo nella vita.

Non condividevo i miei pensieri con nessuno. Quando una persona è in lutto, tutti provano a consolarla con la stessa frase: «Ti auguro di non conoscere altro dolore»; cosí mia madre, mia sorella e tutti i miei amici mi rivolgevano la stessa raccomandazione riguardo a Mor: «Sta' alla larga da quella donna, se non vuoi finire male».

Eppure, camminando per strada la immaginavo continuamente.

Immaginavo che uscisse con un permesso premio, e io la incontravo per caso.

Immaginavo fino ai dettagli piú minuti: cosa avrebbe indossato. Pantaloni attillati e maglietta morbida. I capelli – non legati, sciolti. I fili d'argento – d'argento. L'andatura leggera, saltellante, come a La Paz. I grossi orecchini che saltellavano insieme a lei. Il seno. Il suo sorriso mentre mi scorgeva di fronte a sé. Felice. Il suo sguardo quando ormai era vicina. Lo sguardo innocente di una ragazzina ortodossa.

Ma ormai in quella trappola dell'innocenza non ci casco piú. No, e poi no. E prima che lei abbia il tempo di abbracciarmi o dirmi, ehi, roccia solida, come stai?, o qualunque altra cosa che smantellerà le mie difese, le mollo un ceffone sulla sua bella guancia. Non forte. Non per far male. Ma un ceffone. Se lo merita, per aver tentato di inguaiarmi. Lei si sfrega il punto in cui l'ho colpita. Non sorpresa. Non offesa. Non furiosa. E dice con voce gelida, lo vedi, Omri, anche tu sei uguale agli altri. Cosí l'ultimo ricordo che mi resta di lei è brutto, ed è molto piú facile andare avanti con un ricordo cosí, che con la sua testa posata sulla spalla e la sua bocca che dice, sono completamente persa, Omri.

O con il messaggio che ho ricevuto da lei, un anno esatto dopo che era entrata in carcere.

Non c'era scritto nessun nome sul retro della busta marrone che l'impiegata mi ha consegnato.

E anche quando ho realizzato, tastandola, cosa mi aspettava dentro l'involucro, non ho intuito che venisse da lei.

Ho creduto fosse un regalo da uno dei miei ex studenti che voleva sfoggiare il suo nuovo album. Perciò l'ho aperta solo a casa.

Conteneva *Corri ragazzo* dei Knesiyat Hasekhel. Nessuna confezione regalo.

Sulla copertina era marcata, con un evidenziatore giallo, la traccia 11, *Let love in*.

La canzone si apre con otto colpi di tamburo. Colpi lenti, tribali, danno la sensazione di appartenere a un rituale antico. Poi emerge la chitarra acustica con un pizzicato ingenuo, che ti può far pensare, se non conosci il gruppo, che si tratti di una canzone tranquilla, ma nel giro di pochi secondi esplode la voce del solista, che sembra sempre sgorgare da dentro una ferita nella gola.

*Sei piú bella che mai quando sei ubriaca*
*Non distingui il bene dal male*
*E nemmeno la bellezza*
*Sei piú persa che mai quando sai quello che vuoi*
*Anch'io sono cosí*
*Anch'io sono andato nel deserto*
*Per uccidere il diavolo*
*E siamo tornati insieme*
*Uniti*
*Let love in, Let love in, Let love in*

Non ho notato il foglietto infilato fra il disco e la copertina. È rimasto per terra, e solo quando il brano è finito e mi sono alzato per spegnere lo stereo, l'ho visto.

Un foglietto semplice, da ufficio, giallo, e sopra solo due parole.

*Non aspettarmi.*

Non capivo come diavolo lo sapesse. Quella canzone mi martellava nella testa mentre stavamo insieme, ma non gliene avevo parlato. Ero sicuro al cento per cento di non avergliene parlato. Allora com'era possibile?

Ho cercato la canzone su YouTube, speravo di riconoscere un indizio, ma ho trovato solo una clip minimalista. Il solista è in un campo di sterpaglia gialla. Sullo sfondo, una città che da certe angolature sembra una cittadina di provincia, da altre si direbbe Tel Aviv. Si avvicina alla videocamera e ci lancia dentro la prima frase, *Sei piú bella che mai quando sei ubriaca,* dopodiché si allontana, quasi spaventato di quello che ha detto, poi si riaccosta, come per rimediare, aggiungere un dettaglio decisivo, e butta lí la seconda frase, ogni tanto fra le frasi ci sono dei brevi cut su una ragazza in bikini sott'acqua, che s'immerge, fa capriole, per lo piú sfocata di proposito. Al minuto 1:55 apre gli occhi e pianta nella videocamera il suo sguardo vulnerabile. Poi scompare e non torna piú, nel minuto che resta prima della fine della canzone il solista continua ad avvicinarsi e allontanarsi, fidarsi e sospettare, finché quasi al termine alza la testa e grida verso l'alto, al cielo.

*Let love in, Let love in, Let love in.*

Ho guardato e riguardato il video, assillato dalla sensazione frustrante che lí dentro Mor avesse occultato un messaggio per me. Una verità oltre la verità che mi sfuggiva.

E dalla sensazione che chi chiede *Non aspettarmi* in realtà sa che quel qualcuno l'aspetterà. Fuori dai cancelli della prigione. Il giorno della scarcerazione. Con il disco già pronto nello stereo dell'auto. Basta premere «play».

## Storia familiare

L'avvocato mi ha suggerito di scrivere la mia versione dei fatti.

«Cerchi di attenersi ai fatti» ha detto. «Alla commissione i sentimenti non interessano».

Fuori dalla mia finestra la sera scolora nella notte. La casa è vuota. Dal salotto non arrivano le voci dei bambini. Nella doccia l'acqua non scorre sul corpo di Niva. Le sonate di Schubert mi fanno compagnia in sottofondo, a basso volume.

Se devo confessare, questa è l'ora.

All'inizio era solo una specializzanda fra le tante. Forse appena piú avvenente della media. Forse appena piú brillante della media. Ma nessuno mi potrebbe accusare di averle accordato favori. Adesso rammento di averla persino rimproverata, una volta. In pubblico. Eravamo fermi, tutto il gruppo, intorno al letto di un paziente, e ho chiesto a Liat di riassumere il caso. Ha risposto in un tono arrogante, senza il benché minimo dubbio, che mi ha indispettito. Uomo, quarantacinque anni, si presenta con dolori al petto aggravati da sforzi e dal cambio di posizione. No fattori di rischio di malattia cardiaca ischemica. Febbre che si è risolta autonomamente una settimana prima del ricovero. In laboratorio – emocromo nella norma. Troponina negativa. Livelli PCR leggermente elevati. L'ECG non rivela segni di ischemia acuta. Al primo posto nella diagnosi differenziale metto pericardite. La cura raccomandata: Aspirina ad alto dosaggio e... colchicina per prevenire recidive. Ha aggiunto la colchicina con una sottile nota di autocompiacimento. Leggeva articoli, la signora! Era aggiornata sulla letteratura scientifica!

Bene, ho commentato mentre studiavo il fascicolo nel computer. Molto bene, dottoressa Ben Abu. Temo però che lei abbia trascurato un elemento: il padre del paziente è deceduto a quarantanove anni a causa di un attacco cardiaco. Ciò significa che esiste una storia familiare. Di conseguenza asserire che non presenta fattori di rischio sarebbe, mi permetta, un tantino irresponsabile da parte sua.

Mi dica, per cortesia, mi sono rivolto al paziente, abita in una villetta? In un condominio? Con l'ascensore? Senza? Quanti scalini deve salire fino al suo appartamento?

Venticinque, ha risposto. Anzi, trenta.

E nelle scorse due settimane ha faticato piú del solito a salirli? ho domandato.

Per la verità sí, ha risposto, mi mancava il respiro.

Qual è la prima cosa che un medico deve fare? ho chiesto, retoricamente, a tutti i presenti. Raccogliere informazioni su quello che potrebbe essere fatale per il paziente! E poi, dopo una pausa a effetto il cui scopo era lasciare il tempo di immaginare le conseguenze dell'errore quasi avvenuto, ho puntato lo sguardo su Liat e aggiunto, mi aspetterei che uno specializzando lo sapesse. Lo sanno gli studenti del primo anno.

Liat aveva un «ma dottor Caro» sulla punta della lingua, gliel'ho visto trattenere all'ultimo secondo; ho visto come la frase completa – «ma dottor Caro, i dolori acutizzati dal cambio di posizione sono caratteristici delle infiammazioni» – le scivolava giú giú per la gola e il viso acquistava il color peperone caratteristico di chi è stato umiliato in pubblico.

Mia figlia Yaela, che ha servito come ufficiale nel Centro sistemi informatici dell'esercito, ha sempre sostenuto che gli ospedali sono un'organizzazione piú gerarchizzata perfino delle forze armate. Non ha tutti i torti. Una specializzanda ci pensa bene prima di contraddire la diagnosi di un primario di qualche decina d'anni piú vecchio. Una specializzanda ci pensa bene prima di sporgere querela contro un primario.

Ma andiamo per ordine.

Cerco di individuare il momento in cui Liat si è distinta dalla massa e ha attirato la mia attenzione.

Ritengo possa essere successo quando l'ho sentita canticchiare fra sé e sé la Sonata per pianoforte n. 13 in la maggiore di Schubert. Era ferma alla postazione delle infermiere e annotava delle indicazioni per loro. Mi sono avvicinato alla postazione per verificare i dettagli dell'appuntamento per la TAC di un paziente e ho sentito l'adorato motivo provenire dalla sua direzione, ta-ta-tam, tam-ta-ta-ta-tam.

Forse non avrei dovuto rivolgermi a lei in quel momento. Ma la curiosità ha avuto il sopravvento: cosa aveva a che vedere una ragazza tanto giovane con quell'opera dimenticata? Pensavo di essere ormai l'unico ad ascoltarla.

Si è sistemata una ciocca di capelli dietro l'orecchio, è arrossita leggermente e ha risposto, non lo so, dottor Caro. Cambiavo stazione alla radio stamattina. Sulla superstrada Ayalon. E sono capitata sulla Voce della Musica. Trasmettevano questa. È Schubert, giusto?

Sí.

Mi è parsa cosí bella che non sono piú riuscita a cambiare canale.

In particolare il motivo che lei canticchiava un attimo fa, ho detto annuendo. Mi fa venire le lacrime agli occhi ogni volta che lo sento.

Sí, ha concordato. E mi ha lanciato un'occhiata sorpresa. Poi si è di nuovo sistemata la ciocca di capelli – ricaduta nel frattempo – dietro l'orecchio.

Anche il mio amore con Niva è sbocciato grazie alla musica. Grazie al primo album dei King Crimson, per la precisione.

Stavamo studiando per l'esame di anatomia in camera di una compagna del nostro stesso anno di università, Michal Dvorzki, nei dormitori. Per lo studio avevamo scelto questa strategia: una volta concluso un argomento si faceva una pausa durante la quale ognuno dei presenti, a turno, aveva facoltà di scegliere il disco da ascoltare, dalla collezione di Michal. Praticamente ci improvvisavamo disc jockey a rotazione.

Quando è toccato a Niva, ha scelto *In the Court of the Crimson King*.

L'ho riconosciuto subito, dalla copertina rossa con la bocca spalancata.

Nessuno era contento della sua scelta, è esplosa una protesta generale. All'epoca tutti volevano sentire gli Abba o i Boney M. Io invece ho difeso il suo diritto di mettere la puntina su un disco diverso. Piú sofisticato. E ricordato a tutti i presenti che la libertà di scegliere musica di proprio gusto era uno dei princìpi della Rivoluzione francese, il cui motto, notoriamente, era: libertà, uguaglianza e musica per tutti.

Cosí il primo legame fra noi è stato la vicinanza di una minoranza obbligata a difendersi dalla tirannide della maggioranza.

Non era fra le piú belle del nostro anno, Niva. E fino a che non ha posato la puntina sui King Crimson mi aveva dato l'impressione di una ragazza schiva. L'andatura lievemente curva. Sempre sprofondata in un maglione piú grande della sua taglia. Ma quando ha scelto proprio quella musica drammatica, teatrale, mi sono chiesto se sotto il maglione non nascondesse un fuoco riservato solo agli iniziati, e a fine serata mi sono avvicinato dopo parecchie esitazioni, risultato di numerose delusioni precedenti con rappresentanti dell'altro sesso, e le ho proposto di venire con me a vedere il nuovo James Bond.

Mi ha rivolto in risposta un sorriso raggiante e ha detto che James Bond non le piaceva.

La seconda volta in cui ricordo di aver notato la presenza di Liat è stato al banchetto del caffè.

Siamo arrivati insieme, esattamente alla stessa ora, non l'ora classica della fame, e per un buffo momento ci siamo ritrovati come Barack e Arafat all'ingresso dei colloqui a Camp David: ciascuno insisteva perché l'altro passasse per primo.

Alla fine ha ceduto lei con un sorriso, e si è avvicinata per ordinare.

Al banco del caffè ci sono, oltre al caffè, alcune bibite e una ristretta scelta di panini, fra cui uno non in bella vista che apprezzo in modo particolare: avocado e feta.

Dal momento che non ha molti estimatori, ne preparano solo un paio di quel tipo. Ebbene, le mie orecchie hanno avuto la sorpresa di sentire Liat ordinare proprio quello, insieme a una spremuta di pompelmo rosa. Ho aspettato paziente che la servissero e poi ho ordinato anch'io il sandwich con avocado e feta accompagnato, come sempre, da spremuta di pompelmo rosa.

Ci siamo fermati uno davanti all'altra, vicino al baretto, con le nostre ordinazioni identiche in mano. Era evidente che uno dei due doveva commentare quella comune scelta cosí insolita. Certo non mi aspettavo che prendesse lei l'iniziativa.

Allora, qual è il suo odore preferito, dottore? ha chiesto. Cosí, diretta, saltando tutti gli stadi intermedi previsti fra persone tra cui non esiste una vera intimità, e ignorando il fatto che di recente l'avevo ripresa in presenza dei suoi colleghi.

Il mio odore preferito? Ho finto indecisione nonostante la risposta fosse scontata: il profumo della guaiava.

Ha annuito concordando. E l'odore che non sopporta?

L'odore del giornale.

Di qualunque giornale?

In particolare l'*Haaretz*.

Ma pensa.

I contenuti invece sono di mio gradimento, ho tenuto a precisare. Ed è l'unico quotidiano in cui trovo recensioni di album di jazz di cui posso parlare con mio figlio

Assaf. Di recente comunque ho risolto il problema, mi sono abbonato alla versione digitale.

Anch'io! ha esclamato stupita. È rimasta un istante sovrappensiero e poi ha elencato, dito dopo dito, Schubert. Guaiava. Pompelmo. *Haaretz*. Avocado e feta. Quante coincidenze.

Alla fine Niva aveva proposto di andare a vedere un concerto del gruppo Habrera Hativit, invece del film di James Bond.

Il concerto si teneva al Pargod, un buco in via Bezalel a Gerusalemme che ormai ha chiuso i battenti. Alcune delle canzoni di quel gruppo, *I bambini sono la felicità* e *Nel nostro paese, a Todra*, le trasmettevano già alla radio, ma la band non aveva ancora prodotto il primo album, e noi del pubblico eravamo poco piú numerosi dei musicisti sul palco. Niva aveva detto, spero che ti piaccia, non è per tutti, sono orientali. Portava dei pantaloni di velluto e una camicia di flanella verde che dava risalto ai suoi occhi, ma non sapevo se fosse il caso di farle i complimenti; chissà se avrebbe apprezzato.

Solo poche esperienze musicali equivalgono alla scoperta di un nuovo continente. Io durante quel concerto avevo provato proprio quell'emozione – sentivo qualcosa di mai sentito prima. Certo, si possono dare spiegazioni musicali: le scale musicali arabe, tanto diverse da quelle occidentali, e il ritmo irregolare. E naturalmente ci si può appellare alla genetica, sostenere che il caldo sangue sefardita che mi scorre nelle vene si era risvegliato a sentire *Sheharhoret, Bellezza mora,* nell'esecuzione del cantante Shlomo Bar, visto che lui è nato in Marocco e gli ebrei originari del Marocco e gli ebrei di Hebron, come la mia famiglia, sono tutti discendenti di avi cacciati dalla Spagna. Ma durante lo spettacolo niente di tutto questo mi aveva sfiorato la mente. La musica degli Habrera Hativit aveva semplicemente risvegliato nel mio corpo intere aree fino ad allora ignote, e al primo bis mi ero addirittura alzato a ballare. Io, che alle feste passavo il tempo a fare tappezzeria.

A fine concerto eravamo usciti nell'aria fredda di Gerusalemme e Niva aveva proposto di andare a mangiare una minestra di *kubbeh* in via Agrippas.

Avevo accettato, benché con un rapido calcolo avessi concluso che i soldi che avevo in tasca rischiavano di non bastare per ordinare un piatto anche per me.

Vicino alla scuola Talitha Kumi mi aveva preso a braccetto per la prima volta. Poco prima di piazza della Davidka ci eravamo fermati a baciarci.

Voglio essere preciso riguardo al tipo di attrazione che Liat risvegliava in me in quella prima fase. Ci tengo a essere preciso. Soprattutto in considerazione dell'accusa che mi viene rivolta. Non si trattava di attrazione sessuale. Su questo sono categorico. I segnali di attrazione sessuale in un uomo sono chiarissimi, dopo tanti anni accanto a Niva li conosco perfettamente. Quando mia moglie mi si avvicinava con quelle intenzioni e mi baciava sul collo, il mio battito cardiaco accelerava e il respiro si prosciugava. Dentro di me s'inturgidiva il desiderio. Da quel primo bacio vicino alla Davidka, Niva ha sempre risvegliato in me un desiderio sessuale quasi cronico.

Non sto cercando di dipingermi come un santo. Naturalmente nel corso degli anni ho provato attrazione anche per altre donne. Infermiere. Colleghe dottoresse. Parenti di pazienti. A volte, dopo che Niva si era addormentata, mi concedevo di immaginare le mie dita che slacciavano i bottoni di una camicetta sconosciuta, la mano che s'infilava sotto una minigonna. Ma mi ero giurato: niente piú che fantasie. Nel corso degli anni del nostro matrimonio non ho posseduto altra donna, neppure una volta. Forse è per l'educazione che ho ricevuto, molto tradizionale. Forse per la consapevolezza che Niva non me l'avrebbe mai perdonato. Sarebbe stata capace di lasciarmi e portarsi via Yaela e Assaf.

A ogni modo, dopo che si è ammalata in me si è spenta qualunque voglia di quel genere. Tutte le mie energie erano rivolte a curarla, o per la precisione, ad accompagnarla nel percorso verso la fine annunciata.

Anche Liat avrei voluto accompagnare. Gli specializzandi hanno sempre un gran da fare, e ogni volta che la vedevo affrettarsi – dalla postazione delle infermiere alla stanza dei medici, dalla stanza dei medici a una riunione d'équipe, dalla riunione d'équipe alla stanza dei seminari – si risvegliava in me una voglia acuta di accostarmi, di camminarle a fianco, di regolare i miei passi sui suoi.

Anche un'altra voglia risvegliava in me: sapere tutto il possibile di lei. Com'era l'appartamento nel quale rientrava a fine turno? Aveva un compagno o viveva sola? Che sport praticava, per essere cosí in forma? Nel medaglione che portava al collo c'era una fotografia? Cosa teneva nella borsa, che non voleva si sapesse? Cosa rappresentava il tatuaggio che a tratti spuntava sul lembo di pelle scoperta fra l'orlo dei pantaloni e il bordo delle calze? Cosa leggeva quando andava a dormire? Si leccava il dito prima di girare pagina?

Ovviamente non potevo soddisfare tutte queste curiosità in modo diretto. Non è ammissibile che un primario importuni una giovane specializzanda con domande di quel tipo, indiscrete e intime.

Perciò mi accontentavo della nostra conversazione quotidiana vicino al baretto, che lei cominciava sempre a metà.

Ha notato quanto Albert della 16 somigli a Rabin? E il tizio in camera con lui, non è identico all'assassino, a Yigal Amir?

Ha sentito dov'erano poi finite le bottiglie di Septol? L'alcolista della 12 se le è scolate tutte.

Non può immaginare cosa ci è capitato stamattina al pronto soccorso. È arrivato un tizio con uno scopino del water nel retto. Proprio come nella canzone di Eran Zur. La conosce?

Dopo gli aneddoti arrivavano quesiti riguardanti la professione e come io la vedevo. Mi compiacevo della naturalezza con cui passava dallo scherzo alla profondità, e mi sforzavo di fornire risposte all'altezza del suo sguardo lusinghiero.

Non le capita di chiedersi qual è il senso di quello che facciamo, dottor Caro? In fin dei conti nella maggior parte dei casi non possiamo offrire ai nostri malati niente piú di una proroga.

Sapeva – le ho risposto – che Leonard Cohen è partito per il suo ultimo tour, quello mitico, grazie alla «proroga» che gli hanno procurato i medici?

Non è pesante per lei l'odore della morte che aleggia in reparto?

Alla fine ci si abitua a tutto, ho detto.

Mi dica, per favore, quando ha capito di voler diventare medico?

Non è stato un momento specifico, ma probabilmente… il fatto che il mio gemello sia morto di leucemia quando avevamo sette anni ha influito.

Caspita. Mi dispiace. Eravate gemelli monozigoti?

Mia madre non gli tagliava la frangetta solo per poterci distinguere.

Come si chiamava? Le dispiace se gliene parlo?

Shlomo.

Ha ricordi di lui?

Non gli piaceva andare da solo in bagno. Nemmeno a casa. Voleva sempre che stessi di guardia. Indossava esclusivamente magliette dell'Hapoel Gerusalemme, in ogni momento, anche per andare a dormire.

Aspetti, ma allora… perché non… è diventato pediatra alla fine?

Ho preferito evitare. Non sono sicuro di saper spiegare perché. Ma ho preferito evitare.

E… scusi la domanda, come mai lei alla… sua età… resta ancora a medicina interna? Se aveva scelto una specializzazione, perché poi è tornato in questo reparto?

Prima di tutto per la varietà dei casi. Secondo, perché in questo reparto esiste la possibilità di insegnare, di far crescere gli specializzandi – come lei, per esempio – a partire dalle prime esperienze e fino a quando non saranno in grado di insegnare a loro volta agli specializzandi.

Caspita e... mi dica, dottore, quest'angoscia di aver magari commesso un errore, e il tormento che mi attanaglia ogni volta a fine turno all'idea che forse avrei potuto fare diversamente, diminuiscono con gli anni?

No.

Di volta in volta scoprivamo, io e Liat – o per meglio dire gioivamo nello scoprire – nuove cose in comune: i tentativi autonomi, segreti, di tradurre le canzoni di Leonard Cohen in ebraico, perché le traduzioni ufficiali non ci parevano all'altezza. La passione per i libri di fantascienza e i fantasy, in particolare *Dune* di Frank Herbert. L'ipersensibilità alla caffeina. Un serio problema di piedi piatti che ci obbligava a portare sempre le New Balance. L'avversione per gli ascensori. Una bizzarra simpatia per le scale mobili in discesa, per l'attimo in cui metti un piede sul primo scalino e il tuo corpo si sposta in avanti, quasi a decollare. O a piombare giú.

Non ho dubbi che Liat notasse il mio sguardo che la rincorreva e la preferenza che le dimostravo rispetto agli altri specializzandi, il tono gentile con cui avevo preso a rivolgermi a lei. Che evitavo, dopo l'episodio della colchicina, di criticarla in presenza dei compagni durante il giro di visite. Che il collo mi s'imporporava quando, di tanto in tanto, sostava molto vicina a me. Troppo vicina.

Con tutta probabilità riteneva di piacermi come donna. Piccoli gesti femminili a cui indulgeva in mia presenza – le dita che tastavano la collana con il medaglione, uno sguardo che si soffermava un secondo di troppo – rivelavano che doveva essere arrivata a questa conclusione. Non la biasimo per essere arrivata a questa conclusione. Quale altra interpretazione era possibile in quel momento? E come avrei potuto evitarlo quando io per primo ancora non ero capace di comprendere a fondo i miei sentimenti?

Una notte non ho resistito alla tentazione e ho inserito il suo nome nel motore di ricerca.

Come primo risultato è comparsa una sua fotografia, Liat vincitrice di una gara nazionale di corsa orientamento: una canottiera dalle spalline sottili, la medaglia d'oro appesa al collo, sul viso un sorriso mezzo fiero e mezzo esausto. Il secondo era un articolo su un'associazione di nome In corsa per la vita, nell'ambito della quale giovani da poco congedati lavoravano come educatori di adolescenti a rischio. Liat era una delle volontarie, e nell'intervista dichiarava: «Noi crediamo che chi impara a orientarsi sul terreno potrà orientarsi meglio anche nella vita», e poi aggiungeva: «Non appena escono all'aria aperta, in libertà, cominciano a sorridere. È incredibile vedere come un'attività cosí semplice abbia un effetto tanto dirompente».

Il terzo risultato era la pagina Facebook di Liat, ma l'accesso era consentito solo agli iscritti. Niva avrebbe senz'altro riso della facilità con cui ho tradito senza battere ciglio i miei princìpi, per iscrivermi al social network che nelle discussioni fra noi definivo «una colossale perdita di tempo» e «un pallido sostituto della vita sociale vera».

Nel giro di cinque minuti il profilo di Paul Muad'dib, il protagonista di *Dune*, era attivo, e un attimo dopo ero nella pagina di Liat, dove ho scovato un vero tesoro: fotografie di Liat nei piú svariati e straordinari paesi del mondo – mi è parso che avesse una predilezione particolare per l'America Latina – i capelli castani raccolti ogni volta in una diversa pettinatura, una treccia spessa, decine di treccioline sottili, un severo chignon, una sontuosa corona di trecce stile Julija Tymošenko. Fra una foto e l'altra, brevi testi, sorprendentemente sinceri, una sorta di diario virtuale che ho divorato. Due mi hanno toccato tanto che li ho copiati in un file nuovo sul mio computer per poterli rileggere a mio piacimento. Il primo doveva essere stato pubblicato nell'anniversario della morte di suo padre.

*Mio padre mi ha insegnato a non perdere la bussola. Mio padre mi ha insegnato che la matematica in realtà è filosofia. Mio padre mi ha insegnato che le scarpe devono essere innanzitutto comode. Mio padre mi ha insegnato che vince chi si diverte di piú. Mio padre mi ha insegnato ad allacciare le stringhe in un nodo speciale che non si scioglie mai. Mio padre mi ha insegnato che di tutto, proprio di tutto, è lecito ridere. Mio padre mi ha insegnato che dire la verità è importante, ma non ferire un'altra persona può essere piú importante ancora. Mio padre mi ha insegnato che amare significa restare feriti. Ma che non è una scusa per non amare. Mio padre è morto dieci anni fa, e ogni giorno che passa mi manca di piú.*

Impossibile evitare di pensare, leggendo quelle parole, cosa avrebbero scritto di me Yaela e Assaf. Cosa avrebbero raccontato di aver imparato da me. Ammesso che da me abbiano imparato qualcosa.

Il secondo testo che ho copiato e incollato era stato scritto dopo che Gilad Tal, lo specializzando del precedente reparto in cui Liat aveva fatto tirocinio, si era tolto la vita.

*Come è possibile che in nove anni di studi dedichiamo a malapena una settimana all'aspetto emotivo della professione? Piú di tutto mi irritano quelli che sono «sconvolti» dal suicidio di Gilad. Io sono sconvolta del fatto che siate sconvolti. Se sottoponete le persone a una pressione psicologica cosí forte per un tempo cosí lungo senza offrire alcun supporto, è ovvio che prima o poi qualcuno crollerà. Le vostre mani sono macchiate del sangue di Gilad!*

La mia Niva la pensava precisamente, ma proprio precisamente come te, volevo dirle l'indomani al baretto, ma mi sono trattenuto. Per non rivelare che la leggevo di nascosto.

Con tutta probabilità, le cose fra noi sarebbero rimaste sommesse e sospese ancora a lungo, non fosse stato per l'altro impulso irrefrenabile che Liat risvegliava in me: difenderla da ogni situazione pesante e da chiunque osasse ferirla.

La professione medica è considerata una professione sicura, che libera chi la intraprende da preoccupazioni economiche; il sogno di ogni madre ebrea. Tutti dimenticano i lunghi anni di studi e di specializzazione, durante i quali gli studenti guadagnano poco o niente. Come può sopravvivere a quegli anni chi non ha le spalle coperte? Chi ha un padre che, di fatto, non si è mai ripreso dalla morte di tuo fratello gemello, perciò ha lasciato tua mamma ad arrabattarsi lavorando come segretaria per l'orchestra dell'Ente radiotelevisivo, arrotondando con le pulizie nelle case dei ricchi del quartiere di Rehavia, a insegnare ai figli a ricavare una saponetta dai rimasugli delle precedenti, a tagliare la punta delle scarpe perché si possa continuare a usarle anche d'estate, a cancellare per ore gli esercizi scritti nel sussidiario per poterlo poi rivendere a due soldi da Moshe Chai libri nuovi e usati?

Dopo un mese di appuntamenti con Niva ero sul lastrico.

Fino a quel momento i due lavori che facevo, cassiere al cinema Edison e guardia notturna alla Corte Suprema, erano bastati per pagare le rate del prestito per la retta universitaria e mantenermi in tutta austerità. Ma Niva aveva una passione per la cultura. E io avevo una passione per Niva. Cosí mi ritrovavo a pagare i biglietti per gli spettacoli a teatro, per i concerti, per le conferenze al Circolo dei lettori e per le visite guidate al Museo d'Israele. E dopo aver nutrito lo spirito, bisogna anche mangiare qualcosa, no? Altrimenti l'esperienza non è completa. Cosí non mi restava scelta, dovevo pagare, con un peso sullo stomaco, anche le fette di torta nei caffè e i pasti al ristorante.

Niva proponeva sempre di pagare la sua parte. Questo va detto. E io ero sempre categorico nel rifiutare, pur sapendo che i suoi genitori erano benestanti e non le avrebbero mai permesso di scadere al livello raggiunto da me: un lunedí mattina ero stato svegliato da Geula della banca con la minaccia che, se avessi proseguito con quel fiume di spese, la banca mi avrebbe bloccato il conto, anzi, non fosse stato per l'amicizia con mia mamma, sua compagna di scuola al ginnasio, l'avrebbe bloccato seduta stante. Senza preavviso.

Quella mattina, arrivando all'università, avevo visto un piccolo annuncio sulla lavagna di sughero all'ingresso della facoltà. Vicino alle comunicazioni di lezioni cancellate e modifiche nel calendario degli esami era appesa in bella mostra una proposta con sotto i numeri di telefono da staccare.

I parenti dovrebbero venire per le visite in reparto tra le dodici e le quattordici e tra le sedici e le diciannove. Di fatto sono lí tutto il tempo. Nelle camere. Nei corridoi. Bussano alla porta della stanza dei medici. Assediano il banco delle infermiere. Ti tirano per la manica. Ti sbarrano la strada. Esigono attenzione. Esigono un secondo parere. Chiamano, infermiera! Oppure, scusi! Scusi! Parlano al telefono. Parlano tra loro. Parlano e parlano, piú che altro per vincere il timore per la sorte dei loro cari.

Non sono specializzato in psichiatria. Ma ritengo che si dovrebbe aggiungere al DSM, la bibbia dei disturbi mentali, un'ulteriore categoria riguardante i familiari dei malati. Si badi bene: lo dico senza il minimo scherno. Io stesso ho accompagnato Niva per sei mesi nel reparto oncologico (Yaela è venuta in visita due volte, visite brevi. Assaf si è limitato a chiamare su Skype. Forse non gli avevamo comunicato con sufficiente chiarezza la gravità della situazione. Forse noi per primi non volevamo riconoscere la gravità della situazione. E forse, come sosteneva Niva, avevamo avuto troppo successo nell'educarli alla realizzazione personale).

Comunque sia, l'angoscia derivante dalla permanenza vicino a un malato, i lunghi giorni trascorsi ad aspettare, la frustrazione generata dalla necessità dei dottori di dare priorità ad alcune mansioni rispetto ad altre e che cozza con l'aspettativa di una risposta immediata li ho vissuti sulla mia pelle. E senza dubbio si tratta di un cocktail che, unito alla tensione cronica della vita in Israele, può destabilizzare chiunque, spingere a reclamare, protestare e persino urlare.

Ma le grida che erano arrivate quel giorno dalla postazione delle infermiere mi avevano spinto a interrompere all'istante il giro visita, e precipitarmi lí. C'era qualcosa di anomalo nel tono. Di incontrollato. E può darsi che il mio sesto senso mi avesse mandato un segnale.

Liat era appoggiata all'indietro sul bancone, e un uomo sulla trentina la teneva per il colletto della camicia e la copriva di insulti che fatico a ripetere. Ma che ripeterò lo stesso.

Brutta stronza, le diceva. Grandissima figlia di puttana. Mia madre è qui da stamattina e continuate a ripeterci «Fra poco», perciò o tu adesso la visiti, oppure io ti fotto. Qui, su questo tavolo.

Liat era pietrificata. Quella ragazza sportiva, arguta, era pietrificata (così come Niva, cosí determinata, cosí sicura di sé, era rimasta pietrificata quando il suo comandante, che Dio lo maledica, aveva chiuso a chiave la porta dell'ufficio alle loro spalle. Un istinto. Biologico. Maledetto. Magari la selezione naturale lo estinguesse).

Ho preso il tizio per le spalle e l'ho strappato via da Liat con tutte le mie forze. Erano anni che non mi lasciavo coinvolgere in un episodio violento, dalla maxi rissa dopo il derby a Katamon, nel '74. Sia allora, di fronte ai tifosi del Beitar, sia con quel tizio, che si è girato verso di me pronto a mollarmi un pugno, mi si è scatenato dentro un impulso sorprendente, una smania di battaglia.

Salvo che all'epoca avevo ventidue anni ed ero reduce dai maledetti combattimenti per Suez nella guerra del Kippur, teso e rabbioso, cercavo guai, mentre adesso ero un sessantottenne svigorito, lento nei movimenti e ancora abbattuto per la morte di Niva.

Nella guardiola degli infermieri Liat mi ha medicato le ferite – una appena sopra il sopracciglio destro e l'altra sulla guancia sinistra. Eravamo entrambi seduti sulle sedie da ufficio tra il carrello con i disinfettanti e il lettino, vicinissimi, il suo alito e il suo profumo arrivavano fino a me. Il mio battito cardiaco è accelerato. È accelerato molto. Ho sperato che non lo avvertisse. Non abbiamo parlato. Non una parola per tutto il tempo della medicazione. Io avevo la lingua appiccicata al palato, e lei era concentratissima nel compito di disinfettare e poi ricucire.

Fra me e me ho pensato, da quando Niva se n'è andata nessuno mi ha piú toccato con tanta dolcezza.

E ho pensato, chi non viene toccato con dolcezza si indurisce dentro.

E ho pensato anche che se si chinava un altro pochino, il suo seno destro rischiava di sfiorare la mia spalla sinistra.

Una volta finito, si è allontanata leggermente e ha osservato il mio viso, soddisfatta.

Notevole, ha commentato. Poi mi ha guardato negli occhi e ha chiesto, non ha avuto paura? Era abbastanza… spaventoso quel tizio.

Non devo avere paura, la paura uccide la mente, ho citato da *Dune*.

La paura è la piccola morte che porta con sé l'annullamento totale. Guarderò in faccia la mia paura. Lascerò che mi calpesti e mi attraversi. E quando sarà passata, aprirò il mio occhio interiore e ne scruterò il percorso. Ha proseguito con la citazione, e si è soffermata per concedere a me di completarla.

Là dove andrà la paura non ci sarà piú nulla. Solo io ci sarò, ho concluso.

A quel punto, senza lasciarmi il tempo di reagire, si è chinata verso di me, mi ha stampato un bacio delicato sulla guancia e ha aggiunto, grazie. Poi è uscita dalla stanza.

In quella stanzetta c'erano alcune riviste pornografiche. *Playboy*, *Penthouse*. Io fin da ragazzino faticavo a comprendere il fascino che la pornografia esercitava sui miei amici. Perché mai una donna che non conosco personalmente dovrebbe eccitarmi? E poi, come può un uomo dotato di occhi non accorgersi che la maggioranza delle donne immortalate sulle riviste è vittima di sfruttamento? Basta il loro sguardo vuoto, rivolto con angoscia all'obiettivo, a dimostrarlo.

Ho da sempre preferito chiudere gli occhi e lasciar fluire le immagini nella mia mente. È proprio quello che avevo fatto anche quel giorno alla banca del seme.

Immaginavo Niva sotto la doccia. Immaginavo l'acqua scorrere sulle sue curve, soffermarsi un istante negli incavi e proseguire scivolando nelle fenditure segrete.

Pochi minuti, e il bicchiere era pieno.

Cinquecento vecchie lire israeliane, pagavano all'epoca per una donazione di sperma normale. Mille per la donazione di un medico. Un capitale, a quei tempi.

Prima della donazione si faceva un check-up completo. E a ogni fase un diverso funzionario tornava a elencarti le condizioni, per assicurarsi che comprendessi le conseguenze della tua azione.

Il donatore non ha diritto a ricevere informazioni sull'identità delle donne che beneficeranno della donazione del seme.

Il nome e l'identità del donatore o qualunque altro

dettaglio al suo riguardo non saranno divulgati. Il donatore resterà anonimo.

Il donatore ha facoltà di cambiare idea sulla donazione fino a quando questa non viene utilizzata.

Non avevo mai raccontato a Niva della donazione. Mi era capitato di essere stato sul punto di dirglielo, ma qualcosa mi aveva sempre frenato. Forse il timore che non avrebbe capito, se le avessi spiegato di non averlo fatto solo per denaro, ma anche per mio fratello morto. Forse il timore della sua reazione. E forse a volte preferiamo non raccontare ad altri le nostre azioni, per non renderle piú reali.

Tengo a precisare: questo segreto che ho serbato non aveva inquinato i nostri rapporti né seminato zizzania tra di noi. In tutte le famiglie felici albergano dei segreti. Ma vi erano notti – soprattutto da quando i nostri pulcini erano volati cosí lontano dal nido – in cui Niva si rigirava nel letto. Cercava di dormire con il cuscino. Cercava di dormire senza cuscino. Rinunciava e accendeva la piccola abatjour. Si alzava per andare in cucina. Si versava un bicchiere d'acqua e lo beveva, poi passava in salotto e tirava fuori un album, e mentre sfogliava le fotografie dei nostri figli mi accusava in cuor suo perché avevano scelto di andarsene a vivere cosí lontano. In notti come quelle, mentre aspettavo che tornasse nel nostro letto e le rivolgevo in cuor mio la stessa identica accusa, mi balenava per qualche secondo il pensiero – l'interrogativo – possibile che avessi un altro figlio al mondo? E se cosí era, dove si trovava in quel momento? Chi lo accompagnava per la sua strada?

E poi il dottor Danker ha cominciato a corteggiare Liat. Conoscevo bene lui e le sue turpi strategie. Perciò me ne sono reso conto ancor prima di lei. E non sono rimasto sorpreso quando Tami, caposala e capopettegolezzi, mi ha informato, qualche settimana piú tardi, non senza una nota di piacere maligno, che avevano cominciato a frequentarsi.

Non potevo stare a guardare.

Il dottor Danker, che d'aspetto ricorda vagamente il George Clooney della pubblicità del caffè, ha mosso i suoi primi passi leggeri, felini nel nostro reparto circa otto anni fa, quando è rientrato, tronfio della gloria del ricercatore, dall'ospedale universitario di Boston, e da allora è personalmente responsabile di innumerevoli cuori infranti: sorelle di pazienti, specializzande, tirocinanti – la tattica si ripete puntuale: comincia con un'offerta di supporto, da perfetto gentiluomo: aiuto nel preparare una presentazione per il *Journal Club*, sedia riservata al suo fianco per la riunione del mattino, brioche calda dal bar appena fuori dall'ospedale e biglietti gratuiti per gli spettacoli al Club Zapa (suo cugino è il direttore vendite); prosegue con la pausa pranzo insieme, della quale approfitta per confidare all'accompagnatrice che si sente pronto a diventare padre, ma non è disposto a compromessi riguardo alla scelta della mamma, perché lui è cosí, un inguaribile romantico; seguono alcune settimane, tutt'al piú alcuni mesi, di relazione appassionata, durante le quali la vittima si presenta al lavoro almeno una volta con la sciarpa per nascondere il succhiotto che lui le ha lasciato sul collo, e poi, senza preavviso e senza pietà, il dottor Danker e il suo camice – su cui tiene appuntata la medaglia al coraggio della seconda guerra del Libano – passano alla prossima fanciulla, mentre la precedente rimane a sanguinare sul ciglio della strada.

Una delle fanciulle precedenti si è presentata al reparto alcuni anni fa con una bomboletta di spray lacrimogeno e l'ha inseguito sbraitando per i corridoi. Con una dimostrazione di raro coraggio, lui si è rinchiuso nella stanza dei dottori, senza piú uscire finché la sicurezza non l'ha allontanata. Non ha neppure avuto la decenza di uscire a parlarle.

Ma non ho ancora menzionato la sua caratteristica piú insopportabile: la tendenza a pavoneggiarsi delle sue conquiste con i colleghi uomini sul terrazzo per fumatori dietro il cucinino del reparto, imponendo all'ascoltatore descrizioni per nulla accademiche. «A quel punto prende la fotografia del marito con i bambini dal tavolo e la volta, per non farli assistere». «Non ci potevo credere. Era pur sempre la direttrice del mio reparto». «A un certo punto si è messa a urlare, ho pensato che le facesse male allora ho smesso, invece lei mi sussurra all'orecchio, con tanto di musica originale, *Don't stop me now, I'm having such a good time*».

Il pensiero che a breve avrebbe descritto in quel modo le sue prodezze con Liat mi dava la nausea. Cosí ho deciso di agire.

Ho copiato il numero di telefono di Liat dalla lista dei contatti sempre appesa vicino alla segreteria, e quando sono arrivato a casa ho riattivato il telefono di Niva e da quello le ho mandato un messaggio. E poi un secondo.

Col senno di poi, alla luce dell'effetto di quei messaggi e della maniera in cui ora vengono utilizzati contro di me, ammetto che non è stato un gesto dei piú sensati. Ma in quei giorni non vedevo alternative.

I messaggi dovevano sembrare mandati da una donna che in passato aveva sofferto dei capricci del dottor Danker e adesso, in nome della sorellanza, desiderava risparmiare a Liat lo stesso destino. Fra una calunnia e l'altra intessevo la mia tela, inserendo parole gentili verso Liat.

*Tieniti alla larga dal dottor Danker. È veleno.*

*Una donna come te, cosí intelligente e seducente, ha diritto a un uomo che la apprezzi davvero.*

*E comunque, è un medico mediocre. Non gli affiderei i miei cari.*

*Meriti di meglio.*

Per alcune settimane Liat non è comparsa ai nostri rendez-vous quotidiani vicino al baretto.

Durante la pausa pranzo andava con il dottor Danker al centro commerciale, e mentre tornavano la mano di lui stringeva quella di lei.

Tutti i miei tentativi di fermare il treno nella sua corsa verso il baratro sono falliti.

Sentivo che il mio corpo faticava a ingabbiare l'anima: anelava a esplodere in un grido di preoccupazione.

Per me sarebbe stato naturale consultarmi con Niva, come mi ero consultato per tanti dubbi durante i nostri anni di vita insieme. Avevamo una nostra cerimonia: aspettavamo che i bambini si addormentassero. Prima Yaela e dopo Assaf, i respiri nel sonno di Yaela arrivavano sempre prima dei respiri nel sonno del fratello. Poi ci prendevamo mezz'ora, per evitare sorprese. Dopodiché dicevo a Niva, scegli la musica. Dal mio tono lei indovinava qual era il disco piú adatto come colonna sonora della conversazione. Lo estraeva dalla custodia. Appoggiava la puntina. Abbassava il volume. E restava in ascolto.

I dischi sono ancora sul loro scaffale in salotto, ordinati per genere musicale e, all'interno di ciascun genere, in ordine alfabetico. Il giradischi è in condizioni perfette. Ogni venerdí lo spolvero con un panno apposito. Ma la puntina della mia vita, la donna che faceva nascere da me amore e senso, non c'è piú.

Ogni angolo di questo appartamento me la ricorda. L'isola in cucina è stata una sua idea. Le sedie alte lí intorno, le ha scelte lei. E cosí pure i quadri alle pareti. Eccetto il quadro della barca, quello l'abbiamo scelto insieme in Grecia. Davanti a questo specchio si pettinava. Finché non piú. In questo tegame preparava il *chamin,* lo stufato per Shabbat. Finché non piú.

Non ti pesa, papà, vivere cosí, dentro a un... memoriale? mi ha chiesto Yaela durante una delle nostre ultime chiamate su Skype. Hai pensato alla possibilità di trasferirti?

Tu non capisci, le ho risposto, io non voglio dimenticare la mamma. La voglio ricordare.

I ragazzi sono arrivati in Israele due settimane prima che morisse.

Sono andato a prenderli all'aeroporto.

Per prima è arrivata Yaela. Da Londra. Ci siamo abbracciati a lungo. Abbiamo preso posto nel bar degli arrivi in attesa che atterrasse anche il volo di Assaf da Montréal.

Papà, ha commentato, hai un aspetto spaventoso, cos'è questa barba?

Pensavo che la barba fosse tornata di moda, ho risposto.

Ha scosso la testa lentamente come a dire, che ne sai tu di moda?

L'ho aggiornata sulla situazione. L'avevo informata per sommi capi già prima, via Skype, ma a quel punto ho aggiunto i dettagli e non le ho risparmiato la prognosi. Quando ho concluso, è scoppiata a piangere. Sono rimasto sorpreso. Fra i due fratelli, quello incline alle lacrime è Assaf, mentre lei possiede fin da piccola la compostezza di sua madre. Ricordo che una volta li avevamo portati a vedere uno dei film della serie *Guerre stellari*. Non esattamente *Schindler's List*, eppure durante la proiezione Assaf era in lacrime, preoccupato per il destino della principessa Leila, e Yaela aveva approfittato della sua angoscia per fregarsi tutti i popcorn.

Fin da piccola, ha imparato a cavarsela. Fin da piccola si è offerta di restare a casa da sola e badare al fratellino, quando uscivamo per andare a un concerto o uno spettacolo.

Quando Assaf è tornato dall'Estremo Oriente ed è cominciato il suo periodo nero, Yaela era l'unica a riuscire a farsi strada fino a lui. Io e Niva siamo stati banditi dalla sua camera perché lo mandavamo in ansia, ed è stata Yaela a sedersi sul suo letto ad ascoltare, giorno dopo giorno, trovando la pazienza di sciropparsi le sue teorie esistenziali finché non è stato disposto a rivelare le afflizioni che nascondevano. È stata lei la prima a prendere i contatti con la comunità Equilibrio. E poi a portare il sassofono in comunità e a convincere tutti gli esperti che solo la musica avrebbe avvicinato Assaf alla vita. Veniva lí con me due volte alla settimana per sentirlo suonare (Niva non partecipava ai nostri viaggi. Quel posto suscitava in lei un'ostilità che non riusciva a spiegare, diceva, ma io in cuor mio pensavo che in realtà si vergognasse di suo figlio. Che fosse quello il problema. Non le ho detto, ma che madre sei, però in cuor mio ho pensato, ma che madre sei).

Yaela ha terminato il Politecnico con il massimo dei voti e la lode. Al militare ha servito come ufficiale. Alla facoltà di informatica le hanno proposto di fare un dottorato e poi il post dottorato a Londra, che sarebbe dovuto durare due anni e si è tramutato in una permanenza stabile, quando ha ricevuto dall'università un'offerta che non si poteva rifiutare.

E adesso la mia bambina temeraria, che si è trasformata nella mia ragazza risoluta, che si è trasformata in una donna di valore, singhiozzava come una frugoletta nel bar della sala arrivi.

Ho allungato la mano e le ho accarezzato i capelli. Non ero certo di compiere il gesto giusto. Se nel corso degli anni aveva cercato consolazione – per lo piú si era trattato di delusioni d'amore – era stata sua madre a offrirgliela. Ma adesso ha chinato la testa verso di me, a significare che la carezza era benaccetta, e solo dopo un lungo minuto si è riscossa, ha asciugato le lacrime e detto, e Assaf? Sei sicuro che sia sul volo? Sarebbe proprio da lui perderlo.

Pochi istanti dopo abbiamo scorto Assaf che veniva verso di noi in mezzo al fiume di viaggiatori di ritorno in Israele, come sempre con la custodia rettangolare del suo sassofono in spalla, e a differenza di sempre – senza sorriso.

Abbiamo viaggiato fino a casa in silenzio.

A quello stadio ormai i medici avevano ammesso di non poter piú far nulla. Niva riposava nella nostra camera. Nel nostro letto.

Le ultime due settimane della sua vita le abbiamo trascorse insieme, tutti e quattro, come una volta.

Sono state le ore piú belle della nostra famiglia. E le piú terribili. Abbiamo riso tanto. Ci rotolavamo dalle risate. Ci stendevamo in salotto nella disposizione classica durante le gite in famiglia. La chiamavamo «uno sopra l'altro sull'erba»: dispiegavamo una coperta di piqué, per esempio sul monte Carmelo, oppure sul prato vicino alla tomba di Ben Gurion nel Negev, e ci sdraiavamo formando un quadrato – o un rettangolo, a seconda dell'età dei bambini – in cui ciascuno posava la testa sulle cosce dell'altro e accarezzava i capelli di quello di cui teneva la testa sulle cosce. Adesso accarezzavamo la testa calva di Niva. E giocavamo a Scarabeo e Monopoli. E Assaf ogni tanto suonava per noi. E ordinavamo cibo a domicilio, perché la cuoca di casa era Niva, e ormai non piú. E nelle ultimissime ore ciascuno di noi è entrato in camera per dirle addio, ma lei era completamente annebbiata, era ormai troppo tardi per le conversazioni a cuore aperto, e ci siamo tutti pentiti di non averlo fatto prima. E dopo: io sfilo con delicatezza la fede dal suo dito freddo e la infilo all'anulare, accanto alla mia. E dopo: il funerale. Qualcuno attacca *L'ultima estate*, la canzone che aveva chiesto di suonare sulla sua tomba. *E ricordatevi che avete promesso di non piangere perché il cielo è grande e le lacrime piccole.* E nel petto mi preme un gemito che vuole uscire. E dopo: la *shivah*. Noi tre sul divano. Yaela alla mia destra, Assaf a sinistra. Un fronte unito davanti ai tanti venuti a consolarci, prevedibili con le loro condoglianze banali e il loro banale imbarazzo, i panegirici banali e la banale aspettativa di sentire una storia, ma che storia si poteva raccontare? Solo, c'era una volta una donna molto amata, e adesso non c'è piú. Dopo che i visitatori se ne andavano, noi tre ce ne fregavamo di tutte le regole e le proibizioni per la settimana del lutto stretto e guardavamo i film di Harry Potter. Uno ogni sera, tutta la serie.

L'ottavo giorno – dovevano averne prima parlato fra loro, si erano di sicuro coordinati a mia insaputa – abbiamo mangiato per colazione gli avanzi della *shivah* e Assaf ha raccontato a Yaela di uno spettacolo importante per il quale si doveva preparare, e Yaela ha parlato ad Assaf degli studenti che l'aspettavano per i colloqui.

Conversavano fra loro, ma era chiaro che si rivolgevano a me.

Allora ho chiesto, quando avete pensato di partire?

Hanno risposto, domani.

Ho soffocato il grido, perché cosí in fretta? E il grido, non lasciatemi solo. E ho chiesto, pratico, domani quando?

Hanno risposto, a mezzogiorno.

Dopo abbiamo trascorso l'intera giornata a riportare la casa come era prima. Nonostante fosse chiaro che la casa non sarebbe mai tornata come era prima. La sera abbiamo visto l'ultimo della serie di Harry Potter, *Harry Potter e i doni della morte*. La notte ho fatto un sogno. Cammino per Gerusalemme in cerca del Club Pargod e non lo trovo. Da qualche parte nella mia mente ho la cognizione di dove si trova, ma non riesco ad afferrarla, vagabondo per le vie della città sotto il sole cocente, in preda alla confusione, in preda alla sindrome di Gerusalemme, ogni tanto fermo qualcuno per chiedere se ha idea di come arrivare al Pargod, ma tutti m'ignorano e si allontanano come fossi un lebbroso, finché alla fine, all'angolo fra via Hillel e via King George, un uomo in camice bianco mi posa una mano sulla spalla e dice, energie sprecate, Caro, il Pargod ha chiuso i battenti. A sentire la notizia crollo a terra. Stramazzo, come un soldato colpito da una pallottola. Disteso sul marciapiede del centro città, a braccia spalancate. E nessuno si avvicina ad aiutarmi o a chiedere cos'è successo.

Quando mi sono presentato in salotto quella mattina, ho scoperto che Yaela e Assaf si erano già alzati e avevano preparato i bagagli, pronti vicino alla porta uno di fianco all'altro, ed erano in cucina a leggere il quotidiano del mattino.

Yaela ha alzato gli occhi dalle pagine per domandare, come hai dormito, papà?

Malissimo, ho risposto. E lei ha chiesto, caffè?, esattamente nello stesso modo e tono di Niva. Abbiamo bevuto il caffè, come fosse un giorno qualunque. E abbiamo letto insieme il giornale, come fosse un giorno qualunque. Alla fine Yaela ha guardato l'orologio e comunicato, abbiamo venti minuti. Assaf ha risposto, dovrebbero bastare. Si sono alzati insieme. Lei mi ha preso una mano, lui l'altra, e mi hanno tirato verso il bagno e piazzato davanti allo specchio, perché constatassi il disastro con i miei stessi occhi, e con un rasoio d'altri tempi e la schiuma da barba mi hanno rasato alla perfezione, con sconfinata delicatezza.

Dopo li ho accompagnati all'aeroporto. Per tutto il tragitto avrei voluto dire, per favore, non partite. Non sono capace di stare solo. Le parole non mi sono uscite di bocca. Ma in cuor mio sapevo che se anche fossi riuscito a pronunciarle, sarebbero partiti comunque.

Quel che presentivo è successo.

Un mattino Liat è tornata al baretto con gli occhi rossi per mancanza di sonno, e forse di pianto, il viso pallido e una sciarpa al collo.

Ho trattenuto l'impulso di posarle una mano consolatrice sulla spalla, e come sempre ho lasciato che ordinasse per prima.

Diversamente dal solito, ha ordinato solo il succo di pompelmo. Rinunciando al panino.

Alla domanda nei miei occhi ha risposto con un secco «non ho appetito».

Siamo rimasti in silenzio per un minuto buono. In cuor mio ricoprivo di insulti il dottor Danker e fantasticavo di strangolarlo con lo stetoscopio.

Alla fine si è rivolta a me dicendo, c'è una cosa che non capisco.

Ho annuito, facendole cenno di continuare.

Cosa fa un medico nei giorni in cui non è in condizioni di fare il medico? Nei giorni in cui non ne può piú di questa vita?

Va a lavorare, ho risposto. E mi sono subito accorto che la mia replica, cosí netta, l'aveva delusa. Come se da me si aspettasse una reazione piú sfumata. Perciò ho aggiunto, questo mestiere non lascia spazio per l'autocommiserazione. Ma può essere anche un vantaggio. Mia moglie è mancata pochi mesi fa e –

Condoglianze, ha detto spalancando gli occhi, non sapevo.

E in passato, ho proseguito, abbiamo conosciuto momenti non facili con nostro figlio. Con Assaf. Era tornato da un grande viaggio e abbiamo temuto per la sua vita. I miei genitori sono morti a una settimana di distanza l'uno dall'altra. Prima mia madre e poi mio padre. Eravamo rientrati da poco dal post dottorato a Toronto e io non... non voglio pensare a cosa avrei fatto in tutte quelle circostanze, se non mi fossi dovuto presentare al lavoro ogni mattina.

Posso immaginare.

Presumo che avrei perso la testa.

Siamo rimasti di nuovo zitti. Sembrava intenta a soppesare le mie parole. Alla fine ha preso l'ultimo sorso dalla bottiglia di succo, ha fatto un cenno perché ci avviassimo verso il reparto, e mentre camminava ha detto, questo posto mi opprime, dottor Caro. Mi opprime. Io amo il nostro lavoro, ma non sopporto l'ambiente. Sa cosa ho sognato durante il turno di notte questa settimana, quando sono finalmente riuscita a addormentarmi per mezzo minuto? C'era il giro visita e noi specializzandi eravamo in piedi intorno a una paziente, a discutere indicazioni e controindicazioni per le sue condizioni, ma poi la videocamera del sogno si è avvicinata al letto e ho scoperto che la paziente ero io, stavano tutti discutendo di me. Si rende conto? Quello che dovrei davvero fare adesso è mollare tutto, prendere un volo per la Bolivia e fare di nuovo il Takesi. Ha mai sentito parlare del Takesi?

Non è morto un israeliano in Bolivia, di recente? È sicura che –

Ah, no, quello è successo sulla Strada della Morte. Era in bicicletta. Io parlo del Takesi. Ghiacciai, lagune, giungle. Si va a piedi. Cioè, si prende un taxi fino a Choquecota e da lí si comincia a scalare le Ande – da un certo punto il percorso segue un antico cammino degli Incas – e si prosegue finché non si arriva a un paesino minuscolo. Non c'è ostello, perciò si dorme in un'aula della scuola.

Ha continuato a descrivere il percorso, e intanto io annuivo e immaginavo lei in pantaloncini corti con i muscoli del polpaccio tesi nello sforzo di scalare un monte troppo alto, finché non siamo arrivati alle porte automatiche all'entrata del reparto. A quel punto le ho toccato il braccio – le ho sfiorato il braccio, per essere precisi – e ho detto, se avesse bisogno di qualcuno con cui parlare, Liat, io ci sono.

Grazie, ha risposto; mi ha fissato con uno sguardo colmo di gratitudine e fiducia, e ha ripetuto, grazie. E poi aggiunto, cosa farei senza di lei?

Sono rimasto comunque molto sorpreso, quando si è presentata a casa mia quella stessa sera.

Ho pensato che a bussare alla porta fossero ragazzini venuti a raccogliere donazioni per qualche associazione.

Nessuno, a parte quei volontari, bussa alla mia porta, da quando Niva se n'è andata.

Gli amici di tanto in tanto chiamano, ma non vengono mai a trovarmi. Forse si aspettano un invito. Forse temono che la tristezza sia contagiosa. O forse da sempre gli piaceva vederci piú per Niva che per me.

Ho aperto – e mi sono trovato davanti Liat. Adesso era evidente che aveva pianto. Il trucco leggero che usava sempre era sbavato agli angoli degli occhi, le guance erano umide di lacrime; stringeva in mano uno stetoscopio.

L'ha dimenticato in reparto, ha spiegato. E ho visto che domani visita in ambulatorio, fuori dall'ospedale, cosí...

Grazie. Ho preso lo stetoscopio che mi tendeva e aggiunto, cosa farei senza di lei, dottoressa Ben Abu?

Ha sorriso e detto, bene. Era un «bene» di congedo, di chi intende tornare da dove è arrivato, ma non si è allontanata, e dopo un momento ha aggiunto, non la vorrei disturbare.

Sono solo, qui, ho chiarito.

Gli esseri umani sono quasi sempre soli, ha detto.

Effettivamente è cosí. Ho sorriso per mostrare che avevo riconosciuto la citazione da *Dune*; prego, entri, dottoressa Ben Abu.

Sicuro che sia il caso? ha domandato e si è sistemata una ciocca di capelli dietro l'orecchio.

Certo, ho risposto, certo. E mi sono domandato, dove avrà trovato l'indirizzo? Poi mi sono ricordato: la lista dei contatti vicino alla segreteria. D'un tratto ho provato imbarazzo: era abituata a vedermi con il camice, e adesso eccomi in abiti da casa, un vecchio in tuta da ginnastica e pantofole, con le macchie di sole sul viso.

Si è fatta avanti e ha osservato il salotto.

Wow, ha commentato, quanti dischi.

Sí, ho risposto compiaciuto. È la collezione che io e Niva abbiamo messo insieme.

Si è soffermata davanti allo scaffale e li ha esaminati.

È una raccolta eclettica, ho constatato, tutti e due amiamo –

Sia Schubert sia Dudu Tassa.

Complimenti, ricorda tutto.

Una buona memoria è indispensabile per il nostro mestiere, no?

Niva sempre... ci teneva che non ci accontentassimo della musica che sentivamo da giovani, e di continuo... cercava di continuo voci nuove.

È lei? Si è fermata davanti alla fotografia vicino al televisore.

Sí.

Magnifica.

Concordo.

E aveva... ha il sorriso negli occhi.

Vero.

Dove vi siete conosciuti? Le dispiace se glielo chiedo?

All'università.

Medico anche lei?

No. Dopo gli studi aveva scelto di lavorare in un'azienda farmaceutica. Sosteneva che durante la specializzazione si è trattati da schiavi e che nessuno dovrebbe sottostare ad abusi del genere.

Caspita. Precorreva i tempi.

E poi le interessava svilupparle, le medicine, non prescriverle.

Aveva ragione.

Mi dica, Liat, posso offrirle qualcosa da bere? Un tè? Un caffè?

Alcolici ne ha?

Ah... sí... naturale. Cosa preferisce? Un momento. Non me lo dica, indovino io. Campari e pompelmo rosa?

Si è seduta sul divano e io sono andato a preparare i cocktail. Ho sentito i miei passi piú scattanti del solito. Un fossile che torna in vita.

Mi sono presentato con due bicchieri alti, uno per lei e uno per me. Ma dopo che aveva bevuto il suo praticamente in un sorso, le ho offerto anche il mio. E sono andato a prepararne altri due.

Mi scusi, ha detto con un sorriso imbarazzato quando sono tornato, e si è di nuovo sistemata la ciocca di capelli dietro l'orecchio. Ne avevo bisogno.

Mi sono seduto sul divano. Il piú distante possibile da lei. Mi vuole raccontare cos'è successo? ho chiesto, fingendo di non sapere cos'era successo.

Ha preso una lunga sorsata dal secondo bicchiere e

ha cominciato a parlare: biglietti per Zapa. Aiuto nel preparare le presentazioni. L'attico. Dichiarazioni d'amore. Discorsi sui figli che avrebbero avuto. Persino sull'aspetto dei figli che avrebbero avuto. E pensare che una voce dentro di lei aveva continuato a ripeterle di non concedere il cuore fino in fondo al dottor Danker. E c'erano stati anche i messaggi (questo resta fra noi, d'accordo?). Una donna le aveva mandato diversi messaggi da un numero sconosciuto. Aveva cercato di metterla in guardia. Le aveva scritto che il dottor Danker era «veleno». Cosa fa una ragazza normale dopo aver ricevuto avvertimenti del genere? Si tutela. Ma non lei. Lei è autolesionista. Le piacciono solo gli uomini che la fanno stare male. Forse perché suo padre è morto quando aveva quattordici anni. O forse no. Forse non c'entra. Forse invece che medicina avrebbe dovuto studiare psicologia, per capire se stessa. Ma a cosa serve capire, se non si riesce a cambiare? Non è vero, dottor Caro?

Può chiamarmi Asher.

Non è vero, Asher?

Sono rimasto zitto. Avevo la sensazione che non cercasse veramente un consiglio. Poi mi sono alzato, mi sono avvicinato allo scaffale della musica classica, ho estratto il disco delle sonate di Schubert eseguite da Radu Lupu, l'ho messo sul giradischi e ho sistemato la puntina all'inizio della terza traccia. Nel frattempo lei si era scolata anche il mio bicchiere.

Al risuonare delle prime note della Sonata per pianoforte n. 13 in la maggiore, le si è accesa una luce negli occhi: non è…?

Sí, lo è, ho risposto e mi sono seduto.

Siamo rimasti in ascolto. Lei a occhi chiusi. Io a occhi aperti fissi sui suoi occhi chiusi.

Che meraviglia, ha commentato quando la sonata si è conclusa, con una lacrima che brillava all'angolo dell'occhio.

Piacere allo stato puro.

È come se la musica premesse «play» sui nostri sentimenti piú... reconditi. Non lo pensa anche lei, Asher?

Ne sono convinto, Liat.

E se mollassimo tutto e aprissimo insieme una startup di musicoterapia?

Che idea! ho detto scherzando, nell'intonazione dei comici piú famosi dei miei tempi, e dal suo sorriso ho capito che non aveva colto.

Sono... cosí stanca, Asher – d'un tratto la sua voce si è affievolita e la testa è caduta pian piano all'indietro – la mia stanchezza... è proprio... proprio... abissale. Le spiace se chiudo un attimo gli occhi?

Ma certo che no, ho detto. Aspetti solo un secondo. Le porto un cuscino, cosí si sistema piú comoda.

Sono andato in camera di Yaela e tornato con il cuscino. L'ho sprimacciato e poi gliel'ho passato, e lei se l'è messo in grembo e ha chiuso gli occhi, poi si è tolta le New Balance, sfilata l'elastico dai capelli, e si è lasciata andare lunga distesa sul divano, con il cuscino sotto la testa.

I capelli chiari ci si allargavano sopra a ventaglio. Invitavano a una carezza.

Accidenti, Asher – ha aperto gli occhi un istante, e la faccia cosí circondata dai capelli pareva pallidissima – mi sento molto in imbarazzo con lei, solo che d'un tratto mi gira un pochino la testa. Mi sa che è il Campari. Mi sdraio solo qualche minuto, poi vado.

È tutto a posto, mi fa piacere che lei si senta a casa, ho detto, e sono andato a prenderle una coperta.

Sono sempre stato il «rimbocca-coperte» di casa. Da bambini, Assaf e Yaela chiedevano sempre, papà, ci copri? E io avevo sviluppato una tecnica speciale che consisteva nello spiegare la coperta e poi stenderla con lentezza, gradualmente, facendo loro il solletico, finché non ricadeva morbida sul corpo, dopo gli posavo con delicatezza l'orlo sul collo e terminavo con una doppia carezza sulla testa, con le dita delle mani aperte che si muovevano dalla fronte alla nuca. Due volte.

Ho fatto lo stesso anche questa volta. Ho spiegato, steso, rimboccato, e alla fine la mia mano si è allungata quasi da sola a carezzare la testa di Liat.

Credo che abbia mormorato, com'è piacevole, dopo la prima carezza. Non ne sono certo al cento per cento perché la voce era bassissima. Gli occhi chiusi. Ma non ha spostato la testa né dato segno in alcun modo che la carezza fosse indesiderata. Perciò l'ho accarezzata di nuovo.

In quel momento ha cambiato posizione. Forse era appisolata. Forse no. Si è spostata così all'improvviso che la mia mano è scivolata dalla testa alla clavicola che emergeva dalla scollatura. E mi sembra, voglio dire, è possibile, che il mio mignolo abbia sfiorato la curva del suo seno.

Ho subito ritratto la mano.

Ma lei ha spalancato gli occhi, si è tirata su come fosse stata morsa da un serpente e ha detto con voce tagliente, perché l'ha fatto?

E ha detto anche, ma le pare?

E ha detto anche, non ci posso credere, pensavo che –

C'è un equivoco, ho cercato di spiegare.

Sí, certo, mi ha puntato addosso due occhi fiammeggianti. Dica la verità, dottor Caro, perché è cosí gentile con me? Perché mi mangia con gli occhi dal giorno in cui sono arrivata in reparto? Perché mi parla in modo diverso dagli altri specializzandi?

Non lo so. Ho detto la verità.

Ovvio. Ovvio che non lo sa. Ha increspato le labbra in un sorriso tanto amaro da somigliare piú a una smorfia, preso la borsa dallo schienale del divano con uno strappo troppo forte, che l'ha rovesciata, si è chinata a recuperare il portafogli, gli occhiali da sole e la scatola di Nurofen caduti a terra, li ha ricacciati dentro, si è alzata e si è diretta alla porta.

Aspetti un momento, Liat. Le ho toccato il braccio.

Non mi tocchi, ha ribattuto.

Per favore, non guidi in queste condizioni, ho insistito. Ha bevuto molto. Mi permetta almeno di accompagnarla a casa.

Le ho detto di non toccarmi, si è scrollata di dosso la mia mano. È uscita sul ballatoio. E si è sbattuta la porta alle spalle, con forza.

Ho immaginato un incidente. Ho immaginato un incidente sulla superstrada Ayalon. Ho immaginato un incidente su viale Namir. Ho immaginato un incidente all'incrocio delle torri Azrieli. Ho immaginato un veicolo accartocciato. Ho immaginato un veicolo in fiamme. Ho immaginato la telefonata della caposala. Ho immaginato il funerale. Di nuovo il funerale. Ho camminato in diagonale su e giú per il salotto come un detective che cerca di risolvere un crimine da lui stesso commesso. Sono andato al cassetto delle medicine in cucina per prendere un tranquillante. Ci ho ripensato. Ci sono cose che una pillola non può calmare. Sono tornato in salotto. Ho toccato il divano, conservava ancora il tepore del corpo di Liat. Un capello caduto dalla sua chioma giaceva sul cuscino. Marrone, chiaro, di miele. L'ho preso e rigirato fra le dita. Dopo l'ho stretto fra i due pollici – come facevo con i fili d'erba da cui traevo il suono che tanto divertiva i compagni di asilo di Yaela, poi i compagni di asilo di Assaf, ragione per cui preferivano che fossi io il genitore di turno al cancello, e non Niva.

Ho soffiato sul capello e poi l'ho avvicinato al naso. E annusato. Avevo la sensazione che conservasse il profumo di Liat. Sono andato in cucina, ho preso un sacchetto di plastica, di quelli che usavo per avvolgere i tramezzini che preparavo a Niva ogni mattina da portare al lavoro, l'ho aperto e ho inserito il capello con grande cautela. Non pensavo di usarlo come prova. Neanche per idea. Come potevo sapere? Desideravo che mi restasse qualcosa di lei. Nel caso capitasse l'incidente sull'Ayalon. O in viale Namir. O all'incrocio Azrieli. Nel caso la sua auto uscisse di strada. O si schiantasse contro un muro.

O attraversasse un incrocio con il rosso proprio mentre passava un camion. Le immagini si susseguivano e alla fine non sono riuscito a sopportare oltre e le ho mandato un messaggio.

*Cara Liat, mi scuso se l'ho ferita.*

*La prego di avvisarmi di essere arrivata a casa sana e salva. Sono in pensiero per lei.*

Sennonché nell'agitazione del momento non mi sono accorto che stavo mandando il messaggio dal telefono di Niva invece che dal mio.

Ran Spitzer aveva studiato con noi, stesso anno di corso. Era persino insieme a noi nella stanza di Michal Dvorzki ai dormitori, quando Niva aveva scelto i King Crimson, anzi, era stato il piú rumoroso fra i contestatori.

In generale, Ran Spitzer si distingueva per la sua rumorosità. Alzava sempre la mano durante le lezioni per porre una domanda, che piú che puntualizzare una problematica nell'argomento studiato, puntualizzava che quel giorno Ran Spitzer era presente al corso.

Non sempre era presente ai corsi. Agli esami di fine semestre copiava. Se doveva scrivere un lavoro seminariale, lo comprava dagli studenti degli anni precedenti, e trascorreva la maggior parte del tempo a Tel Aviv, perché la vostra Gerusalemme è morta da duemila anni ormai. Come potete amarla, come?

Dietro le spalle lo chiamavamo Ran dalla bocca larga. E ci domandavamo, chi avrà il coraggio di mettergli un bisturi in mano?

Per questo non posso dire di essere rimasto stupito quando, durante la specializzazione, ha preso un master in amministrazione sanitaria, al termine del quale ha optato per la carriera amministrativa, dove la sua loquacità e la capacità di identificare i centri di potere gli hanno assicurato una promozione dopo l'altra, finché l'anno scorso è stato nominato direttore dell'ospedale in cui lavoro.

«Asher Caro!» mi aveva salutato esultante pochi giorni dopo la nomina, e stringendomi la mano aveva aggiunto, chi l'avrebbe mai creduto? E mi aveva squadrato con un'occhiata arrogante, come a dire, chi avrebbe mai creduto che un giorno avrei avuto il controllo sul tuo destino, avrei preso decisioni riguardanti il tuo futuro professionale e avrei potuto ridurti stipendio o orari di lavoro in un batter di firma?

Alla *shivah* di Niva però mi aveva sorpreso. Non si era limitato alla singola visita di prammatica, era venuto due volte. Entrambe aveva portato una pietanza fatta in casa, preparata dalla moglie. E aveva dimostrato interesse nei confronti di Yaela e Assaf. Un interesse vero, non solo di facciata. Tutte e due le volte era rimasto seduto con noi per piú di un'ora e piú che parlare aveva ascoltato. E se parlava, non era di sé e dei suoi successi, ma di Niva. Vostra madre, aveva raccontato ad Assaf e Yaela, era la ragazza piú affascinante del nostro anno. Aveva un che di aristocratico. Non avete bisogno che sia io a dirvelo. Eravamo tutti un po' innamorati di lei. Ma lei il terzo anno ha scelto vostro padre, e basta. Nessun altro ha piú avuto una possibilità.

Quando lo avevo accompagnato alla porta alla fine della seconda visita, mi aveva posato una mano sulla spalla e detto in tono confidenziale, molto diverso da quello che usava durante le interviste per i media, qualunque cosa ti serva, Asher. Se ti serve una vacanza, se ti serve assistenza, di qualunque tipo, non esitare a rivolgerti a me.

Grazie, avevo risposto. Con gratitudine sincera. E anche stupore, perché ecco, dopo tanti anni Ran dalla bocca larga mi rivelava anche un altro volto.

Tre giorni dopo l'incidente con Liat a casa mia, sono stato convocato nel suo ufficio.

Non ho collegato i due eventi. Non mi è nemmeno passato per la testa che potesse esserci un nesso fra le due cose.

Il giorno dopo la visita di Liat a casa mia lavoravo

nell'ambulatorio extraospedaliero, cosí non l'ho incontrata. L'indomani non l'ho vista durante la riunione del mattino e dalla capopettegolezzi sono venuto a sapere che si era sentita male durante il turno, aveva insistito per continuare a occuparsi dei suoi malati, ma aveva ricevuto un permesso speciale per assentarsi dalla riunione. L'ennesima specializzanda cestinata dal dottor Danker da inserire nella statistica, ha aggiunto la capopettegolezzi con un pizzico di piacere maligno.

Liat mi è mancata vicino al baretto. Mi è mancata molto. Ed ero preoccupato per lei. D'altro canto la sua assenza, proseguita anche i giorni successivi, rappresentava un sollievo. Non sapevo come mi sarei comportato quando ci fossimo incontrati: avrei abbassato gli occhi, da colpevole pentito? O piuttosto, l'avrei guardata fisso e avrei spiegato che la carezza sulla testa era stata innocente e i messaggi che le avevo spedito nei mesi precedenti nascevano da un interessamento sincero?

Una sola volta, in tutti i mesi di lavoro insieme, mi era capitato di vedere Liat furibonda. La sua collera si riversava su un chirurgo che, a suo parere, aveva mancato di visitare un paziente che seguiva lei, e la scena era stata drammatica. Avrebbe rivolto anche a me quegli occhi dardeggianti, il tono sferzante, se avessi cercato di spiegarle?

Di sera mi sedevo a comporre messaggi per lei.

*Mi perdoni per averla ferita,* le ho scritto.

*Il succo di pompelmo rosa è meno buono, quando lo si beve da soli,* le ho scritto.

*Quando Niva faceva il militare, il suo comandante si è chiuso a chiave con lei dentro l'ufficio,* le ho scritto. *Chi ha visto come un'esperienza simile marchia una donna non potrebbe mai... lo capisce?*

Non ho mandato nessuno di questi messaggi. Temevo la sua reazione. E temevo ancora di piú l'assenza di una reazione.

Costruivo e ricostruivo nella mente gli attimi vicino

al divano – la coperta spiegata e poi rincalzata, la mano allungata a carezzarle la testa, il suo improvviso cambio di posizione – e mi arrovellavo chiedendomi, la mano scivolata verso la scollatura della sua camicia è scivolata di proposito?

No, tornavo a ripetermi la medesima risposta. Non avevo sentito desiderio in quei momenti. Non mi ero immaginato in che modo l'avrei sedotta nel corso della serata. Anzi. Mi sentivo calmo. Come se tutto quello che stava capitando – il divano, la sua testa sul cuscino, la coperta, la carezza consolatrice – fosse l'ideale. Niente di piú sarebbe stato possibile. Né niente di meno.

Speravo che dopo aver riposato un pochino Liat sarebbe rinsavita e, sbollita la rabbia contro di me, avrebbe capito che le mie intenzioni erano innocenti, e avremmo ripreso a incontrarci al baretto.

Chiuditi la porta alle spalle, mi ha detto Ran Spitzer. In un tono che non prometteva niente di buono. Poi ha premuto un pulsante nascosto e avvisato la segretaria di non passargli chiamate.

Ma nemmeno a quel punto ho sospettato quale bufera stesse per abbattersi su di me. Supponevo che volesse propormi la pensione anticipata, forse per via della pioggia di tagli imposta a noi come a tutto il sistema sanitario.

Asher, Asher, mi hai cacciato in una situazione molto sgradevole.

I pesci nel suo famoso acquario erano fermi, immobili.

Di cosa si tratta? Ho chinato in avanti il busto.

Mi ha fulminato con un'occhiata che diceva, non vorrai farmi credere che tu non sappia di cosa si tratta, dopodiché ha estratto una pipa dal cassetto della scrivania, l'ha accesa, alla faccia di tutte le regole che vietano di fumare nei locali dell'ospedale, ha aspirato, e solo a quel punto ha accennato all'unico foglio posato sulla sua enorme scrivania vuota.

Sei stato querelato per molestie sessuali, ha detto.

L'accusa arriva da Liat Ben Abu. È una specializzanda nel tuo reparto, e lavora a stretto contatto con te. Fin qui tutto vero?

Vero.

Secondo la sua dichiarazione, «Vi siete incontrati da soli nel tuo appartamento, le hai preparato una bevanda alcolica e poi l'hai toccata contro la sua volontà nelle parti intime». Confermi questa dichiarazione?

Non è il quadro completo.

Non è stata a casa tua?

C'è stata.

E quanto descritto non è accaduto?

Non esattamente in quel modo.

D'accordo. Ci torneremo. E per quanto riguarda i messaggi?

Quali messaggi?

Ho uno screenshot che contiene alcuni messaggi. Ben Abu sostiene che glieli hai inviati tu da un telefono sconosciuto. Tra le altre cose la definisci «seducente» e diffami un collega di reparto nel tentativo di convincerla a non frequentarlo. Neghi anche questo?

Non lo nego. Le ho effettivamente spedito quei messaggi dal telefono di Niva. Ma l'intenzione non era in nessun modo di molestarla.

Bensí?

Sono rimasto zitto. Non sapevo come dirlo. Uno dei pesci dell'acquario si è voltato a lanciarmi uno sguardo accusatore.

Ran Spitzer ha aspirato un'altra boccata dalla pipa e poi ha ripetuto, Asher, Asher. Pausa. Poi ha ripreso, detto fra noi, ti capisco. Niva è morta. È naturale, sei solo. Ho visto la fotografia della querelante. Non è certo brutta. Non mi stupisco che una cosí sia riuscita a scombussolarti. Ma i tempi sono cambiati, Asher, i tempi sono cambiati. Una volta cose del genere si potevano insabbiare. Oggi basta che quella scriva un post su Facebook – e sei finito. Sei finito tu ed è finito l'ospedale. Afferri?

Si è fermato in attesa che annuissi.

Non ho annuito. Sentivo che quel gesto rischiava di essere interpretato come un assenso alla teoria che aveva sviluppato. La cosa l'ha spinto a piegarsi di botto in avanti e alzare il tono di voce di un'ottava, non sembri cogliere cosa sta succedendo, Asher. Tutto questo incontro non avrebbe dovuto svolgersi. Non cosí. Avrebbe dovuto essere presente un consulente legale, per annotare ogni parola che stiamo dicendo. Siccome ci conosciamo, e portavo affetto alla povera Niva, ho deciso di chiudere un occhio e, prima che la macchina della giustizia si metta in moto, sentire la tua versione. Verificare se c'è una qualche maniera per tirarti fuori. Ti rendi conto che ha chiesto ferie non retribuite? Ti rendi conto del ginepraio in cui ci hai ficcati? Il minimo che mi aspetto è che tu sia onesto con me.

Sono onesto con te.

Dunque cos'è successo? Qual è la tua spiegazione per quello che Ben Abu descrive? L'incontro a casa tua? I messaggi? La mano sul suo petto?

Non è… tutto questo non… ho esordito, e mi sono interrotto. Non trovavo le parole.

Ran Spitzer mi ha scoccato un'occhiata, come a dire, sono tutt'orecchi.

Non ho agito con lo spirito di un uomo interessato a una donna, ho detto alla fine.

Ha sospirato. E allora con che «spirito» hai agito, Asher? Non capisco.

Con uno spirito piú… paterno.

Paterno? Ran Spitzer ha ripetuto, come se non fosse certo di aver sentito bene.

Sí, ho confermato.

Lo sguardo delle tre segretarie di Ran Spitzer mi ha seguito mentre uscivo dal suo ufficio. Ho avuto l'impressione che mi scrutassero indignate. Ho avuto l'impressione che già sapessero.

Mi muovevo in corridoi lungo i quali ero passato migliaia di volte e d'un tratto mi parevano ostili. I quadri alle pareti – fiori di Israele e cime alpine – sembravano deridermi con la loro bellezza. I cartelli che indicavano l'uscita mi parevano rivolti specificamente a me. Come se mi cacciassero via dall'ospedale. Un medico di oncologia, uno di quelli che avevano curato Niva, è venuto di buon passo nella mia direzione dal fondo del corridoio e mi si è fermato vicino. Come sta, dottor Caro? ha domandato. Malissimo, gli avrei voluto dire, invece ho prodotto la solita risposta fissa da un anno a questa parte, critico ma stabile, e ho tirato dritto. Ci mancava solo d'intavolare una conversazione.

Il termine «paterno» che io stesso avevo pronunciato, o meglio, mi ero lasciato sfuggire, tornava a riecheggiarmi in testa, come se il mio disco interiore fosse rigato in quel punto preciso. Paterno. Paterno. Paterno. Paterno.

Ho immaginato, mentre camminavo nel corridoio – sempre piú lungo, come se collegasse due capitoli della mia vita, e non due reparti – la conversazione che avrei avuto in quel momento con Niva.

Ho immaginato di dirle che speravo sapesse che non c'era nessun'altra al di fuori di lei. E che confidasse che non mi sarei mai imposto a una donna.

Ho immaginato di chiederle scusa per tutto l'imbarazzo che le stavo causando lassú.

Ho immaginato di dirle che forse… cioè, mi era balenata l'idea, la possibilità che… sebbene remotissima… eppure…

Ho immaginato di dirglielo.

Ho immaginato che Niva mi rivolgesse quel suo sorriso da «ma figurati», che non si allargava a tutto il volto ma si limitava alle labbra, il sorriso quasi impercettibile che riservava ai discorsi pomposi del Primo ministro, o alle scuse inventate da Assaf per non andare a scuola, e mi dicesse, ma figurati, signor Mipreoccupo, quante probabilità ci sono?

«Signor Mipreoccupo». Cosí mi aveva chiamato con tenerezza tutte le volte nella nostra vita insieme in cui avevo manifestato timori per l'avvenire. Ogni volta che avevo temuto, da specializzando, di aver commesso durante il turno un errore fatale che avrebbe causato una tragedia. Ogni volta che Assaf si era rinchiuso nella sua camera per ore e ore durante il suo periodo nero. Ogni volta che la notte mi risvegliavo dai miei incubi di Suez, dopo che al notiziario della sera gli opinionisti avevano parlato di segnali di una guerra in avvicinamento.

Vieni qui, signor Mipreoccupo, diceva e mi cullava stringendomi tra le braccia, carezzava il mio cuore che batteva all'impazzata dentro al petto e sussurrava, andrà tutto bene, signor Mipreoccupo. Ti preoccupi troppo.

Di fronte alla sala d'attesa dello studio legale a cui Spitzer mi aveva consigliato di rivolgermi per arrivare preparato davanti alla commissione, c'era la sala riunioni.

La metà inferiore della parete di quella stanza era di vetro, perciò riuscivo a vedere scarpe e pantaloni di chi stava seduto e, sorprendentemente, anche a sentire. La cosa non mi piaceva. E se loro avessero potuto sentire me? Parlavano di un patteggiamento necessario a salvare il loro cliente dal carcere, mi pareva. Hanno ripetuto piú e piú volte la parola «carcere», e ogni ripetizione mi dava un brivido lungo la schiena.

Un minuto piú tardi un giovanotto è uscito dalla stanza, si è avvicinato, mi ha stretto la mano e si è scusato per l'attesa.

Con mio sollievo non ha proposto di entrare nella sala riunioni, mi ha invece guidato verso una stanzetta in fondo a un lungo corridoio.

Mentre camminavamo, ho pensato tra me e me, è troppo giovane. Persino piú giovane di Yaela.

Poi mi sono detto, alla tua età sono tutti troppo giovani.

Si è seduto a una scrivania e mi ha invitato ad accomodarmi di fronte. Alle sue spalle, sul muro, erano appesi diplomi in cornici marroni. Fra i diplomi professionali ne spiccava uno bizzarro, Corso di skipper.

Ha domandato quando precisamente si sarebbe riunita la commissione e chiesto di raccontare con parole mie in che ordine si erano svolti i fatti.

Ho raccontato. Di tanto in tanto m'interrompeva per chiarire qualche dettaglio.

Nonostante le sue domande fossero neutre, e i suoi cenni di assenso quasi empatici, suonavo poco credibile alle mie stesse orecchie. Destavo sospetti.

Solo alla fine del discorso gli ho parlato dell'ipotesi che stavo valutando. Ho premesso che le probabilità erano poche. Minime.

Se esiste un modo, bisogna tentare, ha affermato. E si è lisciato la cravatta.

A che pro?

Come «a che pro»? – agli angoli delle labbra gli è spuntato un sorriso, non sapevo se perché trovava ridicolo il mio modo di parlare, oppure per la domanda in sé – signor Caro, davanti alla commissione saranno presentate due tesi: in base alla prima, lei è un vecchio sporcaccione incapace di controllare i propri istinti; secondo l'altra, è un rispettabile medico, una colonna portante della comunità, la cui preoccupazione paterna nei confronti di una giovane specializzanda dell'età della propria figlia è stata mal interpretata. Chiaramente, se gli esami dovessero provare che –

Capisco.

Esiste il modo di verificarlo? Non serve un campione di saliva, per l'esame?

Può bastare un capello.

Di tanto in tanto, in occasione di qualche cena con Niva al ristorante, un cameriere si presentava da noi con una bottiglia di vino pregiato che non avevamo ordinato e spiegava, i signori seduti al tavolo laggiú desiderano offrirvi il nostro vino migliore.

Quando entrambi volgevamo lo sguardo nella direzione indicata, le persone dall'altra parte del ristorante alzavano il braccio accennando un saluto, oppure univano una mano all'altra vicino al petto in segno di ringraziamento; spesso si alzavano, ci raggiungevano e mi tenevano stretta una mano tra le loro, mentre raccontavano a Niva come la mia diagnosi o le mie cure gli avessero salvato la vita, o salvato la vita ai loro cari, e come non avrebbero mai scordato il mio modo di fare cordiale, umano.

Apprezzavo questi episodi, ed ero particolarmente soddisfatto quando capitavano in presenza di Yaela e Assaf. Era Niva la figura dominante in casa, e qui mi si presentava l'occasione di dimostrare ai nostri figli che nel mondo esterno il loro papà era un uomo stimato.

Ognuno di loro reagiva in modo differente. Yaela accompagnava con sguardo divertito le persone emozionate che si avvicinavano, mentre Assaf abbassava gli occhi, a disagio. Io per parte mia mi profondevo in espressioni di modestia: davanti ai complimenti chinavo la testa, intrecciavo le dita e borbottavo con malcelato imbarazzo, grazie, grazie di cuore, insomma, non è il caso di esagerare, ho fatto solo il mio lavoro.

La madre di Aharona Elbaz l'ho curata tre o quattro anni fa. All'arrivo al pronto soccorso lamentava dolori addominali. L'esame obiettivo non aveva dato alcun esito, e se non avessi fatto il mio lavoro, chiedendo di effettuare l'emogasanalisi e l'esame dell'L-lattato grazie ai quali avevo individuato il trombo che le ostruiva i vasi sanguigni nell'intestino, e non l'avessi spedita in sala operatoria d'urgenza, con tutta probabilità oggi non sarebbe tra noi.

Nell'attesa fra l'intervento e il risveglio, Aharona mi ha raccontato della società che aveva aperto, Genetics:

permetteva ai suoi clienti di identificare le loro origini etniche, e incidentalmente anche altri clienti che possedevano un bagaglio genetico simile. Senza che fosse nostra intenzione, siamo diventati «l'ufficio parenti scomparsi», ricordo che mi ha detto. E poi ha aggiunto che molte persone scoprono «parenti a sorpresa», fratellastri o mezzi cugini non inclusi nell'albero genealogico ufficiale.

In seguito ho visto il suo nome nell'inserto finanziario *The Marker*: aveva quotato la sua società in borsa con notevole successo. Un trafiletto sotto la notizia riportava la storia personale del giornalista, che si era sottoposto al test di Genetics ed era rimasto sbalordito scoprendo che, oltre ad avere origini polacche, aveva un diciotto per cento di sangue mongolo. Che la nonna della mia bis-bisnonna abbia avuto un'avventura con un nerboruto cavaliere mongolo? si domandava il giornalista, e concludeva, la famiglia è in subbuglio.

Ho telefonato ad Aharona Elbaz. Ha risposto il suo segretario. Ho lasciato detto che il dottor Caro la cercava. Sono andato in cucina, ho preso una salvietta umida, ho tirato fuori un disco dopo l'altro dallo scaffale, ho spolverato le copertine e li ho rimessi a posto. Ero ancora in tempo per cambiare idea. Ma ho pensato, troppo tardi. Una volta seminato il sospetto, abbiamo bisogno di raccogliere certezze. E ho pensato a tutte le notti passate disteso a occhi aperti a chiedermi se per le strade non camminasse il mio terzo figlio, e se c'erano lampioni a illuminargli la via nel buio –

Aharona Elbaz mi ha richiamato. Mi ha fatto le sue condoglianze per la perdita di Niva e si è scusata per non essersi presentata alla *shivah*. Io ho chiesto come stava sua madre. Ha risposto, grazie a lei, dottor Caro, molto meglio. Ho spiegato che avevo bisogno di un aiuto per un amico in totale riserbo. Si è informata sui dettagli e glieli ho raccontati. A grandi linee. Ha detto, per lei, fino a metà del mio regno, dottor Caro. Ma sarebbe di grande aiuto se potesse procurarmi anche un campione del sangue della ragazza. Ho risposto che al momento era impossibile, e lei ha specificato, Genetics utilizza solo esami su campioni di sangue o saliva. Significa che dovrò trovare qualcuno alla forense o in un'istituzione accademica che accetti di estrarre per noi il DNA da un capello. Quanto è importante per il... suo amico? Ho rimarcato, sommamente importante. E lei ha concluso, allora mi fornisca il capello e campioni di sangue e saliva dell'uomo, e io farò tutto il possibile. Consideri che potrebbe richiedere alcuni giorni.

Ho continuato a lavorare, nei giorni in cui aspettavo la chiamata di Aharona Elbaz. Vedevo pazienti. Fornivo diagnosi. Prescrivevo terapie. Il caso di Yona, un uomo di ottantacinque anni con stimolatore cardiaco, perfettamente lucido, mi ha particolarmente toccato. A causa di un'insufficienza circolatoria alla gamba destra aveva subíto l'amputazione di tutte le dita del piede, ma c'erano state complicanze e adesso soffriva di dispnea, dolori acuti e febbre. Nel reparto di chirurgia erano contrari a un secondo intervento, ma la mia impressione era che fosse proprio ciò di cui necessitava. D'altro canto, esisteva la concreta possibilità che il cuore non reggesse l'anestesia. Ho preso la decisione insieme a lui. La mia voce non ha tremato. Non ho avuto incertezze. Dopo ho proseguito di letto-in letto-in letto-in letto.

Liat non è tornata in reparto. I giorni di assenza crescevano, e la capopettegolezzi poteva già raccontare che aveva chiesto un permesso non retribuito per «ragioni personali», e borbottare nel colletto del camice che un giorno il dottor Danker avrebbe pagato per quello che combinava alle donne. Gli sarebbe tornato indietro come un boomerang.

Mi chiedevo entro quanto tempo la vera ragione dell'assenza di Liat sarebbe trapelata dall'ufficio di Ran dalla bocca larga e avrebbe raggiunto i reparti. Entro quanto tempo la querela sarebbe diventata la chiacchiera del corridoio e il mio nome sarebbe passato di bocca in bocca, seguito dal commento «chi l'avrebbe mai immaginato?».

A casa, i pensieri mi attaccavano come virus. E se davvero avessi avuto un momento di debolezza? mi biasimavo. Forse in me si era scatenato qualcosa, quando aveva sciolto i capelli e si era distesa sul divano? Forse la mano che era scivolata sullo scollo della camicetta era davvero scivolata intenzionalmente? Per non parlare del mignolo; e cosa sarebbe successo quando Yaela e Assaf avrebbero sentito che il loro papà era stato accusato di una cosa del genere? Dove mi sarei andato a nascondere per la vergogna? E quale desideravo fosse l'esito degli esami? Cosa pregavo davvero accadesse?

Qualunque disco tentassi di mettere sul piatto in quei giorni di attesa risultava inadeguato.

Schubert era troppo triste.

I King Crimson troppo cupi.

I Led Zeppelin troppo scabri.

Chopin troppo languido.

Capisci che la tua angoscia è vera quando nessuna musica riesce a fare breccia nel tuo intimo.

Al posto della musica, seguivo i progressi di Roger Federer al Roland Garros, set dopo set. Niva amava guardarlo, sosteneva che giocava a tennis da artista. E poi, aggiungeva con quella scintilla di allegria negli occhi, è un gran bell'uomo! Osservavo Federer colpire in diretta la pallina gialla e tentavo di ritrovare l'entusiasmo dimostrato da Niva quando segnava un punto contro avversari piú giovani, ma per tutto il tempo non riuscivo a liberarmi della deprimente sensazione che si trattasse della cronaca di un'eliminazione annunciata. Prima o poi, come ogni eroe tragico, Federer sarebbe stato sconfitto dai propri limiti, primo fra tutti l'età.

Pochi minuti dopo la sua vittoria nella semifinale è arrivata la telefonata di Aharona Elbaz.

Gli devo chiedere di ripetere il test, ha detto.

Ma le probabilità di errore sono minime, ha detto.

O padre o fratello, ha detto.

Comunque sia, immagino che per il suo amico si tratterà di uno shock, ha detto.

Gli riferisca di prendersi qualche giorno per valutare i prossimi passi, ha detto. Per un documento ufficiale di Genetics servirà un campione di sangue o saliva. Io sono a disposizione, mi faccia sapere se dovesse interessarle un ulteriore approfondimento.

Piroettavo per strada quando il medico ci aveva detto che Niva era incinta.

Erano stati due anni di tentativi fallimentari. Si respirava fra di noi un pesante senso di sconfitta e di reciproche accuse mai proferite. È colpa tua, Asher, se non riusciamo. È colpa tua, Niva, se non riusciamo.

Negli occhi di Niva intravedevo già il dubbio che conoscevo dagli occhi delle donne che alla fine mi avevano lasciato. E una sera, durante l'intervallo di un concerto alla Sala della Cultura, ero andato in bagno e tornando avevo visto un uomo piú attraente di me ronzarle intorno. E lei gli aveva risposto con un sorriso che credevo riservato a me.

Perciò dopo che il ginecologo ci aveva annunciato in tono sbrigativo che non c'era da sorprendersi se Niva aveva le nausee, dal momento che era alla sesta settimana di gravidanza, ero impazzito di felicità. Niva aveva detto, forse è troppo presto per gioire. Forse dovremmo aspettare gli esiti degli esami. Ma io avevo ribattuto, adesso voglio gioire, adesso, e l'avevo tirata a me e avevamo ballato un valzer in mezzo alla strada. Benché nessuno dei due sapesse ballare il valzer.

Al termine della telefonata con Aharona Elbaz mi ha assalito il capogiro. Come se mi trovassi sul bordo di un abisso e ci guardassi dentro.

Mi sono appoggiato allo scaffale dei dischi e in testa hanno cominciato a vorticarmi frammenti di parole. Le probabilità di errore. Padre o fratello. A chi raccontare. A chi. Liat. Li-at, in ebraico significa tu sei-per me. Adesso capisco tutto. Adesso non capisco niente. Questione di vita o di morte. Yaela. Assaf. Niva. Mi senti? Una figlia. Che mi accusa di molestie. Mamma, mi senti? Hai un'altra nipote. Una commissione d'inchiesta. Questione di vita o di morte. Che fare. Che fare. Che fare.

Con le ultime forze mi sono trascinato al divano. Quello stesso maledetto divano.

L'indomani l'avvocato-skipper mi ha mandato un messaggio, *Ci sono novità?* E di fronte al mio silenzio ne ha mandato un secondo, *Le rammento che la commissione si riunirà tra tre giorni. È fondamentale entrare in possesso dell'informazione prima di quella data.*

Sapevo che si sarebbe avventato sugli esiti del test come su un bottino di guerra, e proprio per questo ho evitato, per il momento, di comunicarglieli.

Ho visto pazienti. Fornito diagnosi. Prescritto terapie. Una grave cancrena si era sviluppata nel corso della notte nella gamba sinistra di Yona, e le dita del piede avevano assunto un colore bluastro. A quel punto, l'unica possibilità di salvargli la vita era amputare entrambe le gambe. Davvero era interessato a vivere con acuti dolori cronici e senza gambe? A Yona ormai non si poteva piú chiedere, aveva perso conoscenza. La fisioterapista ha riferito la sua valutazione riguardo al potenziale riabilitativo. L'assistente sociale riguardo a elementi di supporto. Ma ero io a dover prendere la decisione. Ho deciso. E deciso di nuovo. E deciso di nuovo, riguardo ad altri dilemmi imposti dal turno. La mia voce non ha tremato. Non ho avuto incertezze. Sono passato di letto-in letto-in letto-in letto. Ma per l'intera giornata mi ha accompagnato la sensazione che tutti ormai sapessero della querela presentata da Liat. Ho riconosciuto, o creduto di riconoscere, un lampo di disapprovazione negli occhi di infermiere e specializzande, e un baluginio di spavento maligno negli occhi dei colleghi medici. Le porte automatiche si aprivano davanti a me un secondo dopo rispetto al solito. Come se non fossero sicure di riconoscermi. La caposala non mi ha risposto, quando mi sono rivolto a lei per chiedere informazioni su un paziente. Le ho parlato, e non mi ha risposto. Anche questo mi pareva un segno dell'aggravarsi della mia posizione, generato dal fatto che tutti lo sapevano: il mio tempo era scaduto.

Mi è tornata in mente la volta in cui il mio vicino di banco al ginnasio mi aveva accusato di avergli rubato cinquanta lire dal portafogli. La classe si era affrettata a credere che un ragazzino la cui madre puliva case nel quartiere fosse un ladro, e io ero scappato nei bagni e mi ci ero rinchiuso dentro con la mia copia di *Dune*, mentre quello che avrei voluto fare, quello che avrei dovuto fare, era piazzarmi davanti a loro e gridare la verità, non sono stato io! Come vi viene in mente? Io non sono un ladro!

Anche questa volta volevo picchiare i pugni sul tavolo e gridare, di modo che tutto l'ospedale sentisse, non ho tradito! Non ho molestato! Invece ho stretto i pugni ai lati del corpo, mi sono concentrato sulla cura dei pazienti e consolato con l'idea che loro, per lo meno, ancora non sapevano.

La sera, a casa, ho tirato fuori gli album dagli scaffali e messo a confronto fotografie di Yaela e Assaf a varie età con le foto di Liat sulla sua pagina Facebook.

Il suo sorriso somigliava a quello di Assaf in alcune fotografie. Non c'era dubbio. Qualcosa nella mappa di rughe e fossette. E anche nel colore degli occhi, il marrone piú chiaro, appena prima che sfumi nel verde.

Il naso somigliava a quello di Yaela. Pronunciato. Al limite dell'aquilino. Cosí pure le scapole molto sporgenti.

La carnagione olivastra era simile alla mia, come pure la fronte alta, l'attaccatura alta dei capelli, le sopracciglia spesse, un incurvamento del labbro inferiore che in me sembra una smorfia di disappunto e in lei un vezzo sottilmente autoironico.

Ma da chi aveva preso quella corporatura snella? mi sono domandato. Non certo da me. Dalla madre, forse?

Durante una delle nostre chiacchierate al banco del baretto, Liat aveva menzionato che sua mamma era optometrista. Ho cercato un'optometrista che di cognome facesse Ben Abu al servizio informazioni elenco abbonati, e ne ho trovate tre. Una a Dimona, nel Sud del paese. Una a Ramat Gan, vicino a Tel Aviv. E una proprio a Tel Aviv, che esibiva anche il titolo di oculista. Non sono un detective, ma trentacinque anni nel reparto di medicina interna B mi hanno insegnato a escludere alternative. Ho escluso l'alternativa Dimona, perché Liat appartiene alla generazione che preferisce vivere a casa dei genitori durante gli studi, per risparmiare, e se avesse abitato a Dimona presumibilmente avrebbe studiato medicina all'università Ben Gurion di Beer Sheva. Ho escluso l'alternativa Tel Aviv, perché se la madre di Liat fosse stata laureata in medicina Liat l'avrebbe menzionato in una delle nostre conversazioni.

Di conseguenza ho telefonato con il cuore che batteva all'impazzata alla filiale di Ramat Gan di Occhi negli occhi, ho chiesto della responsabile, e quando mi ha risposto le ho domandato se era la madre di Liat Ben Abu.

Chi desidera saperlo? ha sondato, sospettosa.

Mi sono presentato.

Non ho niente da dirle, dottore, ha replicato, decisa a riattaccare.

Ma prima che lo facesse ho avuto la prontezza di dire, l'ho chiamata per parlare della donazione di sperma da lei ricevuta.

Non ho idea di cosa stia parlando, ha ribattuto. Ma un leggerissimo tremito, quasi impercettibile, nella voce rivelava che invece una mezza idea ce l'aveva.

Signora Ben Abu, ho proposto, incontriamoci per favore.

A Ra'anana c'è un caffè dove Niva organizzava i suoi incontri riservati d'affari. Quando voleva assumere un dirigente della concorrenza, o coinvolgere un investitore in un progetto di cui intendeva serbare l'esclusiva, dava loro appuntamento al caffè Al salto.

Il caffè Al salto è diviso in due zone: una visibile, che dà sulla strada, e un cortile nascosto, chiuso al pubblico di giorno e aperto solo la sera.

Niva aveva concluso un accordo con i proprietari che permettevano, a lei soltanto, di tenere incontri nel cortile sul retro durante il giorno, e cosí si era assicurata muri senza orecchie. Cosa aveva offerto loro in cambio? Niente, suppongo. Aveva un modo di chiedere tale che nessuno poteva rifiutare.

Yafit Ben Abu è arrivata in ritardo all'appuntamento. Di ben piú di qualche minuto.

I tempi morti non mi giovavano, nei giorni precedenti la riunione della commissione. Quando si spalancava uno spazio di tempo, s'infiltravano i brutti pensieri. E se non si fosse presentata? Se si fosse presentata, ma in compagnia di un avvocato? Se si fosse presentata senza avvocato e per prima cosa mi avesse mollato un ceffone?

Per distrarmi dagli scenari apocalittici mi sono costretto ad alzarmi. Ho gironzolato per il cortile, con le mani a sostenere i lombi che avevano cominciato a dolermi dopo l'incontro con Ran Spitzer, e ho osservato le numerose fotografie alle pareti. Una ha attirato la mia attenzione abbastanza da permettere all'anima di soffermarsi un momento. Un monaco tibetano, forse nepalese, anziano, con la veste porpora, attraversava un gruppo di monaci bambini, che si aprivano davanti a lui come il Mar Rosso.

Buongiorno, ho sentito una voce dietro di me. Corporatura snella. Capelli raccolti in un severo chignon. Occhiali con la montatura di colori vivaci. Camicetta bianca con il colletto inamidato.

Ha lasciato ad attendere la mia mano allungata per una stretta.

Ci sediamo? ho proposto.

Senza rispondere si è seduta e si è spostata una ciocca di capelli dietro l'orecchio. Identica a lei.

Desidera bere qualcosa? Mangiare? Il cibo qui è squisito.

Non ho appetito, ha risposto. Identica a lei.

Come sta Liat? ho esordito.

È una ragazza forte, ha detto.

Mi disp –

Mi faccia il favore, eviti di dispiacersi adesso.

Va bene, eppur –

Possiamo andare dritto al sodo, dottore? Mi ha detto una cosa al telefono, o sbaglio?

Ho sospirato.

Poi ho posato sul tavolo il foglio con i risultati del test di Genetics. Questo è l'esame di Liat, ho detto, e questo il mio, e questo numero esprime la correlazione tra –

Ha preso il foglio in mano, l'ha fissato per qualche istante al di sopra degli occhiali e poi, a metà lettura, si è fermata e ha alzato su di me due occhi turbati –

Come è riuscito a ottenere un campione per il test?

Quando è venuta... a trovarmi a casa, le è caduto un capello.

Un capello?

Si può estrarre il DNA da un singolo capello.

Mi sta dicendo che ha conservato un suo capello?

Sí.

E perché mai ha conservato un suo capello? A che scopo?

Desideravo… che mi rimanesse qualcosa di lei.

Che «le rimanesse qualcosa di lei»?

Sí, mi rendo conto che suona un po' st –

E perché questo foglio non ha logo? Firma? Come faccio a sapere che non l'ha falsificato?

Per un esito ufficiale serve un campione di sangue o di saliva, signora Ben Abu. Ma questo foglio mi è stato fornito da professionisti affidabili, la probabilità di errore è trascurabile.

Ha osservato il foglio ancora un momento e poi me l'ha lanciato; voglio dire, non l'ha posato fra noi sul tavolo, l'ha proprio lanciato verso di me, quasi addosso.

Supponiamo che questo foglio sia autentico, ha attaccato, accentuando la nota di dubbio nella voce.

Signora Ben Abu –

E supponiamo che abbiano trovato una qualche corrispondenza fra il suo DNA e quello di Liat –

Il cinquanta per cento dei tratti genetici è sovrapponibile, per essere precisi –

Le pare che questo faccia di lei suo padre?

Dal punto di vista genetico si tratta di –

Mi ha bloccato con uno sguardo talmente raggelante che non ho potuto proseguire con le spiegazioni erudite. Ha fatto un respiro profondo, come una bambina a cui hanno insegnato a contare fino a dieci prima di rispondere a chi la esaspera, e solo dopo ha parlato.

Liat ha avuto un solo padre, signore. È morto quando lei aveva quattordici anni.

Sono spiacente di sen –

Erano molto legati.

Capisco.

No, non capisce.

Allora mi spieghi.

Cosa c'è da spiegare? La sua voce si è spezzata sulla parola «spiegare».

Un cameriere è arrivato con il tè che avevo ordinato.

Qualcosa per lei? ha chiesto alla madre di Liat. Le interessa sapere quali sono le nostre specialità?

Ha scosso la testa con decisione e forza, come a chiarire, non sono qui per divertirmi. E dopo che il cameriere se n'è andato, ha riversato un sorprendente fiume di parole, gli occhi brillanti di un lampo che reprimeva le lacrime. Ha avuto un ictus mentre Liat era in casa. L'ambulanza è arrivata in ritardo, il pronto soccorso era sovraffollato per via di un attentato, non sono intervenuti in modo corretto, avrebbero potuto salvarlo. Capisce?

Ho annuito.

Liat era completamente distrutta. Ha smesso di mangiare, ha smesso di correre, lei lo sa che è stata campionessa nazionale di corsa orientamento?

Sí, ho detto (senza spiegare, seguo ossessivamente la sua pagina Facebook).

È cominciato tutto da lui, è stato lui a incoraggiarla. Ogni sabato la portava a correre: prima del *bat mitzvah*, a dodici anni Liat aveva già fatto orientamento in tutto il sentiero che taglia Israele –

Sembrerebbe proprio che –

Mia figlia era a pezzi dopo la sua morte, ha smesso di andare a scuola, ha lasciato gli scout. Non esiste etichetta che non le abbiano appioppato. Deficit di attenzione, disregolazione emotiva, un idiota di psichiatra le ha persino diagnosticato una personalità borderline. Io ho sempre saputo che aveva solo bisogno di tempo per lasciare andare suo padre. Ognuno elabora il lutto con i suoi tempi…

È vero –

E per lei è stato piú lento. Sapevo che eravamo nel tunnel, che dovevo stare nel tunnel insieme a lei finché non avremmo rivisto la luce.

Io –

E poi, a diciassette anni, inaspettatamente, una mattina si è alzata e ha detto, mamma, voglio fare il medico. Perché non succeda ad altri quello che è successo a papà. Perciò devo avere voti buoni. Fine. Da quel momento ha sempre volato alto. Capisce?

Signora Ben Abu –

Liat mi aveva raccontato di lei, lo sa? Aveva detto che era l'unica persona degna di stima in tutto il reparto. Che voleva assomigliarle. Che a lei importava davvero dei malati. Per questo è rimasta tanto delusa, quando lei si è comportato come si è comportato. Proprio perché la teneva in alta considerazione.

È stato un equivoco, signora Ben Abu.
Un equivoco? In che senso?

Sono rimasto zitto. Soppesavo le parole. Ci tenevo a essere preciso. Avevo la sensazione che la prima frase che avrei pronunciato sarebbe stata determinante.

Anche Yafit Ben Abu taceva. A quanto pareva, il torrente di parole sgorgato fuori da lei negli ultimi minuti l'aveva fatta apparire piú vulnerabile di quanto non fosse solita mostrarsi, e adesso era in imbarazzo.

Ha fatto cenno al cameriere di avvicinarsi. E chiesto, se possibile, un bicchiere d'acqua.

Ci hanno portato una brocca e quando l'ho sollevata per versarle dell'acqua mi ha bloccato dicendo, posso fare da sola.

Vede, ho esordito dopo che aveva sorseggiato dal suo bicchiere, anche le azioni, anche i gesti possono creare… malintesi.

Cosa intende?

Un gesto compiuto da una persona, il tocco di una mano, può essere mal interpretato da un'altra.

Mal interpretato?

Voglio dire, l'intenzione dietro al gesto viene mal interpretata.

Ma per favore. Ha appoggiato il bicchiere sul tavolo con un tonfo e alcune gocce d'acqua sono schizzate verso di me.

Non avevo alcuna intenzione di molestare Liat, signora Ben Abu. Dal momento in cui ci siamo conosciuti ha risvegliato in me un solo desiderio, farle del bene. Proteggerla.

È questa la storia che si sta raccontando?

Non è una storia, è –

Guardi, dottore. Io conosco mia figlia e conosco l'effetto che fa agli uomini. Il suo allenatore di corsa orientamento. Il maestro di guida. Il comandante nell'esercito – un uomo della mia età! – si è presentato alla nostra porta un giorno con un mazzo di fiori. Non credo che Liat lo faccia apposta, ma emana qualcosa che… vi provoca.

Non è il mio caso, signora Ben Abu. La mia motivazione nel cercare la sua vicinanza era… pura. Non l'ho fatto con lo spirito di un uomo interessato a una donna.

Eviti di dirmi che l'ha fatto con spirito paterno.

Guardi, signora Ben Abu –

Quando Liat era a casa sua, lei non aveva idea che fra voi due ci potesse essere… un legame genetico… e il fatto che lei abbia conservato il suo capello, come un pervertito –

Le ho già spiegato che –

Il suo telefono ha squillato mentre parlavo. Di solito c'è un qualche nesso fra le persone e la loro suoneria. La sua mi ha sorpreso: pop latino del genere piú leggero.

Ha risposto, e dopo aver ascoltato un momento ha istruito la sua dipendente sull'entità dello sconto che poteva offrire al cliente. Ho avuto l'impressione che la pausa nella nostra conversazione fosse arrivata al momento giusto per lei, le permetteva di ricomporsi e recuperare l'equilibrio.

Il mio, di equilibrio, invece, si era incrinato dopo le sue ultime parole. Mi è tornato in mente come avevo avvicinato il capello di Liat al naso per aspirarne il profumo. Piú e piú volte. Che razza di uomo fa una cosa del genere?

Quando ha riattaccato ed è tornata a rivolgersi a me, la sua voce manteneva un residuo del tono professionale con cui aveva parlato alla sua dipendente.

Con tutto il rispetto, dottore, alla commissione può provare a rifilare le sue balle sul «fare del bene» e «proteggere». A me no di certo. Forse sarà fortunato e tutti i membri della commissione saranno uomini – in tal caso potrebbero anche cascarci. Quando si riunisce?

Martedí prossimo.

Un momento, un momento, non mi dica che avrebbe intenzione di divulgare –

Per la verità, signora Ben Abu, è proprio questo il motivo per cui l'ho voluta incontrare.

Un sorriso amaro si è fatto largo sulle labbra della mamma di Liat mentre le raccontavo che in effetti contemplavo l'idea di condividere l'esito del test del DNA con i membri della commissione. Quanto è prevedibile, diceva quel sorriso. E quanto spregevole. Ho proseguito aggiungendo che per il momento nessuno al di fuori di lei era al corrente del risultato, che ci tenevo al bene di sua figlia, altrimenti non le avrei chiesto quell'incontro, e allora, di colpo, il suo sorriso amaro si è trasformato in una smorfia di rabbia e si è alzata, ha strappato via troppo forte la borsa dallo schienale della sedia, si è chinata a prendere gli occhiali da sole che erano caduti a terra, li ha ficcati dentro e ha abbandonato come una furia il cortile. Ho maledetto in cuor mio la vertebra consumata fra le mie L4 e L5, che non mi permetteva di scattare in piedi e raggiungerla. Prima che mi alzassi dalla sedia, mi raddrizzassi e muovessi i passi necessari per uscire dal caffè e arrivare in strada, la madre di Liat Ben Abu era svanita nel nulla.

Sono tornato nel cortile. Mi sono versato dell'acqua dalla brocca. Ho detto a me stesso, berrò il piú lentamente possibile, forse nel frattempo si calmerà e tornerà.

Due bicchieri d'acqua piú tardi, ha squillato il telefono.

Prima di tutto ho sentito il brusio della strada. Poi la sua voce. Fremeva di rabbia.

Non capisco cosa si aspettava da me, signor Caro, che le dessi il mio assenso?

Non mi aspettavo –

Spiacente, ma devo deluderla. Nessun assenso. Fermi tutto. Ha già causato abbastanza sofferenza a Liat. Non aggiunga danno al danno. Non aggravi la situazione. Liat non sa di essere nata da una donazione di sperma.

Sono stata costretta a nasconderglielo per ragioni sulle quali non intendo soffermarmi adesso. E dopo che suo padre è morto, era in condizioni cosí disastrose che non mi sono azzardata a destabilizzarla ancora di piú con una simile rivelazione. Lo sa che si è trasferita da me da una settimana? A lei importa qualcosa di come sta?

Certo che –

Si alza a malapena dal letto, signor Caro. Non butta giú nemmeno un boccone da diversi giorni, ieri mi ha detto che quello che è successo con lei è stato la «goccia che fa traboccare il vaso», perché già cosí aveva dei pesanti dubbi riguardo alla specializzazione. Adesso vuole mollare tutto e partire per il Perú. O la Bolivia. Chi lo sa. Se l'immagina come reagirà se sarà la commissione – la commissione! – a rivelarle che suo padre non era suo padre? Le pare che sia quello che le serve adesso? Un altro colpo?

Ma –

Senta, ha detto. Si è interrotta – ho avuto l'impressione che stesse di nuovo contando fino a dieci – e poi ha ripreso in tono tutto diverso, da cui trapelava una sorprendente nota di complicità.

Se, e sottolineo se, quel foglio che mi ha mostrato ha qualche valore, allora... grazie. Forse senza di lei questa figlia meravigliosa non sarebbe mai venuta al mondo. Ma se le importa di Liat, se il bene di Liat conta davvero qualcosa per lei, lo stracci quel foglio, dottore. La prego.

Sono rimasto nel cortile ancora diversi minuti dopo che la mamma di Liat aveva riattaccato. Non ero in grado di guardarmi dentro, dove regnava il marasma, allora mi sono alzato per guardare di nuovo la fotografia dei monaci bambini, e poi sono passato oltre, alle altre appese in cortile. Una radura in un bosco. Il primo piano della corolla di un fiore. Il primo piano di una bilancia di una volta, come quella della drogheria di Albert a Talpiot, il quartiere di Gerusalemme dove sono cresciuto.

Il cameriere è tornato con la mia carta di credito e ha detto che avevo dei punti sul conto, perciò non mi aveva addebitato nulla.

Punti sul conto?

Il suo nome è inserito nel nostro computer insieme a quello di sua moglie. Siete entrambi intestatari della nostra carta fedeltà.

Quale carta fedeltà?

Quella riservata ai nostri clienti. A ogni ordine sulla carta fedeltà si accumulano punti, e sua moglie ha accumulato un numero notevole di punti fedeltà.

Non sapevo che anche –

Deve averla associata alla sua carta senza informarla, signore. Si può trasformare una carta personale in una carta famiglia.

Sono le piccole cose a spezzarti il cuore.

Ogni domenica io e Niva ci sentivamo con i figli via Skype. Prima Assaf e poi Yaela.

Entrambi consideravamo la scelta dei nostri ragazzi di trasferirsi lontano da Israele, senza prospettive di rientro, come un fallimento personale. Un ascesso nel cuore della nostra vita insieme. E ognuno considerava l'altro responsabile.

Una coppia unita da molti anni non ha piú bisogno di litigare ad alta voce perché ci sia la lite. Nel silenzio che calava dopo i collegamenti Skype della domenica, si potevano sentire le accuse reciproche duellare nei nostri pensieri, quasi come in una conversazione vera e propria.

Se non avessi passato il tempo a decantare i nostri due anni a Toronto, Asher.

Se tu non avessi sviluppato quest'ostilità verso Israele, da quando sei diventata volontaria di Medici per i Diritti Umani.

In Canada ci sono spazi sconfinati. In Canada le persone si comportano educatamente. In Canada il sistema sanitario ha come unica priorità il benessere del paziente. E poi ti stupisci, Asher?

Uno Stato militarizzato. Uno Stato immorale. Uno Stato occupante. E poi ti stupisci, Niva?

Per te è comodo incolpare di tutto la politica.

È comodo anche per te.

Ti è mai sorto il sospetto, Asher, che fossimo noi? Magari era da noi che dovevano scappare per decollare. Due genitori supponenti. Dominanti. Forse soffocanti.

Due genitori, Niva? Non uno, per caso? O, per la precisione, una?

Se almeno gli avessimo scelto due nomi internazionali. Yaela? Assaf? Quante possibilità hanno di avere successo all'estero con dei nomi del genere?

Non è divertente.

La faccia di Assaf compare sullo schermo, e mi rendo immediatamente conto che sta male.

I sintomi sono gli stessi fin dall'infanzia. Lo sguardo sfugge di lato. L'onnipresente cresta, che si crea perché ha due vortici, è piú scompigliata che mai. La mano strofina la nuca a ripetizione. La voce è ancora piú allegra del solito. E un altro sintomo tutto nuovo, degli ultimi anni: non si limita a chiedere come sto, insiste anche a chiedere come mi sento. Come va. Che novità ci sono. Come se cercasse di rimandare per quanto possibile il momento in cui il pendolo della conversazione si sposterà nella sua direzione.

Ma alla fine il momento arriva e lui dice, sono nei casini, papà. E subito ridacchia fra sé, una risata senza gioia.

Se non fossimo su Skype alzerei gli occhi al cielo. Non è certo una novità. Invece assumo un'espressione seria e chiedo come posso aiutarlo. Presumo che sia di nuovo stato licenziato per non essersi presentato al lavoro, e decido fra me e me, nei pochi secondi che trascorrono prima che parli, che questa volta accetterò di contribuire solo in parte al suo affitto.

Sara è incinta, dice.

Auguri!

Non sono convinto che sia una buona cosa.

Resto un momento in silenzio, poi chiedo, perché? Siete in dubbio se… se sia il momento di avere un bambino?

Io sono in dubbio se per me sia il momento di avere un bambino.

Capisco.

E allo stesso tempo non vorrei ferire Sara. E proprio non vorrei uccidere una creatura vivente.

A che settimana è, se posso chiedere?

Quinta.

È difficile definire un feto alla quinta settimana creatura vivente, Assafi. Secondo qualunque criterio. Quasi nessun organo è sviluppato, neanche le vie respiratorie, la corteccia cerebrale non si è ancora formata. Un cavolfiore ha piú coscienza di un feto alla quinta settimana.

Non è una questione medica, papà.

Ma –

E non ti ho chiesto una diagnosi.

I silenzi su Skype sono molto piú imbarazzanti dei silenzi al telefono. Vede benissimo come cerco di ingoiare l'offesa, senza riuscirci. Io vedo benissimo come si rammarica del tono brusco, ma fatica a scusarsi, perciò si rifugia nel cellulare, controlla i messaggi.

Dov'è la mamma quando c'è bisogno di lei, eh? Decido alla fine di dire quello che sta passando per la testa di entrambi, e lui sorride sollevato e conviene, già. E non chiede quel che era prevedibile, cosa credi che avrebbe detto?, ma tace per un po'. Poi mi fissa con un'occhiata che buca lo schermo, te la ricordi la gita scolastica a Eilat?

Mi sorprende che la menzioni. Ma ricordo. Avevo terminato un turno di notte, un turno faticoso, durante il quale non avevo avuto il tempo di appisolarmi neppure un attimo. Stavo rientrando a casa. E in quel momento aveva squillato il telefono. Era lui. Mi ha chiesto di andarlo a prendere. Tesoro, sono cinque ore di viaggio e ho appena finito il turno di notte, cos'è successo? ho domandato. A quel punto mi ha raccontato cos'era successo. Ho pensato, perfidi. E ho pensato, l'uomo è crudele per natura. Ho fatto inversione a U al semaforo e sono andato a Eilat. Diretto. Senza soste. Eccetto una, per fare rifornimento di caffè. Sono arrivato in meno di quattro ore in un grande parcheggio dove c'erano molti pullman vuoti e un pullman su cui sedevano un bambino e una maestra. Ho compilato un modulo per la maestra e siamo ripartiti. Lungo la strada Assaf mi ha detto, grazie di essere venuto, e io ho risposto, ma è naturale, Assafi. Poi ha aggiunto, ho telefonato a te perché sapevo che la mamma mi avrebbe detto di affrontarli. E io ho detto, anche gli adulti faticano ad affrontare la cattiveria. E lui ha detto, è tempo che mi riveliate la verità. Quale delle tante? ho cercato di scherzare. Ma lui si è fatto serio e ha detto, che sono stato adottato. Neanche per idea, mi sono precipitato a ribattere, sei figlio nostro. Credimi. Ero presente al parto. E allora perché tu e la mamma e Yaela – gli si è spezzata la voce – riuscite in qualunque cosa fate, e io combino solo guai?

Certo che me lo ricordo, rispondo adesso e mi domando, sta cercando di comunicare che gli piacerebbe che lo andassi a prendere a Montréal? Invece dice, fare il genitore è un peso. Un ergastolo.

Ma –

Figurati se mi nascesse un figlio come me –

Tu non –

Non sono convinto di essere pronto per un sacrificio simile, capisci?

Io –

E magari non sarò mai pronto. Forse non fa per me.

Chi vivrà vedrà.

«Chi vivrà vedrà». Wow, papà, da quanto tempo non sentivo questa espressione.

Fattene una ragione, figlio mio, tuo padre è un pezzo di antiquariato.

Dopo mi ha fatto sentire i nuovi pezzi della sua band, *The Immigrants*. Non amavo il jazz prima che Assaf cominciasse a suonarlo. Mi sembrava tutto troppo casuale, inconsapevole. Ma grazie a lui ho imparato a rispettare la libertà che quel genere permette, al musicista come all'ascoltatore, e in una serata fra colleghi a casa nostra alcuni anni fa ho persino messo in sottofondo un disco del suo complesso e provato una grande soddisfazione quando mi hanno chiesto, di chi è questa musica favolosa?

Adesso gli ho fatto i complimenti per il suo modo di suonare, che con il passare del tempo si va liberando da tutti i manierismi, e lui ha ringraziato e detto che doveva salutarmi perché stava per arrivare Sara.

Ho detto, buona fortuna, poi chiudendo il portatile ho pensato, ma come «buona fortuna»? Che augurio insulso. E ho pensato, in mezz'ora di conversazione non gli hai raccontato niente – né di Liat, né della querela, né del test del DNA, né del tormento nel decidere se rivelare o no gli esiti alla commissione – e ho pensato, ma come fai a raccontare una cosa del genere a tuo figlio?

La notte fra la domenica e il lunedí non sono riuscito a chiudere occhio. In generale, da quando Niva non è piú con me fatico a addormentarmi. Almeno due volte alla settimana soffro di insonnia, allora leggo articoli. O vedo le repliche del Festival dei cantastorie e provo a riconoscere facce note tra il pubblico del teatro di Giv'atayim. Mi preparo una tazza di latte caldo. Apro il cassetto dei medicinali per prendere un sonnifero. Ma non lo prendo, per timore di sviluppare assuefazione. Guardo nello specchio e vedo Shlomo, il mio gemello, con l'aspetto che avrebbe se non fosse morto. Poi torno a letto. Tento di dormire dalla parte di Niva. Ripasso alla mia. Mi addormento e sogno il mio incubo-lampo ricorrente: un fuoco infernale si apre contro di me nel viale principale della città di Suez, io cerco riparo ma non lo trovo, cerco riparo ma non lo trovo. Mi sveglio. Brancolo alla ricerca di Niva che mi dica che andrà tutto bene. E penso, magari avesse una gemella siamese. Un ricordo vivente. Mi alzo a preparare un'altra tazza di latte. Vedo la tazza precedente, sporca, sul comò in salotto. E penso, a Niva non succederebbe. E penso, è cronica la mia nostalgia per lei. Cronica. Allora accendo il telefono e riguardo i nostri vecchi scambi di messaggi.

La maggior parte dei messaggi sono informativi. Vai a ritirare. Compra anche. Nel frigo c'è. Ma di tanto in tanto fra gli altri brilla come oro un «signor Mipreoccupo». O persino un «amore mio».

Finché non ho sostituito la sottoscrizione al quotidiano *Haaretz* con l'abbonamento digitale, il rombo dello scooter e il tonfo del giornale sullo zerbino erano il segno della fine della notte. Ma quel lunedí mattina qualcuno bussava alla porta.

Nei lunghi secondi necessari a spostarmi dalla camera all'ingresso ho avuto il tempo di immaginare che là fuori ci fosse Liat con il mio stetoscopio. Ho avuto anche il tempo di preoccuparmi dell'eventualità, piú plausibile, di trovare non Liat ma sua madre, con la mano già pronta a mollarmi uno schiaffo non appena avessi aperto.

Invece sulla soglia c'era un uomo.

Portava un gigantesco vassoio di paste.

Non riuscivo a rammentare dove l'avevo incontrato, ma ho comunque chinato la testa con modestia e detto grazie, grazie di cuore. Avevo anche intenzione di aggiungere, non era il caso, non era davvero il caso, ho fatto solo il mio lavoro.

Invece mi ha anticipato dicendo, con uno spiccato accento arabo, le porgo le mie condoglianze.

E di fronte al mio sguardo perplesso ha proseguito, sua moglie ha aiutato mio figlio. Lo devo a sua moglie se mio figlio è vivo.

L'ho scrutato con rinnovato interesse. Era vestito con un misto singolare di eleganza e sciatteria: giacca da professore universitario sopra una maglietta a maniche lunghe, e sotto dei pantaloni da cerimonia spuntava un paio di scarpe da ginnastica bianche sporche.

Prego, entri, non rimanga fuori, l'ho invitato.

Va bene cosí, ha risposto, poi ha lanciato due rapide occhiate a destra e a sinistra e mi ha porto il vassoio.

Ho detto, non doveva, davvero, è troppo.

Un'ombra di risentimento gli ha indurito lo sguardo e ha ribattuto, non mi offenda, la prego.

Dal modo in cui spostava il peso da una gamba all'altra mi è parso altamente probabile che anche lui soffrisse di lombalgia cronica. E che anche lui, come me, faticasse a stare ben dritto appena uscito dall'auto.

Ho preso il vassoio.

Stava già per andarsene, poi ci ha ripensato, ha tirato fuori il telefono dalla tasca e me l'ha avvicinato. Un bambino piccolo, con gli occhi grandi seminascosti da una frangetta e la maglia del Barcellona indosso, guardava dallo schermo con un sorriso schietto.

Questo è Omar, ha detto. A otto anni ne dimostrava tre. Niente di lui cresceva. Anche il cuore era piccolo. E i polmoni. Di sabato da noi arriva un ambulatorio mobile. Degli israeliani, intendo. Il dottore ha detto che era molto pericoloso. Servivano cure, ci sono ormoni. Ma costano molto caro. Non mutuabili. È stata sua moglie a procurarci le pillole. Ce le ha portate lei di persona a casa. Gratis. Io… quando non è arrivata con l'ambulatorio ho chiesto dov'era. Poi volevo venire alla *shivah* con il bambino. Ma avevano chiuso la strada, c'era il blocco, capisce?

Ho annuito.

Lei aveva una moglie… ha detto e si è interrotto, in cerca della parola giusta – una donna molto buona.

È vero.

*Yislam rassek*… che la sua testa superi questa tragedia. Cosí diciamo noi.

Grazie.

*Yalla*, adesso devo tornare al lavoro, ha concluso. Ha

girato i tacchi e mi ha lasciato con quel vassoio gigantesco in mano.

Ho posato il vassoio sul tavolo da pranzo. Ho assaggiato un briciolo di *baklava*, di *knafeh* e di altri dolci, mentre meditavo sul modo in cui, quando si è in coppia per tanti anni, ci si concede di conferire al proprio partner la responsabilità esclusiva su interi ambiti della vita.

Io ero responsabile dei rapporti con la banca. Della spesa grande del fine settimana al supermercato. Dei moduli. Delle multe. Della stesura dei biglietti di auguri. Della revisione delle automobili in vista dell'inverno. E della revisione dell'aria condizionata in vista dell'estate.

Niva era responsabile, tra le altre cose, della coscienza politica.

Nei primi anni mi proponeva ancora di partecipare alle attività del sabato. Io difendo i diritti umani dei pazienti del mio reparto, le rispondevo. È già abbastanza difficile. Sapevo bene che la mia risposta nascondeva la spocchia nei confronti di chi aveva scelto di lavorare in una rimunerativa ditta farmaceutica, e forse per questo avvertiva il bisogno – da cui io mi sentivo esentato – di controbilanciare dandosi da fare per aiutare il prossimo.

Nei primi anni mi raccontava ancora le esperienze nel volontariato. Cercava di contagiarmi con il suo entusiasmo. Mi mostrava fotografie di malati, mi leggeva lettere di ringraziamento. Mi spronava. Insomma, signor Mipreoccupo, fino a quando resterai seduto a guardare?

Poi aveva mollato. E quando chiedevo, com'è andata?, mi liquidava con una risposta generica. Oppure diceva di essere troppo stanca per parlare. Oppure il discorso prendeva una piega ideologica. Niva partiva in arringhe infuocate e restava di nuovo delusa da me che non ero pronto a aderire alle sue posizioni sempre piú estreme. E concludeva che ero privo di spina dorsale etica.

Ho trasferito i dolci rimanenti in un vassoio piú piccolo, che ho avvolto con la pellicola per poterlo portare in reparto. Ho guardato l'orologio. Mi restava mezz'ora prima si uscire per andare al lavoro. Tempi un po' stretti, ho pensato, ma si fa quel che si può. Mi sono accostato agli scaffali dei dischi e ho cercato la colonna sonora adatta. Ero indeciso fra alcune alternative e alla fine ho optato per Cat Stevens. C'è qualcosa nella sua voce – diceva sempre Niva – di pulito. E diceva anche, come suona la chitarra. Sembra che sia seduto qui con noi intorno a un falò. Ho posato la puntina sui solchi appena prima del brano iniziale, e mi sono seduto sul divano. Cat Stevens ha cominciato a suonare. E poi a cantare *Where Do the Children Play*. A quel punto, quasi in un sussurro, ho raccontato alla Niva nella mia testa del dubbio che mi attanagliava. All'inizio ha detto ridacchiando che le sedute spiritiche non erano roba per lei. E poi cosa c'entrava Cat Stevens? Ma dopo ha capito che era una cosa seria. E ha ascoltato.

Mentre andavo in ospedale ha telefonato l'avvocato.

Sono arrivati gli esiti da Genetics, ho risposto prima che me lo chiedesse.

E? Mi ha incalzato con la voce tesa come una corda di violino.

Non c'è alcun legame di sangue fra me e Liat Ben Abu, ho risposto.

Okayyyyyyyyy. Ha trascinato l'ultima vocale come interrogandosi su come procedere a quel punto, e me lo sono immaginato intento a lisciarsi la cravatta.

È calato il silenzio. Un giocoliere con un turbante faceva volteggiare delle palline in aria al semaforo. Una è caduta, lui l'ha recuperata da terra e ha ripreso a esibirsi. Mi è balenato il pensiero che poteva essere l'ultima volta che guidavo per quella strada verso l'ospedale. La commissione aveva facoltà di disporre la mia sospensione immediata. E poi: avrei percorso il viale principale diretto in reparto sotto un fuoco di sguardi. E poi: avrei raccolto i miei oggetti personali dentro uno scatolone. Sarei sceso nell'ascensore del parcheggio. Una caduta senza fine. E poi: la notizia sul giornale. La telefonata di Yaela in piena notte. Il tono sbalordito. Piú sbalordito che indignato. È vero quello che scrivono sul giornale, papà? Sul serio hai fatto quello che dicono che hai fatto?

Ha fatto quello che le ho chiesto? Ha documentato per iscritto lo svolgimento degli eventi? L'avvocato ha interrotto il susseguirsi di scenari terrificanti nella mia testa.

Sí, naturalmente, ho risposto.

Allora le consiglio di rileggersi quanto annotato questa sera; faccia delle prove. In modo da non incappare in qualche domanda per la quale non ha risposta.

Senz'altro.

Io, nel frattempo, preparo la difesa. Ho trovato alcuni precedenti interessanti. Se anche la sospendessero, non c'è motivo che perda anche i suoi diritti previdenziali. Ci vediamo all'ingresso dell'ufficio del direttore generale alle otto e quarantacinque.

Ho letto quanto scritto fin qui, e leggendo mi sono reso conto che questi fogli contengono soprattutto quello che non mi sarà possibile raccontare alla commissione. Senza volerlo, ma in modo estremamente sistematico, ho annotato tutte le informazioni che devono restare fuori dal contraddittorio se desidero risparmiare altro dolore a Liat.

Che ne sarà di me?[1] Il brivido del condannato mi ha attraversato la schiena. Cos'avrei potuto dire in mia difesa l'indomani, seduto su quella sedia? Come avrei trovato riparo dagli sguardi da chi-l'avrebbe-mai-immaginato di quelle persone, alcune delle quali di certo mi conoscevano, avevano studiato con me, forse per un periodo si erano trovate a lavorare con Niva? Non ero piú un bam-

1. Genesi 37:30. (*N.d.T.*)

bino, non potevo piú scappare in bagno e rinchiudermi con una copia di *Dune* finché non fosse passata la tempesta. Cosa diavolo avrei potuto fare, se non il medico? Non avevo diplomi da skipper, o da guida turistica, il mio mestiere ero io.

Per smorzare l'ansia ho guardato il quinto set, quello decisivo, della finale del Roland Garros. Roger Federer, trentasette anni, contro Novak Djokovic, trentuno. In realtà era la replica della partita. Ma la solitudine ha i suoi vantaggi: non c'è pericolo che qualcuno ti riveli per sbaglio i risultati.

Federer era in vantaggio. Come al solito il suo gioco era piú elegante, ha persino vinto qualche game. Ma alla fine è stato sconfitto, come prevedibile, dal serbo, piú giovane ed elastico.

Prima di dormire ho scaricato da Google per l'ultima volta la fotografia di Liat alla gara di corsa orientamento e l'ho leggermente ingrandita. La canottiera gialla con le spalline sottili metteva in risalto la carnagione scura, il collo brillava di sudore e la medaglia d'oro era adagiata due dita sopra il solco fra i seni – nel posto preciso in cui era scivolata la mia mano.

Solo dopo aver osservato per un minuto buono la fotografia mi sono reso conto che il mio battito cardiaco aveva accelerato. Il respiro si era prosciugato. E senza che lo volessi, dentro di me era cominciato a inturgidire il desiderio.

Ho richiuso precipitosamente lo schermo.

Dov'era finito? Perché non rispondeva alle chiamate? Alle otto e quarantacinque l'avvocato mi ha accolto esultante nell'ufficio del direttore generale.

Ho spento il telefono, ho spiegato. Non volevo distrazioni prima dell'udienza.

L'udienza è annullata, dottore!

Annullata?

Ben Abu ha ritirato la querela!

Le segretarie di Spitzer fingevano di non ascoltare la nostra conversazione, ma la tensione nei tendini del collo dimostrava che non perdevano una sillaba.

Ho condotto l'avvocato fuori dall'ufficio.

Cosa significa «ha ritirato la querela»? Perché mai fare una cosa simile? ho chiesto con voce soffocata, quasi bisbigliando, e d'un tratto un'ipotesi mi è balenata nella mente: forse Yafit le aveva raccontato tutto, per prevenire il danno?

Non lo so, dottore, l'avvocato ha continuato a entusiasmarsi a voce troppo alta, e nemmeno mi interessa.

Quindi è finita? Cosí, senza colpo ferire? La vita riprende come prima?

Niente querela, niente commissione, ha sentenziato l'avvocato. Spitzer ha chiesto di parlare con lei a quattr'occhi, ma suppongo che sia solo per il piacere di avere l'ultima parola.

Guarda qui, Asher, ha detto Spitzer. Era fermo vicino all'acquario e mi ha fatto cenno di avvicinarmi.

Ha additato un pesciolino grigio-argento a strisce nere diagonali, che nuotava a velocità abbastanza sostenuta intorno alla roccetta nell'angolo.

Ho visto che era sola e le ho portato un compagno. E lei cos'ha fatto? Se l'è mangiato. E non c'è modo di discutere la faccenda. Non c'è modo di appurare perché abbia fatto un'idiozia del genere. Acqua in bocca, come si suol dire.

Ho annuito.

Vieni, sediamoci. Ha indicato la sedia.

Mi sono seduto.

Ha acceso la pipa e mi ha rivolto un sorriso smagliante. Hai sentito il mio sospiro di sollievo stamattina alle sette? È arrivato fino a casa tua?

Ho sorriso di rimando, per riflesso condizionato.

Asher, Asher, non immagini quanto io sia felice che ci siamo lasciati tutto alle spalle, questa storia mi angosciava.

Anch'io sono contento che ce la siamo lasciata alle spalle, Ran.

Ma Asher – si è chinato verso di me stirando quasi tutto il busto sul tavolo vuoto – dobbiamo essere certi che non capiti piú.

Chiaro.

Oggi non è piú come una volta, Asher, ci sono le applicazioni.

Le applicazioni?

Puoi conoscere donne con facilità. Di tutti i tipi e i colori. Basta che tu apra un profilo. E da lí le cose andranno avanti da sé. Si può trovare l'amore, con le app. E si può trovare anche qualche consolazione. Se capisci cosa intendo. Troppa solitudine è pericolosa, Asher. L'eccesso di solitudine è la ragione numero uno per commettere idiozie. Quando ci si trova isolati per troppo tempo si comincia a perdere contatto con la realtà. Si comincia a pensare, per esempio, di poter piacere a una ragazza dell'età della propria figlia. Capisci cosa intendo?

Capisco.

In generale, specializzande e infermiere non sono una buona idea, Asher. Questa volta te la sei cavata per miracolo. Un vero miracolo. Non ho idea del motivo per cui Ben Abu abbia ritirato la querela. A volte le ritirano perché non hanno la forza emotiva di rivivere l'esperienza davanti alla commissione. È la ragione per cui molte cause per molestie vengono archiviate. Non per mancanza di prove, per mancanza di forze. Ma se dovessi ricevere un'altra querela nei tuoi confronti, Asher, anche una sola, sarebbe già un comportamento reiterato. E la reiterazione è decisiva in queste faccende. A quel punto, con tutto il rispetto e tutta l'amicizia, volerai fuori alla velocità della luce. Sono stato chiaro?

Chiarissimo.

Il telefono ha squillato. Lui ha alzato il ricevitore e poi posato una mano sul microfono per dire, è l'ufficio del viceministro. Da qui in avanti voglio sentire solo belle notizie, Asher, eh?

M'incammino verso il reparto. Le porte automatiche si aprono senza indugio al mio passaggio. Indosso il camice bianco e comincio il giro visita, con uno stuolo di specializzandi al seguito. Liat naturalmente non è fra loro. Nessuno la menziona. Nessuno si chiede ad alta voce, dove sarà sparita Liat Ben Abu? Passiamo di letto-in letto-in letto-in letto. Una frase che Liat ha detto durante una delle conversazioni al baretto mi risuona nella testa: «Ci precipitiamo fuori dalle camere dei malati come se scappassimo da qualcosa». Ronzio di macchinari da tutte le direzioni. Ronzano sempre da tutte le direzioni. Ma oggi, chissà perché, li noto di piú. Con i primi pazienti sono un pochino esitante. O meglio, un pochino assente. Ma pian piano la mia voce si stabilizza e torno padrone di me. Nell'ultimo letto è distesa una donna che soffre, ha dolori intensi. Geme a voce ancora piú alta quando ci avviciniamo al suo letto. Capita che i malati si comportino cosí in presenza dei medici, come i bambini quando vogliono attirare l'attenzione dei genitori. Le pongo alcune domande. Mi mostro empatico. Alla fine mi rivolgo a uno degli specializzandi e gli chiedo di riassumere il caso. Elenca gli esami e le lastre eseguiti per identificare l'origine dei dolori, precisa che non c'è evidenza di esiti patologici e stabilisce la diagnosi: fibro. Non precipitiamoci a diagnosticare la fibro, lo contraddico. E propongo altri due esami prima di giungere a conclusioni. La donna domanda, posso chiedere cosa significa «fibro»? Le spiego, è l'abbreviazione di fibromialgia, dolori che non hanno una spiegazione medica immediata. Cosa significa «non hanno spiegazione»? geme la donna, è per questo che sono ricoverata da una settimana? Per sentire che non avete idea di cos'ho? Esiste un gruppo di malattie – mantengo un tono paziente, non permetto nemmeno alla piú sottile vibrazione di insofferenza di insinuarsi nella mia voce – le cosiddette malattie criptogenetiche, la cui patogenesi è sconosciuta. Non significa che non si possano curare o che non possiamo procurarle sollievo, signora, e ci concentreremo su questo se i prossimi esami non riveleranno l'eziologia dei suoi dolori. Ma mi fa proprio male, dottore, dice. E io rispondo, lo so, e capisco quant'è importante. Desidera che aumentiamo la dose degli antidolorifici? chiedo, e lei annuisce. Estraggo la siringa della morfina che tengo sempre in tasca, la passo allo specializzando e dico alla paziente, alle quindici tornerò a controllare come sta. Ma non mi uccida, se dovessi tardare di qualche minuto. Finalmente, risponde con un sorriso. Questa frase funziona sempre. E non m'importa che gli specializzandi l'abbiano sentita già centinaia di volte. Da lí continuo con due consulti in chirurgia. E con una riunione d'équipe. Alle quindici e cinque torno al suo letto. Dorme. Le scrivo un biglietto, *Spero che il dolore sia diminuito, ci rivediamo domani mattina alla visita delle nove. Saluti, dottor Caro*, e chiedo all'infermiera di consegnarglielo quando si sveglierà. L'incertezza è peggio del dolore, l'ho imparato con gli anni. Passo dalla caposala per prenotare alcuni esami. Mi risponde senza esitazione e mi racconta, fra l'altro, che Yona è in rianimazione dopo l'amputazione delle gambe, è stabile e a breve tornerà in reparto per compensare il diabete. La morte è venuta a visitarlo, dunque, gli ha girato intorno e se n'è andata.

Sfilo il camice e prendo l'auto per tornare a casa. Apro il finestrino per lasciare che un po' di esterno entri dentro. Fuori i campi fioriscono di giallo, ma non è ancora veramente primavera. Ogni anno Niva soffriva di raucedine proprio in questo periodo del cambio stagione. Una volta, a Toronto, era rimasta completamente afona.

Dovrei provare sollievo. Invece sento bruciore, come se avessi un reflusso di sentimenti, come se l'acidità che mi sale in gola derivasse da sentimenti acidi.

A casa accendo il telefono di Niva e fisso a lungo il display: noi quattro mentre entriamo al concerto di Bob Dylan alla Royal Albert Hall a Londra, felici di essere riusciti a procurarci all'ultimo momento i biglietti da un bagarino. Non sapevamo ancora che il concerto si sarebbe rivelato pessimo, in particolare l'esecuzione senz'anima di *Blowing in the wind* alla fine della quale, evidentemente per protesta, una spettatrice era svenuta. E io mi ero ritrovato – dopo aver sentito gridare «c'è un medico in sala?» – in una stanzetta a cercare di farle riprendere conoscenza, mentre il pubblico continuava ad applaudire nella speranza – vana – che Dylan si comportasse da persona decente e concedesse un bis.

Mi concentro sullo sguardo di Niva nella fotografia. Pienamente soddisfatto. Aveva la straordinaria capacità di provare soddisfazione. Di essere sinceramente appagata.

A me manca sempre qualcosa. Mi è sempre mancato qualcosa.

Entro nei messaggi, esito un'ultima volta, indeciso fra diverse versioni, infine mando a Liat una sola parola:

*Grazie.*

Non mi ha risposto. La doppia spunta grigia diventata blu dimostrava che aveva visto il messaggio. E scelto di non rispondere.

Nella sua pagina Facebook nessun nuovo post nelle settimane seguenti.

La controllavo di continuo. Persino durante le chiamate su Skype con Assaf e Sara, diventate piú frequenti perché desideravano consultarsi con me riguardo al procedere della gravidanza.

Aprivo, sotto il tavolo, la pagina di Liat.

Per scoprire per l'ennesima volta che non aveva pubblicato nuove fotografie. Né scritto un testo infervorato contro i primari che sfruttano la loro posizione di potere per molestare giovani specializzande.

Tendendo l'orecchio mentre compilavo moduli di dimissioni, ho sentito la capopettegolezzi raccontare dopo qualche tempo a una delle infermiere che la dottoressa Ben Abu aveva deciso di prendere un anno di pausa dalla specializzazione e partire per la Bolivia, con una missione di Medici Senza Frontiere. Dopo – intanto io mi fingevo immerso nella cartella di un paziente – la capo-pettegolezzi è passata a raccontare all'infermiera degli esiti dell'esame del DNA a cui si era sottoposto suo marito poco tempo prima.

Non ci crederai, ha detto.

Che cosa? L'infermiera era incuriosita.

Il nove per cento dei suoi geni arrivano dall'Australia.

Ma senti senti.

Un aborigeno deve averlo fatto con la nonna di sua nonna. Quest'anno ci toccherà partire per l'Australia alla ricerca delle sue radici.

Sono scoppiate a ridere in coro, una risata breve. Da posto di lavoro. La risata di due donne che portano una responsabilità pesante da cui possono liberarsi per un attimo, non di piú.

Una fitta acuta mi ha trafitto la zona lombare mentre continuavo a «studiare» le cartelle.

Per non rialzarmi tutto storto, per non rivelare la mia sofferenza, sono rimasto seduto, ho trasformato la sedia dell'ufficio in una sorta di sedia a rotelle improvvisata e mi sono trascinato con quella di letto-in letto-in letto senza alzarmi, per tutto il giro visita.

In seguito, quando il dolore si è lievemente affievolito, sono sceso al baretto, ho aspettato il mio turno nella piccola coda, ma quando è arrivato non sono stato in grado di ordinare niente. La barista mi ha lanciato un'occhiata perplessa e ha chiesto, prego, signore? L'ho fissata e ho domandato, le spiace se rimango qui giusto un attimo, vicino al bancone? Lei ha annuito e detto, basta che si sposti un pochino di lato, signore, cosí non blocca la fila.

Mi sono spostato un pochino di lato, vicino alle bustine dello zucchero. Mi sostenevo la schiena con una mano per non accartocciarmi su me stesso, per non crollare a terra, per non finire disteso ai piedi del carrello sotto gli occhi di pazienti e passanti. Cosa fa un medico nei giorni in cui non è in condizioni di fare il medico? ho sentito la voce di Liat chiedere nella mia testa. Cosa fa un medico nei giorni in cui non ne può piú di questa vita?

Alcuni mesi piú tardi il telefono di Niva ha mandato il segnale di messaggio in arrivo. L'ho preso aspettandomi di trovare, come sempre, la richiesta di una persona che voleva coinvolgerla in un progetto, alla quale avrei dovuto comunicare l'amara notizia.

Era una fotografia.

Mi ci sono voluti diversi secondi per riconoscere Liat. I capelli lunghi erano rasati a zero, il taglio somigliava a quello della cantante irlandese, O'Connor mi pare si chiami, e gli occhi parevano ingigantiti e risaltavano lucenti sull'abbronzatura. Indossava un camice bianco da medico sopra una maglietta nera e pantaloni con i tasconi laterali, e il suo sorriso era cosí smagliante e cosí sereno e sicuro che ho avuto l'impressione che lo stetoscopio sul suo petto sorridesse con lei.

Tra le braccia stringeva una bambina india di quattro o cinque anni. Naso camuso, labbra carnose, i capelli neri divisi da una riga irregolare e legati in due codini. Aveva addosso un pezzo di stoffa, o un sacco, e al polso aveva legati due fili, uno verde e uno giallo.

La bambina non guardava l'obiettivo. Teneva gli occhi fissi su Liat come a dire, conto su di te. Di te mi fido. Cosa farei senza di te?

Sotto la fotografia Liat aveva aggiunto solo una frase, dal libro preferito di entrambi:

*Un insegnamento giusto s'intuisce subito, perché risveglia in te una sensazione di qualcosa che hai sempre conosciuto.*

Nella chiamata su Skype, Assaf pochi giorni dopo mi ha annunciato che le analisi per cui tanto si erano preoccupati erano a posto. E che anche Sara si sentiva meglio.

Non sarebbe preferibile partorire in Israele? ho chiesto, e lui ha risposto, non credo, papà, la nostra vita è qui. E dopo un breve silenzio ha aggiunto, ma ci piacerebbe che venissi tu. Cioè, ne ho parlato con Sara e saremmo tutti e due contentissimi se Niva... te l'ho detto che Sara è d'accordo per il nome?

Me l'hai scritto, ho risposto (senza aggiungere che invece di gioia avevo provato un dispiacere acuto, perché Niva grande non avrebbe avuto la gioia di incontrare Niva piccola, perciò non ero riuscito a rispondere).

Insomma, ha proseguito Assaf, sarebbe fantastico se Niva piccola conoscesse il nonno *from day one*. E poi cosa ci può essere di meglio di un medico privato a disposizione? Pensi che potresti prenderti ferie non retribuite per un mese o due? Su per giú verso l'inizio di ottobre?

Ho prenotato il volo per Montréal.

Solo andata.

Poi ho messo il disco di Schubert sul giradischi: Sonata per pianoforte n. 13 in la maggiore.

Ta-ta-tam, tam-ta-ta-ta-tam –

L'amato motivo che apre l'opera si ripresenta in piú punti, e ogni volta suona un pochino diverso.

Come un gioco di bambini.

Come un invito a ballare.

Come il batticuore dopo un quasi-incidente.

Come una solenne sgridata.

Come il sollievo dopo un dolore.

Come invecchiare.

Come qualcosa di cui hai gioito un momento, e subito l'hai smarrito di nuovo.

La sera scolora nella notte fuori dalla mia finestra. La casa è vuota. Dal salotto non arrivano le voci dei bambini. Nella doccia l'acqua non scorre sul corpo di Niva. Le sonate di Schubert continuano a suonare in sottofondo, a basso volume.

Se devo confessare tutto, questa è l'ora.

# Un uomo entra nel frutteto[1]

*Febbraio 2017*

Io e Ofer camminiamo nei frutteti ogni sabato. Un tempo ci accompagnavano i nostri figli. Ormai sono grandi, di sabato preferiscono alzarsi tardi. Noi ci alziamo presto. Io prendo un caffè e Ofer beve un finto caffè di datteri. Indossiamo abiti sportivi. Saliamo in macchina e guidiamo per qualche minuto, ci fermiamo prima della sbarra, benché di solito sia aperta e molti proseguano. Piú oltre c'è la pista ciclabile che hanno aperto alcuni anni fa, noi la usiamo per camminare e se arriva una bicicletta ci accostiamo al bordo. Tre mesi all'anno gli alberi producono frutti, da dicembre a fine febbraio. Arance, pompelmi, clementine. Un anno uno dei proprietari ha provato a coltivare anche i pompelmi rosa. Deve essere andata male, perché non ne abbiamo mai piú visti.

Colgo un frutto lungo la strada, se ce ne sono, e Ofer protesta sempre. Dice che non è bello. Che mi comporto come gli israeliani che rubano i rubinetti degli alberghi.

La natura appartiene a tutti, rispondo. E gli allungo uno spicchio. Lui me la dà sempre vinta, lo prende. Questo sabato, ora che ci ripenso, non l'ha preso. Gli ho allungato un succoso spicchio d'arancia, e lui non l'ha

1. Nel titolo, e in seguito nella narrazione, si fa riferimento all'episodio del Talmud in cui si racconta di quattro saggi Maestri dell'ebraismo che entrano nel *Pardès* (la parola ebraica per «frutteto», il Giardino dell'Eden), da cui uno solo uscirà incolume: «Quattro persone entrarono nel Pardès: Ben Azài, Ben Zomà, Achèr e rabbí Aqivà. Disse loro rabbí Aqivà: "Quando arrivate davanti a pietre di marmo puro, non dite 'acqua, acqua' anche se vi sembra di vedere acqua, poiché è detto: Colui che pronuncia menzogne non resisterà davanti ai Miei occhi". Ben Azài sbirciò e morí [...] Ben Zomà gettò uno sguardo e fu colpito da pazzia. [...] Achèr sradicò le piante e divenne apostata. Rabbi Aqivà uscí incolume». (*N.d.T.*)

preso. Ma come potevo immaginare che era un segno? Siamo scesi come sempre in direzione della collina di spazzatura, dove ormai da anni non rovesciano piú spazzatura, quindi il comune cerca di rinominarla «collina dell'amore», poi abbiamo svoltato a destra in direzione dell'Istituto per il monitoraggio delle acque reflue. Di solito proseguiamo un pochino oltre, fino al belvedere che si affaccia sulle case del *moshav*, il paese vicino, ma l'odore di fogna questa volta era piú forte del solito, ho detto a Ofer che avevo il voltastomaco e volevo tornare indietro, e lui mi ha posato la mano sulla spalla e ha detto, certo, non è un problema.

Sulla via del ritorno abbiamo incrociato due runner, di cui uno ci ha augurato il buongiorno. Anzi, è stato Ofer a dire buongiorno per primo, e l'altro ha risposto. È un'abitudine che gli è rimasta dagli anni in cui viveva in America con la prima moglie. Quando viveva lí, considerava il *good morning-good morning* la quintessenza di tutto quello che non sopportava degli americani. Adesso era lui a farlo. Dopo che ci hanno oltrepassati è ammutolito, sapevo che li invidiava un po'. Fino alla comparsa della malattia correva anche lui, ha persino partecipato alla mezza maratona di Tel Aviv. A ogni modo, sono certa che è possibile rintracciare quei due, e le confermeranno che in quel momento io e Ofer camminavamo fianco a fianco e non stavamo litigando né niente del genere.

Naturalmente a volte ci capitava di litigare durante le passeggiate del sabato. Qualche volta gli ho detto – mi arrabbio molto piú di lui – non voglio piú parlare! Lasciami in pace! Da qui proseguo sola!

In quei casi si fermava ad aspettarmi e intanto faceva stretching su uno dei massi. Perché io mi scaldo in fretta, ma mi raffreddo altrettanto in fretta. E quando tornavo dal mio giretto già sentivo un briciolo di nostalgia, lo trovavo attraente, con i suoi pantaloncini sportivi e la maglietta bianca. Rigorosamente bianca. E fra me e me pensavo, quell'uomo cosí attraente è tuo. Non fare come tua madre, che ha sprecato la vita in piccole arrabbiature con papà, fino al giorno in cui gli è venuto un ictus ed è morto, e da quel momento per lei è diventato un santo, ogni venerdí lo va a trovare e rivolta alla sua lapide racconta le notizie della settimana in Israele e nel mondo.

Io non credo che Ofer sia morto. Nonostante sappia che piú i giorni passano, piú le probabilità che sia morto aumentano. E nonostante la notte mi visiti di continuo lo stesso sogno, in cui il suo lato del letto si trasforma in un precipizio.

Per cosa litigavamo? Per i figli. Ovvio. Soprattutto quando erano piccoli. Non capivo come potesse essere cosí tranquillo al loro riguardo. Ofer non capiva perché io fossi tanto in ansia. Non sopportavo che mi affibbiasse il ruolo della cattiva con loro. Ofer non sopportava che io li criticassi. Non ho una grande opinione degli psicologi, e non avevo voglia di partecipare a quella terapia di coppia, ma una frase che Ami, lo psicologo, ha detto durante uno degli incontri mi è rimasta impressa. «Ci sono genitori che amano i loro figli dal basso in alto, e altri che li amano dall'alto in basso». Vale a dire, ci sono genitori che devono in primo luogo alleggerirsi delle proprie preoccupazioni, e solo quando sono tranquilli si sentono liberi di ammirare i figli. E ci sono genitori che prima di tutto hanno bisogno di ammirare i loro figli, e solo a quel punto sono disposti a notare qualcosa di preoccupante.

Quella frase mi ha messo ordine nella testa. Forse anche a Ofer. O forse i figli sono semplicemente cresciuti, si sono immersi sempre di piú nei loro cellulari (Matan) o nella loro vita sociale (Ori), e adesso siamo soprattutto grati per ogni momento in cui ci onorano della loro presenza.

Per cos'altro litigavamo io e Ofer? Immobili. E sesso. Immobili perché io volevo che accendessimo un mutuo e comprassimo un appartamento come investimento, e lui diceva che investire in un appartamento era roba da ricchi e lui non era disposto a sottoporsi a quello stress. E sesso perché da quando ha cambiato dieta, gli è diminuita la voglia di fare l'amore con me. O magari la dieta è stata una scusa, semplicemente dopo diciott'anni insieme non lo eccito piú. A ogni modo, è umiliante. Umiliante quando sei sempre tu che devi prendere l'iniziativa e umiliante che al tuo uomo non si rizzi quando è a letto con te perciò glielo devi succhiare per ore per risvegliarlo, e ancora piú umiliante è renderti conto durante il sesso che ti sta facendo un piacere. Se prendessi il Viagra? gli proponevo ogni tanto. Sia per ricambiargli l'umiliazione, sia perché speravo che avrebbe davvero aiutato. Invece serviva solo ad allontanarlo di piú. Ma quale Viagra, lo prendevo per un vecchio di cent'anni? E poi, lo sai benissimo che sono contrario ai farmaci, diceva. Oppure non diceva niente, mi voltava le spalle e se ne andava in balcone, dove s'immergeva con Ori in una delle loro conversazioni intime, o andava con Matan a una partita di pallacanestro dell'Hapoel Gerusalemme, o fissava gli appuntamenti dell'associazione a tarda sera – tutto pur di arrivare a letto quando già mi ero addormentata.

Fino a non molto tempo fa raccontavo a Ofer degli uomini che ci provavano con me, nella speranza che questo lo smuovesse. Alcune storie erano vere, altre le inventavo. Ho inventato di sana pianta, per esempio, che un trentenne, tale Nitai, che aveva cominciato a lavorare di recente nel nostro ufficio, mi faceva una corte spietata. Ogni volta ci andavo giú piú pesante nelle descrizioni: all'inizio Nitai si era limitato alle occhiate. Poi mi aveva fatto i complimenti per la gonna che portavo. Dopodiché aveva cominciato a dirmi cose tipo «Hai un odore stupendo. È un profumo o una crema per il corpo?» o «Dovrebbe essere illegale quella scollatura». O «Si potrebbe andare a bere qualcosa dopo il lavoro, se ti va».

Esci a bere con lui, se ne hai tanta voglia, ha detto Ofer durante una delle nostre camminate nel frutteto, in un tono che non capivo se si sforzasse di suonare indifferente o fosse davvero indifferente. A quel punto mi sono spaventata da morire e ho detto, ma figurati, ti pare, è un ragazzino, non ci tengo, è a te che tengo.

Adesso cerco di ricostruire gli ultimi minuti. Abbiamo camminato mano nella mano. Sí, mano nella mano. Quella mattina eravamo in buona. Ci ha superati un furgone in cui viaggiavano degli operai thailandesi. Tre. Forse quattro. Avevano il volto coperto da un cappuccio, e uno ha sventolato la mano per salutarci. Tempo fa dicevano che i thailandesi che lavorano nel frutteto mangiano carne di cane, e che tutti i cani che si sono persi nel quartiere in realtà li hanno presi loro e portati nella baracca sgangherata dietro la collina della spazzatura per cucinarli in un pentolone come cena. Ma io non credo che abbiano fatto qualcosa a Ofer. La voce che girava sui cani già allora mi pareva puro razzismo. In effetti sto citando Ofer, era lui che lo definiva cosí, «puro razzismo».

Dopo che i thailandesi sono passati oltre abbiamo sentito una musica in lontananza. Trance da una festa. Ofer ha detto, un rave nella natura. E io ho commentato, da quanto tempo non andiamo a un rave all'aperto? E Ofer ha detto, da quello sul Mar Morto. E io ho risposto, può essere. E Ofer ha detto, chissà da dove arriva. E io ho risposto, viene dalla collina di spazzatura, no? E Ofer ha detto, signora, le rammento che è la collina dell'amore. E io ho aggiunto, c'è quello spiazzo tra la collina e la baracca dei thailandesi. Per una festa è perfetto. E Ofer ha detto, potrebbe essere vicino alle stalle dei cavalli. E io ho risposto, chissà. Poi siamo rimasti qualche istante in silenzio, perché eravamo arrivati alla salita ripida prima della sbarra per le macchine, ed è difficile parlare e inerpicarsi allo stesso tempo. A fine salita Ofer ha detto, devo fare pipí. Puoi tenermi un attimo il telefono? Ho risposto, certo. Lui si è inoltrato nel passaggio fra due filari di alberi. L'ho aspettato sulla strada. Un minuto. Poi un altro. Poi un altro.

Non è uscito.

Gli ho telefonato. Il suo telefono mi ha vibrato nella tasca e allora mi sono ricordata che lo avevo io. Sono entrata nel passaggio dove era entrato lui e ho chiamato, Ofer! Ofer! Non ha risposto. Il cuore ha cominciato a battermi piú veloce. Ho spostato dei rami e cercato, tra il verde delle foglie e il giallo delle arance, il bianco della sua maglietta, ma non l'ho trovato. Sono tornata sulla strada. Pensavo di aver sbagliato sentiero, magari mentre io entravo nel frutteto lui era uscito. Un nonnetto con il casco in testa stava giusto arrivando nella mia direzione, gli ho fatto segno di fermarsi e ho chiesto se aveva visto un uomo con i pantaloncini sportivi neri e una maglietta bianca. Ha detto di no e chiesto cos'era successo. Gliel'ho raccontato e lui ha domandato, vuole che l'aiuti a cercare? Ho risposto, non so, non vorrei disturbare, forse sto solo facendo di una mosca un elefante. Si è sfilato il casco e ha ribattuto, nel tono di quei vecchi che hanno combattuto la guerra d'Indipendenza, signora, siamo in Israele, bisogna sempre stare all'erta.

Cosí siamo rientrati nel passaggio fra i filari. Ho di nuovo chiamato Ofer. E di nuovo non ha risposto. Anche il vecchio combattente l'ha chiamato con voce roca. A quel punto siamo tornati sulla strada e per l'ansia sono scoppiata a piangere. Da quanti anni non piangevo. Altri ciclisti e persone a passeggio si sono fermati vicino a noi e hanno chiesto cosa succedeva. Di colpo non riuscivo piú a parlare. Non mi usciva di bocca una parola. Allora gliel'ha spiegato il combattente. Qualcuno ha suggerito, telefoni a casa. Potrebbe essere rientrato. Ho fatto quello che mi suggerivano, ho chiamato Ori. Mi ha risposto con voce addormentata-irritata, mamma, stavo dormendo. Le volevo chiedere se papà era a casa, ma non riuscivo a spiccicare parola. Allora ho passato il telefono al combattente, che ha detto, buongiorno, figliola, mi trovo qui con sua madre, desidera sapere se papà si trova in casa. Ho sentito la voce di Ori rispondere, un attimo, controllo. E dopo qualche momento ho sentito la sua voce dire di nuovo, no.

A quel punto chiunque fosse in giro nei frutteti a piedi o in bicicletta quel sabato si è unito alle ricerche. È arrivata anche Ori. Matan è rimasto a casa. Allora ancora non conoscevo la ragione. Le persone camminavano nei passaggi fra i filari, calpestavano le foglie e i frutti marci e cercavano un uomo simile alla fotografia che avevo trovato nel cellulare: è stata scattata qualche anno fa, a uno degli eventi della sua associazione. In piedi vicino ai benefattori, indossa un completo leggermente troppo grande, il pomo d'Adamo sporge come sempre, i capelli sono un po' spettinati e gli occhi che mi hanno fatto innamorare di lui fissano raggianti l'obiettivo. Quando si emoziona sprigionano faville gialle, avrei voluto dire a chi arrivava. E quando sorride si allungano quasi come quelli dei thailandesi. Ma la mia gola era fuori uso. Come se in corrispondenza dell'ugola si fosse creata una barriera di secchezza che impediva alle parole di passare. Perciò ho solo mostrato la fotografia a chiunque lo chiedesse e sono rimasta ferma sulla strada, paralizzata dal terrore. Non riuscivo a muovere le gambe. Non riuscivo a muovere le braccia. Quando il sole era ormai alto nel cielo, qualcuno mi si è avvicinato e ha chiesto, ha già avvisato la polizia? Un altro ha ribattuto, non verranno, la procedura impone di aspettare almeno ventiquattr'ore prima di dichiarare scomparsa una persona. Il primo tizio ha risposto, non se c'è il sospetto di un attacco di matrice nazionalistica. La signora deve dire di avere intravisto una kefiah tra i cespugli, o qualcosa del genere.

Ma io non potevo dire niente. Nulla di nulla. Perciò ho passato il telefono al combattente e lui ha telefonato alla polizia e informato in tono autorevole che non c'era tempo da perdere, impossibile sapere chi aveva teso un agguato a Ofer nel frutteto. Poteva trattarsi di un atto terroristico, e chiunque abbia esperienza di rapimenti di ostaggi sa che le prime ore sono cruciali. Dai suoi silenzi tra frase e frase, mano a mano piú lunghi, ho capito che dall'altro capo del filo erano colpiti dalle sue affermazioni, e in effetti nel giro di qualche minuto o forse di piú – a quel punto avevo smarrito la cognizione del tempo – la polizia è arrivata e ha chiuso l'area con dei posti di blocco, perché se si trattava di un commando di terroristi esisteva il rischio che fossero ancora appostati nella zona, e per quanto fosse apprezzabile la partecipazione generale, non era opportuno che semplici cittadini vagabondassero fra gli alberi del frutteto senza armi né supervisione.

A me hanno chiesto se avevo idea di qualcuno che potesse voler nuocere a Ofer. Ho fatto cenno di no con la testa. Ma lo stesso, durante il viaggio verso il commissariato, ho mandato un SMS a Dan. *Ci sei?* Lui ha risposto, *avevamo stabilito mai di sabato*. Ma io ho insistito a scrivere, *Ofer è scomparso*, e lui ha risposto, *cosa significa scomparso?* Io ho chiesto, *hai raccontato di noi a qualcuno?* Lui ha risposto, *ma figurati*, e dopo, *non posso piú scrivere. Stiamo pranzando in famiglia*. Ho aspettato ancora un pochino per vedere se scriveva qualcosa di gentile tipo «Abbraccio» o «Andrà di sicuro tutto bene», invece non ha aggiunto nemmeno il suo imperativo fisso «Cancella». Ho deciso che comunque fosse finita la faccenda con Ofer, con Dan e l'appartamento di sua nonna a Holon avrei chiuso. E sapevo che la mia decisione non valeva niente.

Al commissariato mi hanno introdotto in una stanza senza finestre, dove mi hanno lasciato per un'ora. Forse tre. Il tempo fluiva diversamente, come in un sogno di quelli in cui vuoi svegliarti e allora fai per bussare alle pareti, ma non ci riesci. Poi mi hanno tirata fuori dalla stanza senza finestre per condurmi in un'altra con delle finestre dove c'era un'investigatrice che si è presentata come Tirza, e con il suo taglio carré e il colletto inamidato mi ricordava Hana Puterman, l'insegnante di Talmud che una volta mi aveva detto, davanti a tutta la classe, Heli Dagan, evita di star seduta come una poco di buono, chiudi le gambe.

L'investigatrice ha posto molte domande prima di capire che non ero in grado di rispondere.

Come sono i rapporti con suo marito? Lui stava per caso attraversando un momento di crisi? Ha mai manifestato tendenze suicide? Era coinvolto in attività politiche? Teneva armi in casa?

Poi ha aggiunto, al momento stiamo verificando diverse ipotesi. E ha detto, mi guardi negli occhi, per favore. E ha detto, immagino le sia chiaro che il fatto di tacere non depone a suo favore, Heli. Solo a quel punto ci sono arrivata, ho capito che io stessa ero una delle ipotesi, ho stretto le ginocchia una all'altra prima che mi rimproverasse anche per quello, ho preso un foglio e una penna dal tavolo e ho scritto, taccio perché ho perso la voce. Non perché ho qualcosa da nascondere. Penso di essere sotto shock. E ho visto il suo occhio destro che si arrotondava, empatico, mentre il sinistro rimaneva sospettoso, perché un'investigatrice come Tirza deve averle già sentite tutte.

Allora mi ha detto, scriva. Se non può parlare, mi scriva la sua versione dei fatti. Non ho capito cosa intendesse con «la sua versione». Quale altra versione poteva esserci? Ofer era entrato nel frutteto e non era piú uscito. Nessuno si trovava nelle vicinanze. Chi altro poteva raccontare cos'era successo? Ma l'investigatrice mi ha allungato una penna e un bloc-notes con i fogli gialli e ha detto, forza. Vedendo che spalancavo gli occhi ha spiegato, io lo credo che lei è sconvolta, ma fino a prova contraria non è possibile escludere a priori che lei sia coinvolta nella scomparsa di suo marito. Per quanto possa risultare spiacevole, noi dobbiamo fare il nostro lavoro. In questo momento stiamo analizzando il suo cellulare. Inclusi i messaggi apparentemente cancellati. E abbiamo mandato una poliziotta a casa sua, per ritirare il suo computer portatile. Alla fine sapremo di lei tutto quel che ci serve sapere, Heli. Già adesso sappiamo parecchio: lei è immigrata in Israele dall'Argentina all'età di sette anni. Suo padre era un oppositore della giunta militare, che lo ha sequestrato per alcuni mesi, trattento in una località segreta e poi d'improvviso rilasciato, a condizione che lasciasse il paese all'istante – fin qui è tutto vero? Durante il militare ha servito come allenatrice sportiva dei reparti combattenti, e scontato una settimana di carcere per avere risposto in modo sfacciato al suo comandante. Ha il patentino per immersioni e la patente di guida per camion, da ormai cinque anni lavora come volontaria in un centro di accoglienza per nuovi immigrati – complimenti – ed è stata nominata migliore giocatrice della stagione nella squadra Mamanet e migliore dipendente della società di logistica dove è direttrice amministrativa da cinque anni, e ancora nasconde ai colleghi che le manca un seminario per ottenere davvero la laurea magistrale, e non solo millantarla. Ha capito, Heli? Cercare di occultare informazioni è inutile. Piú dettagli ci riferirà, piú aumenteranno le nostre possibilità di ritrovare suo marito.

Volevo dirle che erano davvero, proprio tanto, fuori strada. Ma non ne avevo il modo.

Allora ho preso il foglio e scritto tutto quello che era successo dal momento in cui eravamo usciti a camminare nei frutteti, minuto per minuto.

Dopodiché ho lasciato una riga bianca, come quando si preme «enter» sulla tastiera, e ho aggiunto una domanda, e l'ipotesi dell'attacco terroristico? State davvero controllando o avete deciso di concentrare tutti gli sforzi della polizia di Israele su di me?

Ha preso il foglio, letto quello che avevo scritto e annuito, un gesto lento, come se l'avessi delusa.

Poi ha spiegato, le caratteristiche della scomparsa di suo marito, signora Raz, non supportano l'ipotesi dell'attacco terroristico. Non abbiamo ricevuto allarmi di possibili attentati in questa zona. Nessuna organizzazione ha rivendicato il sequestro. A ogni modo, insieme ad altri servizi di sicurezza stiamo lavorando per escludere definitivamente questa possibilità.

E ha aggiunto anche, capisco che lei sia preoccupata,

ma è necessario che mi aiuti ad aiutarla. Quanto ha scritto qui – ha indicato il foglio – non basta. Mi ha dato le informazioni essenziali. Grazie. Ma devo approfondire anche questioni di cui è meno gradevole parlare, d'accordo?

Mentre annuivo ho pensato a Dan, ma lei ha detto, per cominciare le chiedo di scrivere cinque cose che nessuno sa di Ofer. E per favore, non elenchi solo cose che le sembrano rilevanti per l'indagine. Non può sapere cosa sarà rilevante per noi. A volte sono le informazioni all'apparenza insignificanti a portarci alla traccia che cerchiamo. Passatempi, manie, segreti del passato. Tutto fa brodo.

Il foglio è rimasto a lei, ma ricordo perfettamente cosa c'era scritto.

1. La sua malattia. Autoimmune. Molto rara. Colpisce solo una persona su centomila. Ofer ha deciso di curarla con un drastico cambiamento di alimentazione e molto yoga. Con grande sorpresa dei medici, ha funzionato piuttosto bene. Gli attacchi sono quasi spariti. Nonostante questo, alcune cose non le può piú fare. Per esempio, correre la mezza maratona o vogare in kayak. O portarmi a letto in braccio.

2. La sua prima moglie era molto piú bella di me, ma matta da legare. Fra l'altro, gli ha lanciato addosso un coltellaccio da cucina e ha cercato di investirlo con il loro 4x4. È scappato da lei e dagli Stati Uniti in piena notte, senza lasciare nemmeno un messaggio di addio. Ed è tornato in Israele senza niente.

3. Negli anni seguiti alla separazione dall'americana, gli è venuta la fissa dei rave nella natura. Incluse le droghe. Incluso ballare fino a perdere i sensi. Incluso fare l'autostop dopo la festa, completamente nudo, sulla strada per il Mar Morto. Ed essere fermato dalla polizia (non credo compaia sulla fedina penale).

4. Ha smesso con tutte queste cose quando sono arrivati i bambini. Ofer è nato per fare il papà. Davvero. Io mi sforzo, sono piena di dubbi e faccio errori, per lui la

paternità è stato qualcosa di naturale fin dal primo momento. In realtà questo la gente probabilmente lo sa, perché gestisce un forum per padri che ha aperto quando i bambini erano ancora piccoli, dove racconta le sue esperienze e a volte dà qualche consiglio, «non da esperto, ma dal punto di vista di chi ci è passato in prima persona».

5. Pubblica racconti brevissimi sotto pseudonimo. Ha un blog che si chiama Centoventi per cento. Il suo sogno è arrivare a cento racconti di centoventi parole ciascuno. E poi pubblicare un libro. Giusto la settimana scorsa ha pubblicato il novantanovesimo.

Ho soffocato l'ondata di paura che mi aveva investito mentre scrivevo, e ho consegnato a Tirza il foglio con i cinque punti. Erano anni che non scrivevo a penna, solo sulla tastiera, perciò mi doleva la mano.

Tirza ha letto e chiesto, qual è lo pseudonimo che usa per il blog? Mi ha sorpreso che le interessasse proprio quello, ma ho comunque risposto, Mercury Furter. E ho alzato gli occhi al cielo, mettendo in chiaro che per quanto fossi innamorata di mio marito, anch'io lo consideravo un nome idiota. Allora vediamo qual è l'ultima cosa che Mercury Furter ha pubblicato, ha detto lei, e inserito il nome nel motore di ricerca. Potremmo cavarne qualcosa.

Sapevo cosa avrebbe trovato. Avrei potuto recitare a memoria quel racconto. Come in effetti tutti quelli che Ofer aveva pubblicato.

*Mezzo uomo*
*Nel libro di matematica di mia figlia c'è un problema che deve risolvere: in classe ci sono x alunni, la maestra li divide in gruppi, quanti alunni conta ogni gruppo? Oggi è il mio turno con la bambina, perciò facciamo i compiti insieme, anche se la matematica fra noi è sua madre. La piccina fa i calcoli e scopre che ogni gruppo conta tre alunni e mezzo. Io le dico che deve avere sbagliato a calcolare: non esiste un mezzo uo-*

*mo. Rivediamo tutti i passaggi della risposta e scoviamo l'errore. L'indomani l'accompagno a scuola. Guido piano, per prolungare il momento all'infinito, e so che appena scenderà dall'auto il mio tassametro si azzererà.*

Interessante, ha detto l'investigatrice, scrive come se fosse divorziato.

È solamente un racconto, ho annotato sul blocco e gliel'ho passato.

Non si può mai sapere, ha ribattuto l'investigatrice. È possibile che Ofer si sia sentito un «mezzo uomo» ultimamente?

A noi tutti capita di sentirci cosí, no? le ho scritto e ho visto il suo occhio destro che si arrotondava, empatico, e il sinistro che rimaneva sospettoso.

Voglio mandare un messaggio ai miei figli, è possibile? Le ho allungato di nuovo il blocco e ho fissato lo sguardo nel suo occhio destro.

Ha annuito e mi ha passato il suo telefono.

Ho scritto a Ori.

*Ciao Oriki, sono al commissariato. Senza telefono. Cerco di fornire tutte le informazioni possibili su papà perché riescano a rintracciarlo. Spero che stiate bene. Dovrebbe arrivare a casa una poliziotta per chiedere il mio portatile. Dateglielo pure tranquillamente. Non c'è motivo di preoccuparsi, sono le loro procedure. Ti mando questo messaggio dal telefono dell'investigatrice. Mi puoi trasmettere tramite lei qualunque messaggio importante.*

Ho riguardato il messaggio. Ho sostituito la parola «investigatrice» con «poliziotta». E solo dopo ho schiacciato «invia».

L'investigatrice ha ripreso il suo cellulare e letto il messaggio che avevo inviato.

È proprio in gamba sua figlia, ha commentato.

Ho alzato gli occhi stupita. Come faceva a saperlo?

Ha tirato dentro tutto il suo gruppo scout, ha spiegato. Dopo aver accertato che non ci fosse un nucleo terroristico in giro per i frutteti, gli abbiamo dato semaforo verde, e da ore si sono divisi in gruppi per setacciare tutta la zona.

Matan è con loro? le ho scritto.

Suo figlio è rimasto a casa, per il momento. Direi che… ha un approccio leggermente diverso a tutta la faccenda.

Un approccio diverso?

Un poliziotto è entrato nella stanza, le ha consegnato un documento ed è uscito. Lei l'ha studiato e ha sollevato lo sguardo su di me, inquisitoria.

Chi è Dan Madini e di che natura sono i vostri rapporti?

Non vi riguarda! ho scritto. Con tanto di punto esclamativo. Ma dentro mi sentivo sconfitta come una bambina che viene scoperta mentre gioca a nascondino.

Suo figlio ci ha fornito il numero di telefono di Dan. È cosí che abbiamo scovato la vostra corrispondenza, signora Raz. In questo foglio sono riportati tutti i messaggi che vi siete scambiati nel corso dell'ultimo anno.

Matan sapeva di Dan: era una notizia sconvolgente. Una volta, a Mamanet, mi era arrivata una pallonata in faccia. Ecco, è cosí che mi sono sentita in quel momento. Il capogiro. La sensazione di essere sul punto di cadere. Il dolore a scoppio ritardato. Com'era possibile che non mi avesse detto nulla? Povero amore. Tenersi dentro un segreto simile. Non c'era da sorprendersi se ultimamente era a terra.

Signora Raz, ha proseguito nel tono della maestra che spiega a un bambino, se lei aveva una relazione fuori dal matrimonio di cui suo figlio era al corrente, poteva esserne a conoscenza anche suo marito, e potrebbe avere a che fare con la sua scomparsa. E se il suo amante o qualcuno a lui legato aveva motivo di nuocere a suo marito, anche questo potrebbe avere a che fare con la sua scomparsa.

Ho preso un foglio e in cima ho scritto, Dan Madini. Amante.

E poi, Sono disposta a raccontare tutto, cosí capirete perché non esiste possibilità che Dan sia legato alla scomparsa di Ofer e non sprecherete energie in questa direzione mentre Ofer potrebbe essere in pericolo. Ma mi deve garantire che se vi metterete in contatto con Dan, lo farete con la massima discrezione. È una questione di vita o di morte.

L'investigatrice ha letto, annuito e mi ha restituito il foglio.

Prima di riprendere ho cancellato la parola «amante». D'un tratto mi pareva inadatta.

Perché fra me e Dan non c'è né c'è mai stato amore.

Era arrivato a un appuntamento da noi in ufficio un lunedí. Non escludo che, se fosse arrivato in un giorno diverso, nulla sarebbe accaduto. Ma uscivo da un fine settimana in cui Ofer non mi aveva sfiorato neppure con un dito. In sala riunioni si presenta questo Dan, tutto spalle. Proprietario di una ditta che fornisce servizi di sicurezza. Parla a bassa voce. A fatica. Ogni parola la tira fuori con grande sforzo. Mi lancia sguardi eloquenti mentre intorno a noi volano parole come «previsione» e «bonus», e uscendo dalla stanza trova una scusa per farsi dare il mio indirizzo mail. Il preventivo. Sí, ha chiesto la mia mail per consultare la direttrice amministrativa riguardo al preventivo. Quando mai ci si consulta su un preventivo? Il preventivo si sottopone al cliente. Tutto qui. Due ore piú tardi nella mia posta è arrivata una sua mail. *Mi sei piaciuta. Ti va di incontrarci.* Cosí. Esplicito. Senza giri di parole e senza punto di domanda. *Non mi pare il caso. Sono felicemente sposata,* ho risposto. *Anch'io,* ha scritto. *A che ora finisci di lavorare oggi?*

Non è venuto a prendermi al lavoro quel giorno, ma alla fine è venuto, due settimane piú tardi. Fra una volta e l'altra non abbiamo avuto quasi contatti. Non mi ha mandato link alle sue canzoni preferite, e io non gli ho scritto che lo sognavo di notte. Non è andata come immaginavo che questo tipo di cose succedesse. Ci siamo incontrati nel dehors sul retro di un caffè a Ra'anana.

Non era nemmeno ancora calato il buio. Di fianco a noi, sul muro, era appesa la fotografia di una bilancia di una volta, come nella drogheria a Buenos Aires in cui facevamo le compere quando ero bambina.

Dan non ha perso molto tempo in preliminari.

La sua seconda frase (subito dopo «ti va bene stare seduta vicino all'aria condizionata, o preferisci scambiarci di posto?») è stata «voglio mettere le cose in chiaro».

Dopodiché mi ha parlato di suo figlio. Il ragazzo era caduto in depressione, all'inizio l'avevano preso per un malessere, poi per un comportamento adolescenziale passeggero, ma quando aveva buttato giú un'intera confezione di Nurofen avevano capito che era una faccenda seria. E che il loro compito negli anni a venire era tenerlo in vita, finché non avesse ritrovato l'equilibrio. Andava avanti cosí da tre anni ormai, e prosciugava tutte le loro forze. Lui e sua moglie erano distrutti. Di recente si era reso conto di aver bisogno di una compensazione. Qualcosa che gli restituisse energia. Mi aveva visto alla riunione, ridevo, ero entusiasta, parlavo gesticolando.

Una volta finito di parlare ha posato la sua mano sulla mia. Io non l'ho tolta.

Perché mentre parlava avevo ricevuto risposta al dubbio che per me era essenziale risolvere durante quell'incontro.

No, non esisteva possibilità che m'innamorassi di lui. Era zotico. Non stupido, ma zotico. Non aveva senso dell'umorismo. E non aveva sovrastrutture. Quel che vedevi era quello che c'era: spalle larghe, voce profonda e occhi voraci.

Se ci trasferissimo in un posto un po' meno affollato? ha proposto, e io ho annuito.

Ho la chiave di un appartamento a Holon, ha detto.

Holon. Ho sorriso. Intrigante.

Non mi ha restituito il sorriso.

Le lenzuola sono pulite? ho chiesto.

Sí, certo, ha risposto.

È cominciata cosí.

Nelle serie televisive americane i tradimenti quasi sempre rovinano le relazioni. In realtà può succedere il contrario. Dal momento in cui ho cominciato ad andare a letto con Dan una volta ogni due settimane, e poi una volta al mese, il rapporto con Ofer è andato solo migliorando. Ho smesso di offendermi. Ho smesso di brontolare, ero piena di gratitudine per la libertà che Ofer mi concedeva, benché non mi concedesse nulla di ufficiale. Ero ansiosa di ricompensarlo, nonostante non sapesse niente. Ogni incontro con Dan nell'appartamento di via Kugel a Holon, che era appartenuto alla sua povera nonna e conservava un forte odore di brodo di pollo e medicine, mi dimostrava fino a che punto Ofer valeva piú di lui. Piú intelligente. Piú interessante. Piú divertente. Piú tutto. Straripavo di rinnovato amore per il mio uomo cosí bello, e stamattina quando è entrato nel frutteto camminavamo davvero mano nella mano. Come una coppia di liceali.

Ho strappato il foglio dal blocco e l'ho passato all'investigatrice. Mentre lo leggeva ho pensato, è la prima volta che racconto a qualcuno di Dan. E ho pensato, come è strano che nonostante quel qualcuno sia una investigatrice della polizia con il colletto inamidato e non una buona amica, mi senta sollevata come dopo una confessione. E ho pensato anche, dove sta il mio Ofer adesso? Magari i thailandesi gli stanno mangiando la milza proprio in questo momento. E ho pensato anche, come l'ha scoperto Matan? E ho pensato, impossibile che questa investigatrice non mi giudichi con durezza. Sono ben poche le donne capaci di vedere una relazione extraconiugale come qualcosa che può giovare a un matrimonio. È proprio per questo che non ho raccontato niente alle mie amiche.

L'investigatrice ha sollevato gli occhi dal foglio e ha detto con una voce in cui mi è parso di riconoscere anche un pizzico di rabbia personale, non professionale, ho l'impressione che lei si senta del tutto tranquilla, signora Raz. Non vedo il minimo segno di senso di colpa.

Sono rimasta in silenzio, e lei ha recuperato il tono professionale, dovremo parlare con il suo Dan. E nel frattempo capire se sua moglie ne sia al corrente. La vendetta è un movente da non sottovalutare.

Le ho fatto cenno con la mano di restituirmi il foglio, e ho scritto furiosa, in una grafia sbilenca per la fretta, mi ha garantito che sareste stati cauti! E poi le dico che perderete tempo a occuparvi di Dan e della sua famiglia. Non sarebbe meglio interrogare gli operai thailandesi? Non le sembra una pista piú realistica?

Li abbiamo interrogati, ha ribattuto, e allo stato attuale non abbiamo trovato alcuna relazione fra loro e la scomparsa di suo marito.

Allo stato attuale?! ho scritto, e lei ha ignorato il mio punto esclamativo e proseguito con i suoi punti di domanda. Chi altro poteva desiderare fare del male a suo marito, signora Raz?

Nessuno, ho scritto. E lacrime di frustrazione e disperazione mi sono venute agli occhi, perché davvero nessuno avrebbe desiderato fare del male a un uomo cosí buono. Non volevo che le lacrime sgorgassero. Non volevo essere la donna che piange durante l'interrogatorio. Ma non riuscivo a trattenerle. E l'investigatrice ha detto, vorrebbe un bicchier d'acqua? Avrei preferito rispondere, voglio un bicchier d'acqua e un sonnifero, dormire e risvegliarmi fra due giorni dopo che avranno ritrovato Ofer sano e salvo. Invece ho scritto, sí, grazie. Lei è uscita e tornata con un bicchiere d'acqua. Mi ha lasciato bere e respirare, e solo dopo ha detto con la voce del poliziotto buono, può darsi che lei abbia avuto un'impressione diversa, ma io sto dalla sua parte, signora Raz. Anch'io desidero che suo marito venga ritrovato al piú presto. Vivo. E perché questo avvenga ho bisogno del suo aiuto. Le chiedo di indicarmi tutti i gruppi di cui fa parte. E le chiedo di fare uno sforzo e riflettere su chi in quei gruppi potrebbe portargli rancore. E per quale motivo.

Ho preso di nuovo il blocco giallo. Controvoglia.

Primo gruppo – Gioia di papà – il forum per i papà. Tutta l'attività del forum si svolge online, e due-tre volte l'anno gli utenti si incontrano per un barbecue. Perché mai qualcuno dovrebbe avercela con lui lí? È tutto volontariato. Non guadagna un centesimo. Forse qualcuno che... che abbia dato un consiglio nel forum, e il consiglio sia sfociato in tragedia? Stento a crederlo. Anche se io gli ripetevo sempre di evitare di dare consigli alle persone perché non è realmente un esperto.

Secondo gruppo – Primi passi – l'associazione che ha fondato; sostiene giovani ebrei osservanti, soprattutto quelli di famiglia ultraortodossa, che vogliono allontanarsi dall'ambiente religioso. Lui l'ha vissuto in prima persona ed era solo come un cane. È stata durissima. In effetti, gli ultraortodossi non nutrono simpatia nei confronti dell'associazione, nei cartelli che affiggono nei loro quartieri calunniano Ofer, lo chiamano rinnegato e lo accusano di incitare i ragazzi ad abbandonare la religione. Lui però è ben attento a non spingere attivamente le persone a oltrepassare i confini, si limita ad aiutare chi ha già fatto la sua scelta in autonomia. Che non sia stato abbastanza attento?

Terzo gruppo – la sua famiglia a Modi'in Illit – non gli parla, e lui non parla con loro, da trent'anni. A eccezione di sua sorella, che una volta all'anno chiama da un telefono pubblico per fargli gli auguri di compleanno. È evidente che gli portano rancore. Ma ripudiare un figlio è un atto già abbastanza violento. Non credo che sarebbero capaci di arrivare a tanto.

Quarto gruppo – il gruppo di supporto per le persone affette dalla sua malattia. Sono state a casa nostra diverse volte. Una piú gentile dell'altra. Come se questa malattia colpisse soprattutto le persone gentili. L'idea che uno di loro possa fare del male a Ofer mi risulta inconcepibile.

Ho aspettato ancora qualche minuto, in caso mi venisse in mente un quinto gruppo, dopodiché ho consegnato il foglio.

Senza guardarlo ha chiesto –

Mi dica, quanto ritiene che suo marito fosse aperto con lei?

Prima che avessi il tempo di rispondere ha aggiunto, mentre scriveva ho letto ancora alcuni racconti nel suo blog. Guardi questo, per esempio, ha detto e mi ha allungato il suo telefono.

*Macchie*

*Suo marito è tornato e ha detto che era importante controllarle. Ha fissato una visita, e adesso la dottoressa Bar è china su di lei, cosí vicina che sente il suo alito.*

*Si tratta di macchie solari, decreta il medico, e lei annuisce pur sapendo la verità: sono macchie di amori impossibili. Da quando si è sposata si è strappata dal cuore tre di quegli amori, e dopo ogni strappo le è apparsa sulla guancia una macchia a forma di cuore.*

*È arrivata da me troppo presto, conclude il medico scrivendo al computer. Non si possono curare queste macchie d'estate con il sole che abbiamo in Israele. Le consiglio di tornare quest'inverno e decideremo cosa fare.*

Il successivo è persino piú allarmante, ha insistito Tirza.

*Solo il robot sapeva*

*Il robot trovò il cadavere. Il timer si attivò alle 10 precise. Cominciò a muoversi per casa e aspirare la polvere, finché s'imbatté nel braccio disteso, arretrò e continuò ad aspirare tutt'intorno, scontrandosi ogni volta con una diversa parte del corpo. Accanto al suo orecchio giaceva la lettera. La risucchiò nel ventre, e la triturò.*

*Piú tardi, durante la* shivah, *sentí molte spiegazioni del gesto della sua padrona. Gli umani, rimarcò, non amano i misteri. Lui sapeva – perché aveva scansionato la lettera con i*

*suoi occhi interni appena prima di triturarla – che nessuna ipotesi era corretta, cionondimeno non ritenne sensato rettificare, neppure la versione del marito.*
*La verità, aveva imparato, addolora inutilmente gli umani.*

Non ho mostrato alcuna reazione dopo aver letto i due racconti. Li conoscevo, ovviamente. Ma forse perché le due protagoniste erano donne, non avevo mai pensato di dovermi preoccupare.

L'investigatrice ha proseguito, interpretando la mia mancata reazione come un'ammissione, è possibile che mentre lei gli nascondeva un amante, signora Raz, suo marito nascondesse a lei una crisi profonda?

Ho abbassato gli occhi.

Signora Raz, le chiedo di nuovo una cosa che le ho già chiesto all'inizio dell'interrogatorio. È possibile che Ofer desiderasse morire?

Le ho scritto, no. Ma la *n* del «no» mi è uscita piccola, appiattita, la *n* di chi non è piú sicura di avere ragione.

Il telefono dell'investigatrice ha squillato.

Dopo aver ascoltato un momento ha detto, è qui con me, e poi chiesto, ci può mandare una fotografia?

Un attimo piú tardi si è sentito il bip di un messaggio in arrivo, Tirza ha girato verso di me lo schermo del telefono e ha detto, una delle squadre di ricerca organizzate da sua figlia ha rinvenuto questa maglietta vicino ai binari del treno. La riconosce?

*Novembre 2017*

È successo di notte, perciò all'inizio ho pensato di sognare. Di sognare che lui era sul mio letto. Di sognare che mi carezzava la testa. Allora gli chiedevo, papi, sei davvero tu? E lui rispondeva, tirami forte forte la barba, se mi farà male significa che sono io. Gli tiravo la barba.

Non tanto forte. E lui diceva, ahi. Solo a quel punto mi sono concessa di piangere.

Forse, siccome mio padre era tornato una volta dall'inferno, in cuor mio ero convinta che anche Ofer sarebbe prima o poi riapparso.

Perché quando rileggo quello che ho scritto nove mesi fa, non mi capacito: come potevo essere cosí serena?

Dopo aver trovato la maglietta di Ofer, hanno trovato nei paraggi anche i suoi pantaloni, le mutande, le scarpe da running, i calzini.

Il corpo no. La polizia ha continuato a indagare per alcuni mesi, ha fatto irruzione negli appartamenti di alcuni sospetti a Modi'in Illit e nel quartiere ultraortodosso di Mea Shearim a Gerusalemme, ha interrogato Dan e ha addirittura sottoposto me a un secondo interrogatorio, quando mi è tornata la voce.

Ma alla fine hanno dovuto ammettere: non avevano la piú pallida idea di cosa fosse successo. O in termini professionali: le piste non portavano ad alcuna conclusione.

Ritenevano altamente probabile che Ofer avesse tagliato attraverso i frutteti fino al mare, a venti minuti di cammino, e là si fosse legato al piede una pietra o qualcosa di simile, per annegare. Ma di fatto non avevano alcuna prova neanche di questo.

Ho pensato, e continuo a pensare, che Ofer era troppo legato ai nostri figli per abbandonarli cosí. Senza nemmeno una lettera. Ma a parte Ori e me, si sono arresi tutti. Il caso della scomparsa di Ofer è rimasto aperto, perché non si può chiudere un caso in assenza del cadavere. Però le ricerche sono state interrotte, e Tirza ha spiegato che saremmo stati costretti a rimanere in attesa di nuove informazioni. Succede spesso con i casi irrisolti, mi ha raccontato. Improvvisamente qualcuno si lascia scappare qualcosa durante l'interrogatorio per un altro crimine, oppure le nostre talpe in carcere ci aiutano ad arrivare a una svolta.

Quanto tempo può servire? le ho chiesto. Anni, ha risposto. Poi ha posato la sua mano sulla mia, per la prima e ultima volta, e ha aggiunto, in alcuni casi anche decenni. Le ho detto, io lo amo, Tirza. Tutto quello che è successo con Dan –

Mi ha interrotto per dire, lo so.

Matan si è trasferito in collegio. Per quanto gli abbia spiegato e mi sia scusata, non è stato capace di perdonare. Se tu non fossi stata una puttana, non sarebbe successo, mi ha detto una sera. Stava cambiando voce, perciò quel «puttana» l'ha pronunciato con una voce acuta, da ragazzina. Per cui ho sorriso per un secondo. Per una frazione di secondo. A quel punto è andato in bestia, sorridi? Cosa c'è da sorridere? ha detto. Se ti metto un coltello alla gola continuerai a sorridere? O ti deciderai a svelarci dov'è papà? Ha estratto di tasca un coltellino a serramanico e mi ha sventolato la lama davanti al naso, poi di colpo è andato in pezzi come un vaso di cristallo, è crollato ai miei piedi tenendosi la testa come se avesse un'emicrania atroce e ha detto, non ne posso piú, non ne posso piú, non ne posso piú. Ho pensato, neanch'io, figlio mio, neanch'io, ma non ho aperto bocca, ho solo accarezzato l'aria sopra la sua testa.

Il direttore del collegio conosceva Ofer per via dell'associazione, perciò ha acconsentito a inserire Matan a metà dell'anno.

Ero seduta nel suo ufficio. Dietro di lui c'era una fotografia di Golda Meir da cui il collegio prende il nome. Mi ha detto, è inconcepibile quello che è successo a Ofer. Inconcepibile. E ha aggiunto, Matan lo ricorda molto, lei, signora, lo saprà meglio di me. In entrambi, sotto i modi cordiali si nasconde una grande tenacia. Poi mi ha guardato dritto in faccia e ha aggiunto, signora, noi genitori rischiamo di sentirci dei falliti se... il nostro pulcino vuole abbandonare il nido, mentre invece... invece dovremmo essere fieri di lui, che è capace di spiegare le ali.

Ho annuito come se fossi d'accordo, ma continuavo

a sentirmi una fallita. Percepivo la sensazione del fallimento invadermi mentre parlavamo, mescolata alla sensazione di: che ne sarà di mio figlio? e alla sensazione di: Ofer, come hai potuto lasciarmi ad affrontare tutta questa merda da sola? e alla sensazione di: cosa c'è in me che fa scappare tutti –

Ho spiegato al direttore che si trattava di una sistemazione provvisoria. Finché non si fossero calmate le acque. Lui ha fatto cenno di sí con la testa come chi ha visto troppe volte il provvisorio diventare definitivo. Dopodiché mi ha fatto firmare una serie di scartoffie, e qualunque modulo firmassi mi pareva di firmare una rinuncia.

Qualche giorno piú tardi Ori ha accompagnato Matan in collegio. Non gradiva che lo portassi io. Mentre guardavo dalla finestra l'auto che si allontanava ho pensato, c'era una volta una famiglia, e adesso non c'è piú.

Dan ha tagliato i ponti. Dopo la convocazione per l'interrogatorio alla polizia mi ha spedito una breve mail, *non ci possiamo piú vedere. Spiacente.* Fine.

Alla mia replica, *peccato, però capisco,* non ha risposto.

A giudicare dalla sua pagina Facebook, la sua famiglia è piú famigliola che mai, a volte posta fotografie di loro in viaggio per il paese, perciò o quello che è successo a Holon è rimasto a Holon, oppure sua moglie sa e ha deciso di perdonarlo per il bene del loro figlio triste.

Da nove mesi ormai nessuno mi tocca. Nessuno mi abbraccia.

A parte Ori.

Quando rientra in licenza butta subito a terra la sacca militare per liberare tutte e due le mani, e ci stringiamo in un abbraccio molto lungo, perché la nostalgia per qualcuno sommata alla nostalgia per lo stesso qualcuno fa una consolazione.

Dà appuntamento ai suoi amici la sera molto tardi, cosí possiamo cenare insieme e poi guardare un pochino le fotografie. Prende gli album dallo scaffale, si siede sul divano in salotto, stende le sue gambe infinite e accende il portatile; io mi siedo vicino a lei e insieme osserviamo le fotografie di Ofer di epoche diverse in cerca di segni.

Mamma, non ti sembra che abbia l'aria un po' fatta, in questa fotografia?

E dimmi, era triste nel suo ultimo compleanno o è solo un brutto effetto di luce?

Di sabato dorme fino a tardi, perciò faccio in tempo a lasciare alla portineria del collegio alcuni contenitori di plastica con le torte salate per Matan e rientrare, e quando si sveglia l'aspetta già la *shakshuka* che preparava Ofer, uova al pomodoro, con molta cipolla e il peperoncino tagliato a fettine, e sopra feta e salsa piccante *pilpelchuma*. So benissimo che la reinterpretazione vale meno dell'originale, e so benissimo che se Matan fosse a tavola con noi si scambierebbero un'occhiata per dire esattamente questo, ma ci siamo solo lei e io, perciò spazzola tutto, raccoglie il sugo rimasto nel piatto con un pezzetto di *challah* e ripete immancabilmente, mamma, questa volta ti è venuta proprio una squisitezza.

Dopo la *shakshuka* leggiamo i racconti del blog. Ori è convinta che nei racconti si celino dei segni, e che se leggeremo con abbastanza attenzione decripteremo il codice segreto che ci permetterà di scoprire cos'è successo a Ofer.

Io non la penso come lei. Sono solo racconti, non l'oscuro libro dello Zohar. Ma cerco di star dietro a Ori e alle sue «scoperte».

Il racconto numero 32 me l'ha letto ad alta voce.

*La pantera interiore*
*Una volta guarito, Zion tentò in tutti i modi e con tutte le forze di tornare la pantera di prima: tentò di correre, arrampicarsi, immergersi, andare in bicicletta, non andare in bicicletta, tentò di riprendere il tennis, tentò di tutto, finché capí che bisognava accettare quell'umiliazione come un dato di fatto: a una certa età il nostro corpo perde flessibilità.*

*L'anima – no.*

*La nostra anima, Zion l'ha imparato nell'ultimo anno della sua vita, resta eternamente flessibile.*

*È sempre disponibile a lanciarsi nell'ignoto, se solo saremo pronti a correre il rischio.*

*Può sempre dire sí. A un amore nuovo, a una musica nuova, alla possibilità che la storia non sia ancora finita.*

E dopo avermelo riletto una seconda volta, mi ha trascinato allo zoo biblico di Gerusalemme. Perché papà avrebbe dovuto scegliere proprio il nome Zion? ha spiegato. Ci guida verso Gerusalemme, Gerusalemme nella Bibbia si chiama Zion! E dove si possono trovare delle pantere a Gerusalemme? Soltanto nello zoo biblico!

Io ritenevo che Ofer avesse scelto il nome Zion in omaggio al protagonista del libro *Caro me stesso* di Galila Ron-Feder; sapevo che l'aveva letto di nascosto nella *yeshivah*, quand'era ragazzino. Ritenevo che fosse il suo modo di dire che Zion era cresciuto, forse si era persino separato da Batya per ricominciare una vita tutta nuova. Ma non ho detto niente. Abbiamo girovagato per ore nello zoo biblico, un ragazzo che guidava un gruppo camminava con l'andatura di Matan, allora ho preso il telefono dalla tasca e l'ho chiamato, lui non ha risposto neanche questa volta e Ori ha detto, lasciagli il suo spazio, mamma, e ha chiesto di ritornare all'area di leoni, tigri e leopardi – ho scoperto che appartengono tutti allo stesso genere, *Panthera* – non capivo cosa si aspettasse, credeva che se fossimo rimaste lí davanti abbastanza a lungo una di quelle belve avrebbe aperto la bocca per rivelarci dov'era Ofer? Ma non ho detto niente, mi sono morsa il labbro, e alla fine lei ha detto, lo sapevi che papà una volta mi ha portato qui invece che a scuola?

Ho risposto, no, non lo sapevo.

E lei ha detto, non voleva che ti preoccupassi se saltavo le lezioni.

Io mi sono offesa, non mi sarei preoccupata. Poi dopo qualche istante ho ammesso, in effetti sí, mi sarei preoccupata.

Lei è scoppiata a ridere e ha detto, mi mancano da matti le chiacchierate con lui, mi manca chiedergli consiglio sul balcone riguardo a tante piccole cose.

Ho detto, anche a me.

E lei ha detto, mi mancano i messaggi che mi mandava sul cellulare.

E io ho detto, tipo *è tanto che non ti dico quanto ti amo*.

E lei ha detto, o *sono cosí fiero della persona che sei*.

E io ho detto, mi manca ballare con lui in salotto.

E lei ha detto, *Super Trouper*.

E io ho detto, *Cotton Eye Joe*.

E lei ha detto, mi mancano le sue «Riflessioni di un senza Dio» durante la cena del venerdí.

E io ho detto, a me mancano le cene del venerdí.

E lei ha detto, mi manca uscire con lui per una passeggiata dopo la cena del venerdí a guardare le stelle.

E io ho pensato, ma non l'ho detto, mi manca qualcosa che è difficile definire a parole, forse... un contesto? La sensazione che qualunque cosa io faccia, sia pure andare a letto con un altro, ha a che vedere con Ofer.

E ho pensato, mi manca anche la certezza, voglio sapere qualcosa con certezza –

E ho pensato, se lo dico, crollo. E crollare davanti a tua figlia non è come crollare da sola, la notte, perché fra tutti i film del mondo facendo zapping sei finita su quello che Ofer preferiva in assoluto, *Mulholland Drive*, nel punto preciso in cui la cantante con la lacrima dipinta sulla guancia comincia a cantare *Llorando*.

Ori – quant'è saggia questa figlia – mi ha cinto la vita con il braccio e ha detto, lo so che ti sembra assurdo trovarti qui, mamma, ma se ogni racconto di papà è un pezzo del puzzle, forse alla fine riusciremo a ricomporlo tutto e a capire dov'è.

E io ho detto, che Dio ti ascolti, figlia mia.

E lei ha detto, fortuna che papà non ti sente dire «che Dio ti ascolti».

Siamo rimaste ferme davanti alle gabbie delle *Panthera* finché non hanno annunciato che lo zoo stava per chiudere.

Anche il racconto numero 49 ci ha spinte a viaggiare.

*Il sogno ricorrente di Noa Elkaiam*
*Ti ho sognato di nuovo. Viaggiavamo insieme in taxi a Haifa. Avevamo vent'anni. E allo stesso tempo ne avevamo quarantotto. Indossavamo la divisa bianca della marina, ma tu avevi piccole rughe agli angoli degli occhi e io i capelli bianchi. Il taxi si è fermato e un attimo prima che le nostre strade si dividessero mi hai chiesto, come stai? Mi è parso che lo volessi sapere davvero, allora ho risposto, solo. E ho allungato il braccio per afferrarti alla vita, stringerti a me. Mi hai respinto. Naturale, che mi hai respinto. Avrei dovuto saperlo che mi avresti respinto. Anche in sogno.*
*Nonostante tutto, adesso che mi sono svegliato, vorrei chiederti, come stai?*

Ori ha trovato su Facebook il primo amore di Ofer (il suo vero nome è Pua Ochaion. Ofer non parlava quasi mai di lei, e quando ne parlava, non trapelava nella sua voce neanche un briciolo di mitizzazione) e fissato un appuntamento con lei un sabato.

Durante il viaggio verso Haifa mi ha detto, non avrai gran voglia di incontrare la prima ragazza di papà. Ma siamo d'accordo sul tentarle tutte, vero?

Ho annuito e pensato, che importanza ha? Quel che conta è che noi due trascorriamo del tempo insieme. Mentre superavamo le palme di Atlit mi è tornato in mente un giorno che eravamo diretti da amici a Haifa e aveva cominciato a piovere a dirotto; in quel punto preciso Ofer aveva sterzato a destra e detto, il ruscello Kelach. Avevamo percorso la strada tortuosa che si inerpicava in direzione Beit Oren finché eravamo arrivati a un ponticello, dopodiché aveva fermato la macchina e mi aveva detto, vieni. Avevo risposto, fuori diluvia. E lui aveva insistito, è proprio questo il bello, che diluvia! Poi aveva aggiunto, prendi la mia giacca. Eravamo scesi dall'auto e ci eravamo fermati sul ponte, sotto il quale scorreva una massa d'acqua, e Ofer aveva esclamato, wow, nel letto del Kelach l'acqua scorre cosí solo una o due volte all'anno! E ci sono anni in cui non ce n'è affatto! Avevo finto di emozionarmi quanto lui, benché desiderassi soltanto tornarmene in macchina al calduccio e benché non riuscissi a liberarmi della sensazione di partecipare senza volerlo a una replica: un'altra volta in passato era stata al suo fianco su quel ponte a osservare quel corso d'acqua striminzito, che solo nel nostro paese si può chiamare ruscello.

Pensi che papà fosse solo davvero? Ori ha interrotto il mio ricordo.

Ho sospirato. Da quando Ofer è scomparso mi escono questi sospiri, come ai vecchi. Come a mia madre.

Alla radio davano *Onda verde*, canzoni scelte dai soldati di leva, e mi sono ricordata di come io e Ofer ridevamo sempre perché la selezione doveva farla di sicuro una della radio, altrimenti come spiegare che tutte le unità di Zahal sceglievano *Bianco su bianco* di Dan Toran?

Papà era circondato da persone che gli volevano bene, ho detto a Ori. Le persone del forum. Le persone dell'associazione. Tutti quelli che ha aiutato. Ti ricordi come hanno parlato di lui quando sono venuti a trovarci dopo che –

Sí.

Aveva un talento, entrava in una stanza e conquistava il cuore di tutti.

Vero. Riusciva a incantare perfino le mie professoresse piú streghe.

Ci si impegnava, papà. A farsi amare. Era capace di esserci per chi aveva bisogno di lui. Partecipava agli eventi. Telefonava per fare gli auguri di compleanno.

E poi, aveva noi.

Vero.

Allora –

Non lo so, figlia mia. Forse la solitudine è un'inclinazione. Non una situazione. Forse chi scappa di casa a diciassette anni e viene ripudiato dalla sua famiglia avrà sempre un vuoto da riempire.

E credi che quel vuoto possa essere diventato cosí grande da... che sia possibile che... forse allora il nostro iRobot ha davvero triturato la lettera che papà...?

Te l'ho già detto, no. Voleva troppo bene a voi due per fare una cosa del genere.

E a te.

E a me, sí.

Avevamo fissato l'incontro con Pua Ochaion in un caffè vicino al mare, Stagioni. Aveva detto che si sarebbe seduta nel dehors. La prima cosa che ho pensato quando l'ho vista è stata, che senso ha dire che tutte le innamorate di Ofer prima di me erano piú belle di me? Una massa di ricci castano chiaro (quale donna della nostra età ha una massa di ricci?).

Sorriso generoso.

Un viso la cui morbidezza testimoniava che non si era sottoposta a «trattamenti estetici».

Gran gusto nell'abbigliamento (le donne di Haifa non dovrebbero vestirsi da vecchie zie?).

Un filo in carne. Giusto quel tanto che piace agli uomini.

(Nessuna donna mi ha mai attratto quanto te, mi aveva detto Ofer all'inizio della nostra storia. C'è qualcosa nella tua anima che mi eccita.)

Pua Ochaion mi ha stretto la mano a lungo, prendendosi il tempo per esaminarmi, esattamente come io avevo esaminato lei. E restare delusa. Potevo proprio vedere i suoi pensieri per iscritto, come nel clip dei R.E.M.: «Davvero Ofer ha scelto proprio lei fra tutte?».

Dopo ha abbracciato (perché mai un abbraccio?) Ori e ha detto con un tono da assistente sociale (che sia davvero un'assistente sociale?), ho pensato molto a voi da quando Ofer... (la gente non sa cosa dire dopo il «da quando Ofer». È scomparso? È svanito? Si è perso ai confini del mondo?), dovete trovarvi in un incubo.

Proprio cosí, ha detto Ori.

Per la verità volevo chiamarvi, ha detto Pua e mi ha guardato. Ma alla fine...

Non c'è problema, ho detto.

È arrivata una cameriera. Ha preso l'ordinazione.

Il bagnino ha allertato i bagnanti di fare attenzione alla corrente forte. Un golden retriever che ricordava vagamente Boy, il golden che avevamo io e Ofer prima dei bambini, ci è sfrecciato davanti senza padrone né guinzaglio. Quando è nata Ori, Boy (in onore di Boy George) è entrato in depressione *post partum* a causa della drammatica caduta di status, trascorreva ore immobile sdraiato sul suo puff in salotto. Quando siamo tornati con Matan dall'ospedale, ha prevenuto il colpo scappando verso una nuova vita attraverso il buco nella recinzione del giardino condominiale. Se ben ricordo, non abbiamo nemmeno appeso agli alberi gli annunci con la sua fotografia.

Grazie per aver accettato di incontrarci, ha detto Ori.

Ci mancherebbe, ha risposto Pua Ochaion.

Come le ho spiegato al telefono, ha proseguito Ori, la polizia ha abbandonato le ricerche di mio padre, ma noi ancora non ci arrendiamo.

Molto bene.

Cerchiamo di vagliare altre possibilità.

Sarò felice di aiutarvi. Anche se, come ti accennavo al telefono –

Mio padre pubblicava racconti in un blog, sotto pseudonimo, ha raccontato Ori.

Non lo sapevo, ha ribattuto Pua Ochaion. Ma non pareva troppo sorpresa.

Tra gli altri c'era questo, ha continuato Ori, e le ha porto il racconto numero 49.

Pua ha preso il foglio; con il procedere della lettura il collo le si è imporporato.

Una volta si è sfiorata il naso con un dito. Una volta ha spostato la massa di ricci da destra a sinistra con un movimento stupendo.

Quando ha concluso si è asciugata una lacrima invisibile all'angolo dell'occhio e ha detto, quarantanove. Era il nostro autobus. Portava dalla base a casa dei miei genitori.

E ha detto, ha sempre amato scrivere.

E ha detto, conservo ancora le lettere che mi scriveva durante il corso ufficiali.

Quando vi siete visti per l'ultima volta? ha chiesto Ori.

Quando ci siamo visti? Pua Ochaion era perplessa. io e Ofer non… non ci vedevamo. Una volta all'anno mi chiamava per augurarmi buon compleanno. E una volta all'anno io facevo gli auguri a lui. Fine. Tutto qui. Quando ho sentito che lui… sono rimasta sconvolta. Ancora adesso sono scossa. Chi potrebbe volere male a un uomo come lui?

Quand'è il suo compleanno? ha chiesto Ori.

Il 20 gennaio.

Allora vi siete parlati tre settimane prima che lui entrasse nel frutteto.

Sí.

Ricorda qualcosa fuori dall'ordinario nella vostra conversazione?

Fuori dall'ordinario? No, non mi pare. Abbiamo parlato soprattutto di me. Ofer mi ha chiesto cosa mi augurassi per il mio compleanno. Lo chiedeva sempre.

E cosa gli ha risposto?

Che mi auguro di continuare a essere coraggiosa.

Coraggiosa?

Ho lasciato mio marito due anni fa. E adesso vivo con una donna.

Caspita.

Mi sono augurata di essere coraggiosa anche in altri campi della vita. E Ofer – be', non c'è bisogno che io spieghi a voi che persona meravigliosa è – ha detto, dopo quello che hai passato, puoi fare qualsiasi cosa.

E di se stesso non ha detto nulla?

In questo momento non rammento niente di particolare. Mi pare che abbia menzionato che tu, Ori, partivi militare. Abbiamo riso di come voli il tempo. È proprio al militare che ci siamo incontrati noi due.

Già, come vi siete conosciuti?

La cameriera è arrivata con le nostre ordinazioni. Il bagnino ha ordinato ai bagnanti di uscire dall'acqua. Un ragazzo con le spalle di Matan è emerso dall'acqua con un surf. Stasera, ho pensato, come ogni venerdí, manderò un WhatsApp a mio figlio. E come ogni venerdí lui non risponderà. Ma vedrò la doppia spunta blu che dimostra che è vivo.

Pua Ochaion si è infilata la cannuccia in bocca e ha sorbito a lungo il suo frullato. Solo dopo ha chiesto a Ori, sei certa che ti farà piacere sentire della vita amorosa di tuo padre?

Noi pensiamo che i racconti siano tracce che mio padre si è lasciato dietro affinché noi le seguissimo, ha risposto Ori con voce troppo adulta. E le tracce conducono a lei.

Pua ha indugiato un attimo. Come indecisa su quale risultato del motore di ricerca della memoria cliccare due volte.

È entrato nel mio ufficio alla base durante una pausa pranzo, ha esordito alla fine. Ufficiale e gentiluomo. Somigliava davvero un pochino a Richard Gere, con quegli occhi a mandorla. Ha richiesto un modulo, ma era palesemente una scusa. Non ricordo di cosa abbiamo parlato, ricordo solo che per tutta la conversazione ho avuto la fortissima sensazione che alla fine mi avrebbe chiesto il numero di telefono. Invece non è successo. Ho aspettato qualche giorno, dopodiché mi sono procurata il suo numero e l'ho chiamato per proporgli di andare a vedere insieme *Ghostbusters*.

Un momento, mamma, anche tu hai fatto la prima mossa con papà, vero? Ori si è rivolta a me.

Sí, ho confermato. Papà era un po' timido. Forse dipende da –

L'ambiente in cui è cresciuto, io e Pua abbiamo concluso all'unisono.

Ci siamo scambiate un sorriso e per un attimo una linea immaginaria si è allungata dalle mie labbra alle sue collegandoci: due donne che hanno amato lo stesso uomo.

Siamo andati abbastanza in fretta a vivere insieme nel monolocale annesso alla casa dei miei genitori, ha proseguito Pua. Tenete conto che erano passati solo due anni da quando si era allontanato dalla religione, e non si era solo allontanato dalla religione, aveva tagliato i ponti con la sua famiglia e la sua comunità, perciò penso che cercasse una famiglia tanto quanto una ragazza, e in effetti i miei lo hanno adottato. Mia mamma si era proprio innamorata di lui. Quando ci siamo lasciati l'ha presa peggio di me.

Perché vi siete lasciati? ha chiesto Ori. Ho quasi ceduto alla tentazione di rispondere all'unisono con Pua, potevo indovinare benissimo la risposta, siamo diventati buoni amici. Avevo ventun anni, ha proseguito Pua. Ero curiosa di vedere come sarebbe stato con altri.

Mi aspettavo che Ori domandasse, e com'è stato?

Invece si è chinata in avanti e ha detto, la polizia ha avanzato, fra l'altro, l'ipotesi che papà si sia suicidato. Forse annegato. Le pare plausibile?

Ho bisogno di una sigaretta, ha detto Pua Ochaion.

Ho allungato il braccio ed estratto il pacchetto dalla borsa – ho ripreso a fumare dopo la scomparsa di Ofer, ormai non c'è piú chi mi rimproveri che fa male – invece lei ha detto, no, grazie. Muoio dalla voglia di una sigaretta, ma ho smesso. Un mese fa. La mia compagna non sopporta l'odore.

In bocca al lupo, allora, le ho augurato, rimettendo il pacchetto nella borsa.

Pua Ochaion ha di nuovo infilato in bocca la cannuccia e sorbito a lungo. E poi ha detto, no. Non mi pare plausibile. Quando ho letto sul giornale che la polizia riteneva si trattasse di un suicidio, ho pensato che dovevano avere fretta di chiudere il caso. L'Ofer che io conosco non sarebbe capace di compiere un gesto cosí egoista.

Ori ha annuito con la decisione di chi sente confermata la propria opinione.

D'altro canto, ha aggiunto Pua, le persone cambiano.

Mi dica, ha chiesto Ori, l'ha mai resa partecipe, durante le vostre conversazioni, di cose che lo angustiavano? Pua ha spostato lo sguardo verso il mare e parlato come rivolta alle onde, sto appunto cercando di ricordare se nell'ultima telefonata abbia detto altro.

Non solo nell'ultima telefonata, ha insistito Ori. In generale.

Mi pare che – ha riportato lo sguardo su di noi – ci fossero due questioni che... ricorrevano nelle nostre conversazioni degli ultimi anni. Una era il cambiamento che aveva fatto lasciando il lavoro nel marketing per fondare Primi passi. Aveva molti timori, all'inizio. Io lo prendevo in giro, per la verità. Gli dicevo, hai lasciato la tua famiglia a diciassette anni senza piú guardarti indietro. Hai lasciato la tua moglie americana a venticinque senza battere ciglio. Da quando avresti paura dei cambiamenti? Tu non capisci, mi ha risposto, allora non avevo figli. Da padre si è disposti a rinunce a cui... prima non si sarebbe mai creduto di essere disposti. E si è molto cauti nel correre rischi.

Ma di cosa... di cosa aveva paura, di preciso? ha chiesto Ori.

Non era sicuro che fosse sostenibile dal punto di vista

economico. Per lui è stato molto importante – si è rivolta a me – che tu lo abbia supportato. Ripeteva in continuazione che non era per niente scontato il tuo supporto.

Accidenti.

Mi pare di capire che lo hai aiutato anche con i conti, con tutta la parte finanziaria.

Sí.

E qual era la seconda cosa? si è intromessa Ori. Ha detto che c'erano due questioni che lo impensierivano.

I figli, ha risposto Pua, cioè, voi. Tu e tuo fratello. Matan, giusto? Penso che fosse preoccupato soprattutto per lui. Per come se la sarebbe cavata nella vita vera. Ora mi torna in mente che anche nell'ultima telefonata, quando abbiamo parlato del fatto che ti stavi per arruolare, ha ripetuto che riguardo a te era tranquillissimo, mentre era preoccupato del giorno in cui sarebbe partito militare Matan. E che negli ultimi tempi Matan si chiudeva a riccio, ha usato proprio questa espressione. Si chiudeva a riccio. E diventava irraggiungibile.

Sí, ho detto.

Come sta adesso? ha chiesto Pua. Come reagisce a tutto quello che… sta succedendo?

Ho scambiato un'occhiata rapida con Ori. Rapidissima. Non piú di una frazione di secondo. Ma le è bastato per capire che non volevo entrare nei particolari. Non volevo un altro paio di occhi a giudicarmi. Mi torturo già abbastanza da sola.

Tutto sommato bene, considerate le circostanze, ha detto Ori, e si è affrettata a cambiare argomento, senta, c'è qualcos'altro che papà ha condiviso con lei e può essere rilevante per il puzzle che cerchiamo di comporre?

Pua ha riflettuto per qualche istante arrotolandosi un riccio intorno al dito con irritante lentezza, e alla fine ha detto, è tutto, mi dispiace. Di certo voi sapete meglio di me cosa ha passato Ofer in questi ultimi anni.

Possiamo cercare di indovinarlo, ho precisato, non possiamo sapere davvero.

Pua ha annuito con un gesto empatico ma un filo impaziente, da psicologo che guarda l'orologio sul muro alle tue spalle e registra che il tempo è scaduto.

Ori ha fatto cenno al cameriere di portare il conto.

Mi sono alzata per andare alla toilette, piú per desiderio di allontanarmi dalla conversazione che per reale urgenza. In direzione del bagno, adiacente alla cassa, c'era un enorme acquario di pesci colorati. D'un tratto il concetto stesso di acquario mi è parso crudele. Prendere un animale abituato al mare aperto e imprigionarlo cosí? Perché? Mi è venuta voglia di spaccare il vetro e far colare fuori tutta l'acqua.

Quando sono tornata, Pua Ochaion era immersa nella rilettura del racconto.

Va bene se lo tengo? ha chiesto una volta terminato.

Sí, ha detto Ori, può leggere anche tutti gli altri racconti di papà, cerchi su Google Mercury Furter e arriverà al blog.

Mercury Furter? Pua Ochaion ha cercato di non ridere per salvare le apparenze. Alla fine è scoppiata a ridere. Una risata sonora e bella che ha contagiato anche noi. Nessuna di noi ha commentato, Ofer e le sue scemenze, ma il pensiero aleggiava nell'aria.

Appena prima che ci salutassimo ho trovato il coraggio di chiedere quello che avevo desiderato domandarle per tutta la conversazione.

Pua, anche a te capita di sognarlo a volte?

Pua mi ha guardata fisso negli occhi, come a voler essere sicura che io le credessi, e ha detto, per la verità no.

Prima di inserire la retromarcia per uscire dal parcheggio, ho chiesto a Ori di girarsi e guardare se c'era qualcuno dietro di noi. Ormai lo sa: da quando papà è entrato nel frutteto, sua madre non è in grado di guardarsi allo specchio. Nemmeno nello specchietto retrovisore. Ogni volta che l'ho fatto in questi ultimi mesi, quel che ho visto mi ha mortificato: chi era quella donna con i capelli scarmigliati e gli zigomi sporgenti come Zohar Argov, due borse di preoccupazione sotto gli occhi e la ruga amara delle divorziate sopra il labbro? Chi era quella donna, e che rapporto aveva con me?

Non riesco a credere che la polizia non si sia nemmeno presa la briga di mettersi in contatto con questa Pua, ha detto Ori dopo che siamo partite.

Sono rimasta in silenzio.

Non era il minimo? ha insistito Ori.

Io ormai non so piú cos'è il minimo e cosa no, ho pensato. Ma ho detto, sí, era il minimo.

Significa che ormai dipende tutto da noi, ha ribadito Ori. Solo noi possiamo ritrovare papà.

Io ormai non sono piú sicura che ci sia la possibilità di trovarlo, ho pensato. E ho detto, vero.

Ori ha sfogliato il raccoglitore con i racconti e ha detto, a casa devo ricordarmi di ristampare il 49. Voglio averceli tutti sottomano.

Poi si è immersa nella lettura per qualche benedetto minuto e ha detto, ascolta questo, mamma.

*Dopo le dimissioni dall'ospedale*
*Se cambiare, che sia il mondo. Se peccare, senza sensi di colpa. Se un'onda, che sia verde. Se viaggiare, che sia lontano. Se scarpe, che siano comode. Se oltrepassare, che siano confini. Se fare, che sia la pace. Se la pace, che sia adesso. Se siamo rimasti amiamo. Se siamo rimasti, amiamo. Se c'è tempo, sta per finire. Se ballare, che sia sfrenato. Se è passato, che sia dimenticato. Se prigionieri, scappare. Se recinzione, che sia siepe. Se uomo, che sia donna. Se donna, che sia per favore. Se pensare, che sia fare. Se fare, che sia sbagliare. Se sbagliare, che sia adesso. Se siamo rimasti amiamo. Se siamo rimasti amiamo. Se siamo rimasti, amiamo.*

Ti pare che chi ha scritto una cosa del genere si suiciderebbe, mamma?

Ho risposto subito, no. E ho ricordato la prima volta

che mi ero imbattuta in quelle righe. Dopo Ofer l'aveva allungato un po' per raggiungere le centoventi parole, ma in origine era stato scritto per me. Era successo alcuni anni prima, avevo avuto l'appendicite e per qualche motivo erano sorte complicanze, non si è mai capito perché. Non avevano curato in tempo l'infezione. O forse l'avevano trattata in tempo, ma non nel modo giusto. Per farla breve, mi avevano ricoverata per due settimane per un'infezione acuta. Ero quasi sempre stesa dagli antidolorifici, ma una notte mi ero svegliata e l'avevo visto addormentato vicino al mio letto. Aveva accostato due sedie e dormiva cosí, ripiegato su se stesso, in jeans e maglietta bianca. Riscaldato da una sottile coperta dell'ospedale. Sulla coperta c'era un foglio con una poesia d'amore.

A proposito, mamma – Ori mi ha strappato dai ricordi, dalla tenerezza dei ricordi – hai notato che papà spesso scrive da donna?

Da donna? ho ripetuto e mi sono rimangiata un sorriso, perché mi era tornato in mente il suo aspetto mentre usciva dalla nostra camera prima del concerto di Etty Ankri riservato alle donne, in abito lungo e tacchi alti. Con indosso la parrucca che aveva utilizzato Ori una volta in cui si era mascherata a Purim. Mi aveva guardato, io avevo cercato di non ridere ma ero scoppiata a ridere, avevo chiesto se lo potevo fotografare e lui aveva ribattuto, neanche per idea, e si era levato le scarpe con il tacco, perché c'era un limite a tutto, e si era infilato delle scarpe basse comprate tempo prima a Berlino. Quando ci eravamo avvicinati alla macchina, gli avevo aperto la portiera destra, come un gentiluomo alla sua signora, e lui aveva detto, non se ne parla nemmeno, e si era messo al posto di guida. Per tutto il tragitto fino al locale ci eravamo passati e ripassati una bottiglia di vino rosso per darci coraggio, e appena prima di entrare nel parcheggio gli avevo detto, sei ancora in tempo per ripensarci, ragazza, e lui aveva fatto segno di no con la testa. Durante il concerto avevamo avuto l'impressione che una sua collega fosse seduta due file sotto di noi e che da un momento all'altro avrebbe voltato la testa, l'avrebbe scoperto, indicato e avrebbe gridato «Un uomo!», ma non era successo. Come bis Etty Ankri aveva cantato *Fra tutte le gocce del mondo io scelgo te*, che era stata la canzone del nostro matrimonio, e gli avevo posato una mano addosso e lui aveva posato la mano sulla mia, e quando eravamo arrivati a casa mi aveva portato in braccio dalla macchina fino al letto, perché all'epoca ci riusciva ancora, e avevamo fatto l'amore a tutto volume, perché all'epoca fra noi c'era ancora passione.

Cioè – Ori mi ha di nuovo strappato dai ricordi – intendo che nonostante papà sia un uomo, gli piace scrivere da dentro… la testa di una donna. Ecco, per esempio questo, ha indicato uno dei racconti nel classificatore e ha letto.

*Frida Kahlo di periferia*

*La prima volta che si era travestita da Frida Kahlo era alla festa in maschera dell'accademia. C'era un ragazzo per cui valeva la pena di investire in uno scialle di seta fiorato, due trecce corvine, una camicia di seta gialla, un vestito lungo in tinta, stivali col tacco ricamati di perline rosse.*

*Il ragazzo si era rivelato un bidone. Ma il travestimento da Frida Kahlo l'aveva tenuto. E stasera l'ha sfoggiato alla festa in maschera coi colleghi di suo marito.*

*Adesso rientrano, lui le chiede com'è andata. Benone, risponde. E pensa, nessuno ha riconosciuto il mio travestimento.*

*Te l'ho detto, i miei colleghi sono persone interessanti, dice lui.*

*Interessanti, davvero.*

E se papà girasse fra di noi mascherato, mamma? Con una faccia nuova sistemata da un chirurgo plastico?

Oriki?

Sí, mamma?

Ti va se stiamo in silenzio un pochino?

Hai perso le speranze?

No, figurati, figlia mia. Ho solo voglia di ascoltare un po' di musica.

Ho acceso la radio. David Broza cantava –

*Sono tornato a casa dopo vent'anni / a prima vista nulla è cambiato / due cavalli legati a un fico / su un cartello una freccia «al matrimonio» –*

Sapevo che nel giro di qualche secondo sarebbe arrivato il ritornello che per me era pericoloso ascoltare – perché, come Ofer mi aveva citato una volta dal libro di un poeta di cui ho dimenticato il nome, la musica è l'amo in fondo alla canna da pesca lanciata nelle profondità della nostra anima, da cui fa riaffiorare tutto quello che è sprofondato – perciò ho spento la radio prima del ritornello pericoloso, e ho fatto quello che Ami, lo psicologo, mi ha consigliato di fare nei momenti in cui il dolore minaccia di sommergermi: ho immaginato noi due che arrivavamo a casa e scoprivamo che Ofer ci aveva aspettato lí per tutto il tempo, con indosso la sua maglietta bianca, e quando entravamo non diceva una parola, mi stringeva tra le sue braccia forti, per una settimana intera.

L'indomani mattina ho accompagnato Ori alla stazione centrale di Modi'in, dove prende l'autobus per la base. Mentre eravamo in viaggio ha ricevuto una telefonata. Sa benissimo che non sopporto quando si perde in chiacchiere con le amiche mentre guido, perciò aveva già il dito su «rifiuta», ma poi –

Buongiorno, Pua, ha risposto, la metto in viva voce. Sono in macchina con la mamma.

Buongiorno, Pua, ho ripetuto.

Buongiorno a tutte e due. Telefono perché... ieri mi hai chiesto se sogno Ofer, e ho risposto di no. Perché era cosí. E poi questa notte d'improvviso l'ho sognato. È stato un sogno cosí... bizzarro che avevo bisogno di raccontarlo a qualcuno. Ho fatto bene a chiamare?

Certo, ho risposto. Tanto siamo imbottigliate in un ingorgo.

Nel sogno io e Ofer siamo fermi a guardare l'acqua

che scorre nel Kelach. È una cosa che abbiamo fatto davvero, una volta. Poi lui si sporge dal ponticello per vedere meglio. E cade. Ma nel sogno non è affatto spaventato. Nonostante la corrente sia forte e lui tutto vestito nell'acqua vorticosa, mi chiama allegro, Pua, vieni, non tirarti indietro! Io esito. Perché le rocce che spuntano dall'acqua mi sembrano pericolose. Nel frattempo la corrente lo trascina via, e io penso, niente di grave, tutti i fiumi portano al mare. E parto per il mare con l'automobile che usavamo all'epoca, la Fiat Uno rossa di mia madre, mi fermo nel parcheggio vicino al Camel, sennonché al posto di Camel sul palazzo c'è scritto Eden, in italiano, poi segue un cambio di scena e nella successiva sono seduta in riva a un ruscello che nella realtà non esiste, in attesa che Ofer arrivi. Ma non arriva. Ogni momento che passa sono sempre piú in ansia, potrebbe essere stato trascinato altrove, forse non lo sto aspettando nel posto giusto.

E dopo?

Nient'altro. Il seguito non lo ricordo. Mi spiace.

Non ha motivo di dispiacersi.

Non vi sto aiutando granché.

Chi lo sa? Qualunque cosa può essere un pezzo del puzzle.

Mi terrete aggiornata se ci saranno novità?

Ma certamente. E lei ci aggiorni, per favore, se dovesse fare… altri sogni.

Siamo arrivate a destinazione.

Ci siamo abbracciate strette dentro la macchina. Ori mi ha avvolta fra le braccia, come se fossi io la bambina.

Non te ne andare, avrei voluto dirle. Diserta, avrei voluto dirle, ti scrivo la giustificazione, come quelle che papà ti scriveva quando non volevi andare a scuola: «La soldatessa Ori Raz oggi non si presenterà alla base per ragioni indipendenti dalla sua volontà».

Invece le ho detto quello che sapevo voleva sentirsi

dire, ho l'impressione che papà ci chiami attraverso i sogni di altre persone. Mi pare che ci chieda di non mollare.

Non se ne parla di mollare, ha dichiarato. Con fermezza. Ma anche con un filo di impazienza. Di chi è pronta ad andare a raggiungere le ragazze della sua età.

Non dimenticare che hai i panini nella tasca piccola, ho raccomandato.

Non li dimentico.

E fatti sentire da tuo fratello.

Naturale, ha risposto.

È scesa dall'automobile. Ha aperto il portabagagli. Tirato fuori la sacca. Se l'è caricata in spalla e si è incamminata verso la stazione, bella e alta come suo padre, senza voltarsi indietro nemmeno una volta.

*Febbraio 2018*

Mi vergogno ad ammetterlo, ma alla fine ci siamo arrese. Quanto si può guardare gli stessi album e leggere racconti che ormai conosci a memoria? Quanto si può viaggiare seguendo tracce non tracce fino al Gymboree nel centro commerciale Grand Canyon di Haifa, a un'azienda vinicola di Kfar Vitkin, alla spiaggia di Ga'ash, alla foresta di Ben Shemen, a Masada, alla spiaggia dei delfini? Sí, addirittura ai delfini di Eilat siamo arrivate.

Finché un sabato Ori mi ha detto, mammina, ho avuto una settimana tosta alla base. Un fulminato della manutenzione ha rubato un veicolo trasporto truppe per disertare e andarsene a casa. Ti spiace se questo sabato non cerchiamo papà? Potremmo fare qualcos'altro insieme.

Cosa proponi? ho domandato, cercando di nascondere il sollievo.

Non so. Magari… una mia amica ha partecipato a un laboratorio. Si chiama Al ritmo del cuore.

I laboratori new age sono roba da tuo padre, non da me.

No, dài, mamma, è un corso di percussioni. L'idea, se ho capito bene, è che i tamburi ti aiutano a tornare al tuo ritmo interiore, se per qualche motivo l'hai perso.

Bene.

Bene che?

Mi sembra una cavolata, Oriki, ma ci sto.

L'indomani siamo andate al laboratorio. Abbiamo suonato tamburi giganteschi distribuiti dall'insegnante. Non ho sentito nemmeno per un attimo che mi «aiutava a tornare al mio ritmo interiore». Non esisteva la piú remota possibilità che tornassi al mio ritmo interiore prima di sapere cos'era successo a Ofer e prima che Matan ricominciasse a parlarmi. Ma l'insegnante mi piaceva: una specie di vichingo con i capelli lunghi raccolti in un codino, una maglietta a cui aveva tagliato le maniche e gli occhi un po' tristi; sembrava aver bisogno del laboratorio non meno di noi; e mi sono divertita, un piacere semplice, il contatto della mano con la pelle tesa sul tamburo e la precisa alternanza dei ritmi, e i momenti in cui lo stare in cerchio riusciva a creare un ritmo comune, che mi ha fatto sentire, per la prima volta dopo tanto tempo, parte di qualcosa, e i rari attimi in cui sono riuscita a lasciarmi andare alla musica, dimenticando i pensieri –

Piú di tutto ho goduto nel vedere l'entusiasmo della mia Ori. Si è alzata per ballare con il tamburo. Sollevava la mano in alto nell'aria per poi farla ricadere sulla pelle tesa neanche fosse Shlomo Bar degli Habrera Hativit.

Dopo il laboratorio sentivo di non poter tornare a casa con il corpo pieno di un desiderio senza destinazione, perciò siamo andate a bere qualcosa. O meglio, io ho bevuto, Ori era di turno al volante.

Cosí abbiamo inaugurato una specie di consuetudine. Ogni sabato pomeriggio si andava a suonare percussioni con Omri, il vichingo malinconico, su un tetto a Florentin, a Tel Aviv, poi si andava a bere qualcosa nel bar vicino. E ogni volta qualche ragazzo si avvicinava per attaccare bottone con Ori, che li sbolognava e poi mi spiegava che «non era ancora lí». Una volta un uomo piú maturo con una cicatrice da criminale sulla guancia ha attaccato bottone con me. E io ho usato proprio la sua frase. «Non sono ancora lí». Per tutta la strada fino a casa, io e Ori abbiamo riso dell'enigma di quella frase. Dove diavolo sarà mai quel «lí»? Eppure, nonostante le risate, sapevamo benissimo dov'era. A ogni modo, senza prendere una decisione ufficiale, abbiamo smesso di cercare Ofer.

Poi – era un sabato mattina, Ori dormiva ancora – ho ricevuto una telefonata dal collegio. L'educatore di turno ha detto, con una voce che voleva tranquillizzare ma trasmetteva ansia:

Suo figlio.

Lo stanno portando in ospedale.

Si è buttato dalla finestra.

Secondo piano.

Ho svegliato Ori e ci siamo precipitate da lui. All'inizio guidavo io, ma dopo che sono quasi passata a un incrocio con il rosso, frenando all'ultimo momento, Ori ha proposto di darmi il cambio e ho accettato, perché sentivo davvero che rischiavo un incidente. Per tutta la strada ho insultato in cuor mio e anche fuori dal cuore, in ebraico e insieme in spagnolo, il direttore del collegio *hijo de puta* che mi aveva convinta a lasciare che Matan si prendesse il suo spazio, a essere orgogliosa del mio pulcino che spiccava il volo. Spiccava il volo, *la puta madre*. Aveva spiccato il volo per buttarsi dalla finestra.

Al pronto soccorso ci hanno detto che Matan era stato trasferito al reparto di medicina interna. Terzo piano. Siamo corse all'ascensore, ma a quel punto Ori si è resa conto che non ci avevano detto quale padiglione di medicina interna, perciò ci siamo affrettate a tornare al pronto soccorso per verificare. Nel padiglione di medicina interna B ci ha accolte il dottor Caro. Mi ha fatto piacere che non si trattasse di un medico di primo pelo. Come puoi fidarti di un medico piú giovane di te? La buona notizia, signora Raz, ha detto il dottor Caro, è che suo figlio non è in pericolo di vita. Al momento abbiamo rilevato solo severe contusioni, stiamo controllando se ci siano danni agli organi interni, ma le probabilità sono minime –

Grazie a Dio, ho detto. Grazie a Dio. Che sollievo.

Il dottor Caro, che mi sembrava ogni momento piú simile a mio padre, si è fatto serio e ha detto, purtroppo l'emocromo ha rilevato un'alterazione nei livelli di acido glutammico e acido aspartico, tipica dei consumatori di ketamina.

Ketamina?

È la droga delle feste, mamma –

Ne è certo, dottor Caro? Perché Matan –

Avrete molto di cui parlare, quando si risveglierà.

Cosa significa «Quando si risveglierà?». È in coma?!

Non è in coma, è sotto effetto di una droga molto potente.

Ma entro quanto tempo dovrebbe passare l'effetto?

Si spera entro qualche ora.

Ci siamo sedute di fianco al suo letto a sperare.

Gli erano cresciuti i capelli. E aveva una barbetta nuova, alla francese. Il viso era un po' piú pieno.

Tutta la nostalgia che mi ero tenuta in corpo nei mesi in cui non aveva voluto vedermi è esplosa come un geyser.

Fanculo al «lasciargli il suo spazio». D'ora in poi niente piú spazio.

Mi sono chinata a baciarlo in fronte. L'odore dei suoi capelli era rimasto come quello di suo padre, il migliore del mondo.

Bambino mio, ho detto senza voce. Bambino mio.

Ori deve aver percepito che ero sopraffatta, perché ha posato la mano sulla mia, e con quella libera ha pescato dal telefono informazioni sulla ketamina e l'ha sistemato fra noi due cosí che anch'io potessi leggere: in origine, anestetico per cavalli. Chi ne fa uso entra in uno stato dissociativo. Perdita di senso della realtà. Stato di coscienza alterato. Sensazione di onnipotenza. Vale a dire che chi la assume crede di poter fare qualunque cosa. Parte dei consumatori non ha memoria di cos'è successo. Qualcosa di simile ai sogni. Il risveglio è lento e graduale. Il danno alle capacità cognitive può essere irreversibile.

Piú leggevo, piú mi rattrappivo nella mia sedia. In un sito c'era addirittura scritto che chi ne faceva uso rischiava al risveglio di non ricordare chi fosse. Cosa che mi ha dato un brivido di catastrofe dalla nuca lungo tutta la spina dorsale.

Sono uscita a fumare.

Ori mi ha seguita e ha chiesto una sigaretta.

Da quando fumi? Ero sorpresa.

Da adesso, ha risposto. E ha tossito subito dopo il primo tiro. Ricordandomi di colpo che era una bambina. Soltanto una bambina.

Non lo mandare nei polmoni, le ho detto. Aspira e poi buttalo subito fuori.

Ok, ha detto, e ha aspirato. E buttato fuori. E tossito. E poi mi ha guardato dritto negli occhi.

Non sapevo che Matan facesse uso di droghe, mamma. Se l'avessi saputo te l'avrei detto.

Certo, ho risposto. Non avevo dubbi.

Non ce la faccio a reggere, ha proseguito. E ha tossito di nuovo – le sono venute le lacrime agli occhi – se perderemo anche lui.

Non lo perderemo, ho affermato. E spento il mozzicone. Perché sentivo di non voler lasciare Matan solo per troppo tempo. Anche Ori l'ha schiacciato. E siamo tornate a sederci di fianco al suo letto.

Ori ha posato la testa su di me. Esausta di troppe sparizioni.

Le ho carezzato i capelli e mi sono sentita in colpa. Per aver permesso a Matan di andare in collegio. Per non aver insistito che tornasse a casa nel fine settimana. Per aver delegato Ori a fare da tramite nella comunicazione fra noi. Per aver continuato a dialogare con lui nella mia testa – ma non nella realtà. Per essermi limitata a lasciargli le scatole di plastica con le mie torte dal custode due volte a settimana invece di sfondare la sbarra all'entrata e raggiungerlo nella sua stanza. Per essermi raccontata che ognuno di noi affrontava la scomparsa di Ofer a modo suo, e il modo di Matan era scomparire a sua volta. Per essermi raccontata che era in buone mani, visto che il direttore era un caro amico di Ofer e che se ci fosse stato motivo di preoccupazione mi avrebbe sicuramente avvisata.

Mi sono preparata all'eventualità che Matan si risvegliasse azzerato; avrei dovuto ricordargli chi era.

Come a due-anni-e-il-ciuccio faceva le acrobazie sulle attrezzature al parco giochi, e le altre mamme prima andavano in ansia e alla fine applaudivano. Come a sei-anni-e-il-codino, mentre lo portavo al corso di capoeira, alla radio avevano trasmesso *Fino a domani* di Eviatar Banai; quando mi ero fermata al semaforo e l'avevo guardato nello specchietto retrovisore avevo visto che piangeva e chiesto, cos'è successo, Tani? E lui aveva risposto, mamma, questa canzone mi ha fatto uno stringi-cuore. E come a undici-anni-e-un-brufolo mi aveva bandita, per una settimana non mi aveva rivolto la parola, dopo avermi beccata a sbirciare nel suo diario. Come a tredici-anni-e-l'acne era scappato da scuola e aveva detto che non avrebbe piú messo piede in quella galera. E come a quattordici-anni-e-le-spalle-larghe aveva cominciato a prestare servizio volontario nell'associazione di Ofer e si era assunto la responsabilità di affiancare, seguendoli di persona e al telefono, ragazzi della sua età che volevano allontanarsi dall'ambiente religioso. Come a quindici-anni-e-la-voce-che-cambia aveva annunciato un giovedí che «della cena del venerdí si occupava lui», e poi messo in piedi una cena messicana completa, con tanto di *tacos*, fagioli neri, chili con carne e cocktail analcolici. E come a sedici-anni-e-il-cuore-spezzato (quella stronza di Hili Galili l'aveva tradito con il suo migliore amico) aveva deciso, ispirato da *Forrest Gump* (in famiglia l'abbiamo visto insieme talmente tante volte che mentre lo guardiamo iniziamo a recitare le battute, come durante il *Rocky Horror Picture Show*), di cominciare a correre senza piú smettere. E nonostante dopo qualche chilometro fosse passato a camminare, con grande sorpresa di tutti davvero non aveva piú smesso. Si era persino fatto crescere la barba. Come Forrest. Dormiva a casa di ex religiosi conosciuti tramite l'associazione. Nel giro di due settimane era arrivato a piedi fino a Ein Yahav, nel deserto del Negev, e a quel punto ci aveva telefonato per dire, basta cosí, obiettivo raggiunto, le gambe ormai gli dolevano piú del cuore. Lo potevamo andare a prendere?

Se Matan si risveglierà, non gli permetterò di dimenticare chi è, mi sono giurata come una bambina che fa patti con Dio. Ma quando Matan ha aperto gli occhi ha stretto la mano nella mia e ha detto con la voce di chi è perfettamente lucido, voglio andare a casa, mamma.

Dal suo rientro a casa sono passati quattro giorni prima che ci sedessimo a parlare sul serio. All'inizio si è rinchiuso in camera (quanto era stata saggia Ori ad ammonirmi di non toccare le sue cose, cosí se avesse voluto tornare si sarebbe sentito il benvenuto). Poi ha cominciato a fare delle capatine in cucina, per tagliarsi le verdure per un'insalata. Sbocconcellare la *halva* che avevo comprato per lui (insieme ai gelati, ai carciofi e all'ananas) come una sorta di dono di pace. Il mercoledí sono uscita in balcone a fumare, e pochi minuti dopo è uscito anche lui e si è seduto all'altro lato del tavolo costruito da Ofer. Posso? Ha indicato il pacchetto. Gliel'ho allungato trattenendomi dal chiedere, da quando fumi? Lui ha preso una sigaretta e l'ha accesa. Abbiamo osservato insieme il paesaggio: edifici straordinariamente somiglianti al nostro. Dopodiché ha commentato, ti donano cosí corti.

Non ho avuto alternative, ho detto. I miei capelli non avevano piú forma.

Poi ha detto, ascolta. Ed è rimasto in silenzio per molto tempo. È rimasto cosí tanto tempo in silenzio che ho temuto che alla fine, in leggero ritardo, fosse arrivato il danno cognitivo irreversibile –

Finché ha detto, ho avuto un momento, mamma. Durante il trip.

Mi sono trattenuta dal dire, alludi al momento in cui hai creduto di essere un delfino e sei saltato dal secondo piano dritto sul marciapiede?

Ho soffiato fuori il fumo. E si è girato a metà verso di me in segno di ascolto.

Sono riuscito a parlare con Dio, ha proseguito.

Oh no, ho pensato.

Non il Dio dei religiosi, si è affrettato a tranquillizzarmi. Non uno che dà comandamenti e regole, al quale bisogna rivolgere preghiere.

Esiste un Dio diverso?

Certo. Il Dio interiore. Quella voce dentro di te, che sa.

E cosa ti ha detto il Dio interiore? ho chiesto. Ben attenta a non suonare cinica.

Non essere cinica, mamma.

Non lo sono.

Matan ha schiacciato la sigaretta nel posacenere e solo a quel punto si è girato completamente verso di me.

Non mi sono comportato bene con te, mamma, ha detto.

Parli del coltellino a serramanico? ho chiesto. È comprensibile. Eravamo tutti sconvolti, ancora adesso siamo tutti sconvolti.

Non è questo, mamma. È un'altra cosa, e gli si è spezzata la voce.

Solo a quel punto ho capito che stava per rivelarmi un segreto. Che forse per tutto quel tempo era stato un segreto a dividerci.

Ho fatto uno sbaglio, ha detto.

In cuor mio stavo cominciando a intuire.

Ogni venerdí io e papà facevamo la spesa, vero?

Vero.

Ebbene, il venerdí prima che lui... entrasse nel frutteto, gli ho chiesto di rimanere ancora un pochino in macchina. E gli ho raccontato. Di quel Dan.

Capisco.

Non chiedermi come l'ho saputo.

Non te lo chiedo.

La cosa strana è che non è rimasto per niente turbato.

Caspita.

Mi ha detto, grazie dell'informazione, Mataniahu. Io gli ho risposto, insomma, papà, dài, non mi dire che non te ne frega niente. E lui ha continuato, nello stesso tono calmo, da quanto tempo lo sai? Gli ho risposto, due settimane. E lui ha detto, è un sacco, un tempo troppo lungo per portarsi dentro una cosa del genere, figlio mio. Hai fatto bene a condividerla. Hai fatto bene a toglierti questo peso dal cuore. Io ho insistito, adesso cosa farai? Parlerai con la mamma? E lui ha troncato il discorso, forza, prendiamo i sacchetti dal portabagagli. Ed è uscito dall'auto. Come sempre ha preso lui la maggior parte dei sacchetti. Dopo a cena l'ho osservato, in cerca di segni. Ma si è comportato in modo normale, vero?

Vero.

Ha persino fatto le sue «Riflessioni di un senza Dio».

Vero.

Allora mi sono detto che dovevo aver sbagliato. Potevi averglielo già raccontato tu. Non so. Ho sentito che al giorno d'oggi ci sono... accordi... fra le coppie –

Sí.

A ogni modo, sono andato a dormire abbastanza tranquillo. E poi, quando è scomparso –

Hai fatto due piú due.

Matan ha annuito e preso un tiro dalla sigaretta. E soffiato fuori dei cerchi che sembravano piú punti di domanda che cerchi.

Desideravo toccargli la testa e accarezzarlo, ma non ero sicura di come l'avrebbe presa. Perciò ho evitato.

E lui ha continuato, ancora adesso spero che sia semplicemente partito come Forrest Gump, mamma.

Magari, ho sospirato.

E siccome gli è cresciuta la barba nessuno lo riconosce. E un giorno semplicemente telefonerà da un qualche buco in Australia e dirà che è abbastanza –

Obiettivo raggiunto, le gambe ormai gli dolgono piú del cuore.

Esatto.

Non è sicuro che succederà, Tani.

Lo so, ma sognare è permesso. No, mamma?

Sognare è d'obbligo.

Matan mi ha chiesto un'altra sigaretta. Gliel'ho passata. Prima o poi gli dovrò raccomandare di non esagerare, mi sono detta. Prima o poi dovrò anche parlare con lui della ketamina. Prima o poi gli dovrò dire che ha rischiato di morire. Ma non adesso. Adesso è il momento di mordersi le labbra. Perché è tutto molto delicato. Perché lui sta mandando in avanscoperta verso di me le sue sospettose antennine da chiocciola. Una sola parola sbagliata da parte mia, un sorriso fuori posto – e si ritirerà nel suo guscio.

Insomma – ha schiacciato un altro mozzicone – quando ho parlato con Dio…

Quello interiore.

Quello interiore, sí, ho capito che ero furioso con te perché in realtà ero furioso con me stesso. Incolpavo te perché in realtà incolpavo me stesso.

Lampi di immagini: Ofer rifiuta di prendere lo spicchio di arancia che gli offro. Ofer mi posa la mano sulla spalla quando dico che ho la nausea per l'odore dell'Istituto per il monitoraggio delle acque reflue, e la mano preme leggermente, pesa un pochino piú del solito. E poi d'improvviso mi prende per mano. Perché mi ha preso per mano dopo che Matan gli aveva raccontato di Dan? Era possibile sapesse già che era l'ultima volta che camminavamo nei frutteti e voleva chiudere bene? Era proprio da Ofer voler chiudere bene. Anche quando licenziava un dipendente si preoccupava di trovargli prima un nuovo lavoro.

Non addossarti la colpa, Tani, l'ho pregato.

È facile da dire.

Finché non sappiamo cos'è successo, non è il caso di cercare colpevoli. E se si fosse trattato di un attentato? Se qualcuno avesse davvero voluto chiudere i conti con lui?

Credi che sia andata cosí, mamma?

Non so cosa sia successo. Ma ti posso dire che la conclusione della polizia non mi torna. Poteva essere un brutto momento per papà. Poteva davvero essere sconvolto da quello che… gli hai raccontato. Ma non credo che lui… si sia fatto del male. Se così fosse, perché non hanno trovato il corpo?

Ciao, Ori è sbucata dietro di noi. Buongiorno a tutti e due.

Come va, giraffa? ha chiesto Matan. Come te la passi, delfino? ha scherzato lei.

Questo pigiama ti ingrassa, ha detto lui.

Questa sigaretta ti appesta, ha ricambiato lei.

E io ho pensato, ma guarda, una cosa che prima non sopportavo – quelle frecciatine continue – adesso mi rende felice.

Quel sabato mi sono svegliata tardi, in casa aleggiava già profumo di cucina.

Un uomo in pantaloncini sportivi neri e maglietta bianca, candida, era ai fornelli, mi dava le spalle.

La nuca era quella di Ofer. I bei bicipiti spuntavano dalle maniche precisi a quelli di Ofer. Le scapole sporgenti erano similissime alle scapole di Ofer, da giovane.

Serve aiuto? ho chiesto a Matan.

Per niente, ha risposto e mi ha rivolto un mezzo sorriso. Il primo mezzo sorriso da un anno a quella parte.

Mi sono seduta a leggere i supplementi del giornale del fine settimana. Ofer adorava ricevere il giornale vero, stampato, di prima mattina, a casa, e leggerlo con il suo caffè di datteri. Non ce l'avevo fatta a cancellare l'abbonamento – cancellare l'abbonamento significava ammettere qualcosa che non ero disposta ad ammettere – d'altro canto non leggevo sul serio il giornale da un anno, anche adesso i miei occhi scorrevano le lettere senza registrare, i pensieri volavano dritto al fatto che prima o poi avrei dovuto parlare con Matan del futuro. Capire se intendeva tornare in collegio oppure no.

Nel frattempo si è svegliata Ori. Ha annusato il profumino. Si è presentata in cucina.

Serve aiuto? ha chiesto a Matan.

Per niente, ha risposto lui.

La *shakshuka* aveva esattamente il gusto di quella di Ofer. Non quasi. Non piú o meno. Non all'incirca. Esattamente. Bisogna sapere quanto peperoncino *pilpelchuma* aggiungere, ha risposto Matan alla domanda che Ori non osava porre per non dispiacermi.

Dopo colazione Ori ha tirato giú gli album e aperto il portatile e detto, mamma, io e il delfino abbiamo pensato di riguardare ancora una volta le fotografie e i racconti. Potrebbe venirgli un'illuminazione a cui tu e io non abbiamo pensato. Vorresti partecipare?

Cominciate senza di me, fra poco vi raggiungo, ho detto.

Ed era davvero mia intenzione.

Da quando Ofer è scomparso sono uscita a camminare soltanto nel nostro quartiere. Un giro dell'isolato. A volte due giri dell'isolato. Di piú non osavo. Anche questa volta non avevo previsto di allontanarmi, ma alla prima rotonda invece di continuare dritto ho girato a destra. E alla seconda rotonda invece di tornare indietro ho proseguito e poi imboccato il sentiero fra i giardini che unisce alcuni piccoli parchi giochi per circa un chilometro e poi s'immette nella strada principale, al di là della quale c'è il parco, al di là del quale c'è il cimitero dove è sepolto mio padre, e sempre quando ci passo vicino dico in cuor mio, ciao, papi, scusa se non ti ho detto piú spesso quanto ti volevo bene – dopo avere oltrepassato il cimitero ho capito di essere diretta verso i frutteti, una voce dentro di me mi ammoniva, cosa succederà a Ori e Matan se anche tu, ma io l'ho tacitata e ho continuato a camminare e sono passata davanti al maneggio e davanti ai latrati dei cani di guardia al maneggio. Ori aveva montato in quel posto per diversi anni, era bravissima, stava bella ritta in sella, cosí bella con il cap da cui si riversavano fuori i ricci, ma a un certo punto era diventata una faccenda competitiva, campionati e punteggi, e lei aveva detto, non mi piacciono le gare, e io avevo pensato che in questo somigliava a Ofer, perché io invece le gare le amo, mi piace vincere, e Ofer le aveva risposto, non c'è problema, Oriki, se preferisci puoi smettere di cavalcare –

ed eccomi alla sbarra davanti alla quale io e Ofer lasciavamo la macchina, in effetti qui ci sono parecchie auto nonostante mi abbiano raccontato che da quando Ofer è scomparso la gente ha paura di venirci, ma alla fin fine i runner sono tornati al loro percorso e i ciclisti sono tornati al loro percorso ed ecco anche me, chi ci avrebbe creduto, e di nuovo questo profumo di agrumi e i frutti sugli alberi, adesso nessuno mi sgriderà se li raccolgo ma io non li raccolgo, continuo solo a camminare mano nella mano con nessuno, penso che Ofer fra un attimo comparirà con la tuta e la maglietta bianca e dirà, allora, ti sei calmata? E spiegherà che lui non è affatto scomparso, sono io a essere scomparsa per un anno perché avevamo litigato e mi ero arrabbiata, ma adesso tornavo rappacificata, ed ecco la collina di spazzatura che in questo periodo dell'anno si riesce quasi a credere che sia davvero la collina dell'amore perché tutto è verde e fiorito –

alcune persone venivano nella mia direzione con i loro cani. Ofer avrebbe tanto voluto prendere di nuovo un cane, ma io non volevo un cane e non volevo un altro figlio, ne bastavano due, due sono uno piú dell'una che ero io, cosa ci posso fare se tu sei cresciuto in una famiglia con otto figli e questa per te è la norma? Allora almeno un cane, chiedeva, ma io gli avevo spiegato, da quando sono nati i bambini mi è passato l'entusiasmo per i cani, in me non risvegliano piú nessuna emozione, mi dispiace, ti sei sposato male, Ofer. Quante volte gliel'avevo detto, ti sei sposato male, Ofer. Per scherzare. Era il mio modo per tagliare le discussioni con una battuta, ma forse alla fine è andata proprio cosí, alla fine si è convinto di essersi davvero sposato male –

e adesso quell'odore dell'Istituto per il monitoraggio delle acque reflue, bisogna superare questi cento metri, respirare a fondo, respiri lunghi e profondi finché non si affievolisce e diventa sopportabile – una volta ho provato a seguire Ofer nello yoga, un ritiro in una villa in campagna con una vista spettacolare sul lago di Tiberiade, ma non sono riuscita a entrare nell'atmosfera, troppe quelle meditazioni, non riuscivo a fermare i pensieri molesti, anzi, i pensieri molesti aumentavano e lo yoga mi causava dolori lombari, e la cosa peggiore era il cibo, tutti quei germogli e quelle foglie che avevano guarito Ofer a me mettevano fame e alla fine, il sabato pomeriggio, mentre lui partecipava all'ennesima sessione, ho preso l'auto, sono andata all'autogrill e ho ordinato un hamburger –

ecco, ho già superato il culmine dell'odore nauseabondo, fra poco arriverò al punto in cui ci fermavamo a guardare le case del *moshav* e io pensavo e non dicevo, se avessimo investito in un appartamento dieci anni fa a quest'ora avremmo potuto comprarci una casa in questo *moshav*, e lui pensava e non diceva – in verità non so cosa, non ho idea di quali fossero i suoi pensieri, il suo mondo interiore si era man mano sprangato davanti a me nel corso degli anni – vieni, torniamo indietro, sento che mi dice, e quasi percepisco la sua mano sulla mia spalla, sulla destra ci sono ancora i pompelmi, allora non c'erano già piú i pompelmi, e proprio qui mi aveva dato la mano –

buongiorno, mi dice una donna comparsa davanti a me a passo piú veloce del mio. Buongiorno, le rispondo come se fossi Ofer, come se fossi la moglie americana di Ofer che gli aveva lanciato un coltello da cucina e dopo aveva anche cercato di investirlo con il 4x4 e lui l'aveva schivato proprio all'ultimo –

possibile che avesse smesso di fare l'amore anche con lei? Possibile che lei fosse arrivata in Israele e lo avesse aspettato fra gli alberi del frutteto, decisa ad andare fino in fondo questa volta? Che cosa può spingere una donna a lanciare un coltello da cucina addosso a suo marito? Lui sosteneva che era matta da legare, e in effetti nell'unica foto di lei che ho visto aveva uno scintillio selvaggio negli occhi, ma chissà se era vero, non ho mai sentito la versione di lei. Dopo che Ofer è scomparso nel frutteto le ho scritto su Facebook e lei mi ha risposto in inglese che le dispiaceva moltissimo, ma Ofer aveva sempre avuto la tendenza a dissolversi nel nulla, lui era cosí, ha scritto, *totally devoted* fino a che non gli esplodeva qualcosa dentro e allora svaniva senza nemmeno lasciarti due parole di addio, le ho risposto che la polizia non riteneva che fosse andata cosí e che comunque Israele non è un paese dove si scompare con tanta facilità, e lei ha scritto di nuovo che le dispiaceva e ha chiesto di avvisarla se ci fossero state novità, *please*, ma poi non si è nemmeno presa la briga di tenersi informata. Com'è possibile che persone un tempo cosí vicine diventino del tutto estranee, com'è possibile che persone che avevano l'impressione di essere vicine in realtà fossero del tutto estranee –

ma guarda, una musica. Senza che me ne accorgessi si è insinuata come sottofondo della mia passeggiata, adesso che comincio a tornare in direzione della città la sento piú forte – è trance, un rave. Da quanto tempo non andiamo a un rave nella natura, avevo detto a Ofer, dai tempi del Mar Morto, aveva risposto lui –

e dopo mi aveva dato il suo telefono e le chiavi della macchina ed era entrato nel frutteto –

mi inoltro esattamente nello stesso passaggio fra i filari in cui si è incamminato lui, la musica aumenta di volume, i bassi mi solleticano il corpo come mi stessi avvicinando alla festa e decido di proseguire in quella direzione – «decido» non è il termine giusto, sono le gambe a portarmi in quella direzione, un anno fa, ricordo, la musica era cessata ancora prima che arrivasse la polizia, nelle settimane successive avevo chiesto ripetutamente di verificare da dove proveniva, ma loro avevano detto di aver setacciato la zona e controllato tramite i loro informatori e non avevano rinvenuto indizi di un rave da quelle parti; le onde sonore possono ingannare, aveva detto l'investigatrice Tirza, può esservi sembrato di sentire una festa nelle vicinanze, ma in realtà era a Hadera –

calpesto frutta marcia e i rami piú sporgenti mi graffiano. Qualche giorno fa è piovuto e il terreno è ancora un po' fangoso, perciò le mie scarpe da ginnastica bianche man mano diventano marroni, ma non me ne importa, continuo a camminare seguendo i bassi che aumentano d'intensità e mi pulsano nel corpo come un secondo cuore, sul terreno non ci sono orme di Ofer ma ho la sensazione fortissima di trovarmi sulle sue tracce, che sia entrato fra gli alberi per fare pipí e si sia detto, ma sí, andiamo avanti un altro po', chissà cos'è questa festa, e poi sia stato attratto dalla musica perché la musica è l'amo in fondo alla canna da pesca –

e ha dimenticato che io ero ferma ad aspettarlo sulla strada, o forse non l'ha dimenticato, forse se ne ricordava eppure, come scelgo io adesso, ha scelto di proseguire –

ci siamo conosciuti a una festa, il giorno dell'Indipendenza, a Even Yehuda, nel giardino di una mia collega d'ufficio; quasi all'alba il DJ ha messo un brano di *Trainspotting* e Ofer si è buttato a ballare, calpestava l'erba senza badare a niente, la maglietta sempre piú fradicia di sudore, era evidente che la musica lo stregava, e io lo guardavo mentre ballava a occhi chiusi e pensavo come sarebbe stato andarci a letto, dopodiché mi sono presentata e gli ho augurato felice festa dell'Indipendenza e ho detto, non ho mai visto un uomo ballare cosí, e lui era imbarazzato, ha balbettato in una maniera che mi ha sciolto tutti i freni –

svolto a destra in uno dei sentieri fra gli alberi perché ho l'impressione di essermi, nell'ultimo minuto, allontanata dalla festa invece di avvicinarmi – l'investigatrice Tirza aveva ragione, le onde sonore possono ingannare – ma ecco che mi sto avvicinando di nuovo, il sentiero costeggia la collina di spazzatura a destra e passa davanti alla baracca degli operai thailandesi – ho sentito che dopo la scomparsa di Ofer la polizia ha fatto irruzione nella baracca e ha scoperto che erano immigrati illegali e li ha rispediti dritto filato in Thailandia, ma i runner sono tornati al loro percorso e i ciclisti sono tornati al loro percorso e quei thailandesi o degli altri thailandesi nuovi sono tornati al loro lavoro, le magliette stese fuori ad asciugare lo testimoniano, perché il loro datore di lavoro non gli procura delle asciugatrici, avrebbe senz'altro commentato Ofer –

Piú vado avanti, piú mi è chiaro che ha percorso questa strada prima di me, i bassi sembrano essere nuovamente vicini e adesso sento anche i tamburi, o per lo meno dei cimbali, passo davanti a un'arnia; che uno sciame di api abbia attaccato Ofer mentre raggiungeva la festa? È successo a mio padre, quando ci eravamo appena trasferiti in Israele non aveva lavoro e aveva sostituito un amico apicultore, aveva fatto un movimento sbagliato e le api lo avevano attaccato, lo avevano punto su tutto il corpo attraverso la tuta protettiva, era rimasto ricoverato in terapia intensiva per diversi giorni, e mia madre non faceva che ripetere a voce alta a chiunque venisse a trovarlo che era un inetto suo marito –

se le api avessero punto Ofer a morte rimarrebbe comunque la questione di dov'è il corpo, forse l'hanno fatto a pezzi i thailandesi, puro razzismo, puro razzismo, puro razzismo, persino i miei pensieri seguono il ritmo della musica sempre piú vicina, ogni volta mi pare di essere ormai arrivata e invece no, e d'un tratto una radura nel frutteto, esisterà poi davvero una radura in un frutteto? E su uno dei tronchi un cartello con una freccia che indirizza verso uno dei passaggi fra gli alberi, non c'è scritto «alla festa», non c'è scritto «al matrimonio», solo una freccia per gli adepti, potrebbe essere una di quelle feste per le quali ricevi una parola d'ordine al telefono e solo con quella puoi accedere –

m'incammino fra alberi di un frutto che non ho mai visto nella realtà, ne colgo uno, lo buco con il mignolo e succhio e succhio, il liquido comincia a scorrermi in corpo al posto del sangue, ad annebbiarmi la coscienza, e un'annunciatrice invisibile con la voce dell'insegnante di Talmud Hana Puterman mi detta le quattro parole le cui iniziali compongono *Pardès*, «frutteto»: *Pshat*, *Remez*, *Drash* e *Sod*[2] –

la festa è ormai vicinissima, ci sono quasi, i bassi fanno ballare i frutti marci per terra, e io mi affretto ma procedo piú lenta, i pantaloni mi tirano come se stessi correndo, ma tutto in slow motion –

e poi cambio di scena, in fondo al sentiero mi fissa una pantera, o qualcuno travestito da pantera, chiede la parola d'ordine, io non la conosco, la chiede di nuovo e provo con «Frida Kahlo», fa cenno di no con la testa e provo con «Pua Ochaion», fa cenno di no con la testa e dice che mi resta solo un ultimo tentativo, allora provo con «Indizio», fa cenno di no con la testa, io non ho indizi e gli dico, allora passo da un altro ingresso, cosa

2. *Pardès*, in ebraico, è composta solo da quattro consonanti, che sono anche le iniziali delle parole che indicano i quattro livelli di lettura e interpretazione della Bibbia: *Pshat* è il significato letterale, *Remez* il significato allegorico, *Drash* il significato esegetico narrativo e *Sod* il significato esoterico. (*N.d.T.*)

potete farmi? e risponde, a tutti gli accessi all'area della festa ti aspetta qualcuno come me, e io domando, sono tutti travestiti da pantera o ognuno è un animale diverso? Ma non mi sorride, dice, mi dispiace, signora, è una festa privata –

considero di cercare un sasso con cui spaccargli la testa, ma poi le conseguenze, considero di sedurlo e offrirgli le mie grazie, ma non sono certa che qualcuno sia interessato alle grazie di una signora di quarantadue anni e non sono sicura di padroneggiare ancora l'arte della seduzione, allora vado di verità dura e cruda e gli dico, ascolta, sto cercando mio marito, è successa una cosa brutta e io ho bisogno di averlo a fianco, so che è alla festa perché me lo ha detto, non lo disturberei se non sapessi che le prime ore sono cruciali, se non fosse davvero un'urgenza –

come faccio a sapere che non sei un'impostora? mi ha chiesto. Sono un'impostora, sono lí lí per rispondergli. Vedo e sono invisibile. Da un anno mi travesto da donna efficiente mentre dentro sono a pezzi –

poi capisco che lui intende chiedere se sono un'infiltrata della polizia –

e gli dico, tra la polizia e me non c'è piú nessun rapporto, quei deficienti sostengono che è altamente probabile che si sia suicidato, ma il mio Ofer non avrebbe mai fatto una cosa del genere –

glielo vedo negli occhi che è spaventato, e glielo vedo negli occhi che è ancora un bambino, e se è ancora un bambino allora posso –

immagina che tua madre stia cercando disperatamente tuo padre, gli dico, è una questione di vita o di morte, insisto e gli tocco il bicipite enorme, non una carezza maliziosa, una carezza materna –

lui si sposta di lato e dice, d'accordo. Mi allaccia al polso un braccialetto su cui è scritto «Eden» e mi intima, mi raccomando, signora, lo trovi ed esca subito!

entro, e per i primi attimi non vedo niente, solo alberi, fra due alberi è teso un tendaggio rosso da teatro, di quelli che calano quando lo spettacolo finisce e gli attori si sono già inchinati, mi avvicino al sipario e il cuore mi batte al ritmo della trance, i miei passi hanno l'andatura della trance, afferro il bordo della stoffa, lo tiro e ci metto qualche secondo a rendermi conto di cosa ho davanti –

sono tutti nudi, uomini e donne, non mezzi nudi, non tre quarti nudi, totalmente nudi e senza imbarazzo, corpi che si dimenano a ritmo di musica e sembra la fine del mondo, e sembra un campo di battaglia di una guerra mondiale –

qualcuno con delle macchie di sole a forma di cuore sulle guance mi si avvicina e mi dice, benvenuta, mi ordina di chiudere gli occhi e di tirare fuori la lingua, faccio quello che dice altrimenti scopriranno che non sono dei loro e perderò l'ultima occasione di sapere cos'è successo a Ofer, mi posa una pasticca sulla lingua e mi offre un bicchiere d'acqua e io butto giú senza sapere cosa, mi dice, ci vuole qualche minuto prima che faccia effetto, puoi darmi i tuoi vestiti, li porto al guardaroba, capisco che non ho scelta, devo spogliarmi del tutto, mi scoccia non essermi depilata ma non mi tiro indietro, sfilo la maglietta e il reggiseno sportivo e i pantaloni e le mutande, semplicissime, da quando Ofer è sparito non ho piú Victoria's Secret, e lui mi allunga un sacchetto di carta riciclata e io ci ficco dentro i vestiti, lo prende e mi chiede il mio soprannome per la festa, e io ovviamente rispondo Mercury Furter, e lui non fa una piega, mi augura divertiti, Mercury Furter –

e mi è chiaro come la morte che non posso starmene in disparte come facevo alle feste perché ero l'ultima arrivata in classe, quella appena immigrata dall'Argentina che sa ballare soltanto balli inutili come il *gato* e il *carnavalito*, perciò mi avvicino e cerco di inserirmi, all'inizio sono conscia della mia nudità e della nudità degli altri, come in quella spa a Berlino dove sono stata alcuni anni fa insieme a Ofer e sono scappata nel giro di mezz'ora perché sentivo che la mia pelle olivastra risaltava in modo spaventoso e tutti quei nazisti mi fissavano, stavano per dire *Juden Raus!*, ma pian piano la musica mi travolge e l'energia di tutta quella gente che balla mi trascina, mi dimeno insieme a loro senza pensare a come ballo, senza provare fastidio se di tanto in tanto un corpo sfiora un corpo, un calore sfiora un calore, forse siamo tutti un corpo unico che si agita e non singoli corpi isolati, un corpo unico con molte gambe e molti fianchi e molte braccia, ma se siamo un corpo unico, mi pulsa dentro la domanda, allora che corpo unico siamo, un corpo di uomo o un corpo di donna –

poi la pasticca comincia a fare effetto. Cioè, sulle prime non realizzo che è la pasticca, sento solo che qualcosa è cambiato nella mia testa come quando cambi le impostazioni del computer, e all'inizio non capisco in cosa consista il cambiamento, continuo a ballare al ritmo della trance che si è fatta un pochino piú lenta, ammalia il corpo unico che si contorce in modo piú sensuale, piú voluttuoso, cerco con gli occhi la postazione del DJ e non la trovo, a quanto pare *God is a deejay*, devo essere arrivata in paradiso e la pasticca che mi hanno posato sulla lingua è la mela e fra un attimo per tutti noi arriverà la cacciata e io sono sia Adamo sia Eva sono Adeva –

mi accorgo che vicino agli uomini sempre piú addossati a me sono una donna e vicino alle donne che ballano sempre piú addossate a me sono un uomo, non c'è genere e non c'è confine, c'è un passaggio libero, il corpo non cambia forma, ma la sensazione interiore è fluida, *se uomo, che sia donna, se donna, che sia per favore*, c'è un pulsante che posso schiacciare facilmente e cosí passo da un lato all'altro, passo dal sentirmi del tutto donna al sentirmi del tutto uomo, e noto che quando sono uomo sto meno all'erta, casomai un pericolo dovesse arrivare, un colpo umiliante, mentre si apre in me la possibilità di deflagrare –

e giusto quando mi si scatena la curiosità di come sia fare sesso cosí –

sento una mano che prende la mia e uno, forse una – non mi è del tutto chiaro e neppure mi interessa, non guardo in basso per controllare – qualcuno mi porta via con sé, ci distacchiamo dal corpo multiplo e ci allontaniamo dalla musica finché si attutisce, finché arriviamo a due alberi vicini tra cui è teso un tendaggio viola, e lui o lei scosta il tendaggio e appare uno spiazzo circondato da ogni parte da cespugli, per terra c'è una stuoia, di quelle che stendevo per Ori e Matan al parco quando erano piccoli, e lui o lei si sdraia sulla stuoia e mi fa segno di distendermi anch'io, ho un secondo di esitazione, in fondo ho ancora la fede al dito, sono ancora sposata con Ofer e ancora non so dove sia finito, ma dico a me stessa, lasciati andare, è l'unico modo per scoprire cosa gli è successo, quando mi sdraio lui o lei chiede se questa volta voglio essere uomo o donna e per un attimo tentenno –

poi rispondo, uomo. Visto che si presenta l'occasione, perché no? A quel punto inizia l'amplesso, è questa la parola, non è sesso, è un amplesso con movenze lente e poi veloci e poi velocissime. Sento che sono un uomo, voglio dire, il mio corpo è ancora un corpo di donna, ma sento che in questo sesso io sono l'uomo, io sono quella arrapata come un uomo, io sono quella che mira all'obiettivo come un uomo, io sono quella che penetra come un uomo, sono quella che gode come un uomo, non eiaculo ma l'orgasmo non somiglia per nulla agli orgasmi che conosco, è piú rapido ed esplosivo, e dopo sono completamente svuotata, non ho energia per un altro giro, e solo per lui o lei muovo il bacino ancora un po' fino a che –

dopo che è finita sento una pulsione prepotente, proprio sessuale, a ricevere una spiegazione e capire cosa diavolo sta succedendo, e lui o lei fa spallucce e dice che non ne ha idea, ma il gesto è troppo affettato, perciò insisto a domandare, e chi ne ha idea, chi? E lui o lei risponde, forse Dio, e io chiedo di portarmi subito da lui perché la pulsione a ricevere una spiegazione è ormai cosí forte che mi dolgono i testicoli –

e lui o lei acconsente e mi dà la mano per farmi alzare, sono ancora un po' fiacca per via dell'orgasmo maschile che mi ha svuotato, ma l'anima smania di sapere perciò mi trascino dietro quella mano, ci riavviciniamo alla trance, siamo di nuovo dentro al corpo multiplo, gli afrori del sudore mi solleticano le narici, quanti odori di sudore mi solleticano le narici, e nel cuore del corpo multiplo si trova, di tutte le persone possibili, Omri, il vichingo malinconico, con i capelli sciolti, lunghi e belli come quelli di una donna, un grande tamburo appeso al collo, lo picchia con forza, improvvisando sul ritmo della trance, e io mando a lui il pensiero, ciao, come stai, e lui manda a me il pensiero, non è facile aspettare, e io mando a lui il pensiero, non è facile nemmeno non aspettare, nessuno di noi due apre bocca, ci parliamo solo tramite i pensieri, comincio a ballare davanti a lui come ballavo una volta, ai rave in riva al Mar Morto, fregandomene di tutto, a occhi chiusi, e quando li apro dopo un attimo compare il dottor Caro che con un piccolo inchino mi chiede, *may I?* Io accetto e lui mi prende delicatamente la mano e balliamo un valzer, lento, solenne, come quello di un padre con la figlia il giorno del suo matrimonio, come mio padre con me il giorno del mio matrimonio, e io stupita gli sussurro all'orecchio, come, anche lei qui? E lui risponde, ma certo, Heli, siamo tutti qui, questa è la festa finale, e mi stringe a sé, un po' troppo a sé, e volteggiamo attraverso tutto il corpo multiplo, attraverso tutte le braccia e i colli, e usciamo dall'altra parte, ci inoltriamo in un sentiero di frammenti di marmo, strati su strati di schegge di marmo puro che si schiacciano sotto i nostri piedi, e alla fine del sentiero si erge una capanna simile alla capanna di un bagnino, ma molto piú alta, e c'è una scala per salire, e il dottor Caro mi libera dalla stretta troppo forte e mi dice, da qui prosegue da sola, signora Raz, e io poso il piede sul primo piolo per verificare che sia stabile e comincio ad arrampicarmi, ma ogni volta che salgo di un piolo ne appare un altro in cima – salgo di uno, e subito se ne aggiunge un altro, allora comincio a salire piú in fretta per anticiparlo, ma non serve, perché anche i nuovi pioli appaiono piú in fretta, finché cedo, mi fermo, smetto di tentare, e proprio allora la scala si trasforma in una scala mobile e mi porta su –

nella capanna del bagnino c'è una DJ che è Dio, e Dio che è una DJ, in effetti è logico, chi controlla la colonna sonora controlla il mondo, e la DJ ha dei pantaloni bianchi svolazzanti e una camicia nera e una postazione con due piatti e un portatile e tutta la strumentazione necessaria, e grosse cuffie nere alle orecchie e una visuale perfetta sul corpo multiplo per osservare di preciso che effetto produce la musica, e non si è nemmeno accorta che sono entrata, sta giusto introducendo una traccia nuova, sta giusto facendo quella cosa che fanno i DJ, passa insieme i due brani per preannunciare il cambio in arrivo, perciò aspetto che il cambio della guardia fra le tracce si concluda –

solo allora le tocco una spalla, lei si gira e non pare stupita, anzi, sembra che mi stesse aspettando, non come si aspetta una buona notizia, come si aspetta il giorno del giudizio, si leva le cuffie e mi saluta, ciao, Heli, e io rispondo, ciao, e aggiungo, voglio sapere cos'è successo al mio Ofer, e lei fa un sorriso marcio e dice, se te lo racconto poi ti dovrò uccidere, e io penso, correrò il rischio, e lei sente il mio pensiero benché non l'abbia espresso e dice, sono seria, e io ribatto, anch'io sono seria –

cambio di scena e lei scoppia a piangere, lei è Dio che piange e l'acqua piove sul mondo e sulla festa, e il corpo multiplo sotto di noi sguazza nel fango come a Woodstock, ma non smette di ballare, nemmeno per un secondo, al ritmo del tamburo di Omri, e lei mi dice, mi dispiace tantissimo, non puoi immaginare quanto mi dispiace –

e io dico, smettila di dispiacerti e comincia a raccontare –

e lei dice, è entrato nella festa che si è tenuta qui esattamente un anno fa, non aveva l'invito, ma uno dei controllori era un ex religioso che lo conosceva perciò l'ha lasciato entrare, all'inizio era un po' frastornato, come tutti, ma ci ha messo poco per lasciarsi andare, ha ballato per ore mettendoci l'anima, ballava senza freni, si è buttato totalmente nella danza, come se aspettasse da anni l'occasione di scatenarsi, poi l'ho visto che si allontanava verso una delle stuoie con un uomo e poi con un secondo e poi è crollato in mezzo alla pista, magari la pasticca non gli ha fatto bene, dopo ho letto che soffriva di una malattia rara perciò forse è stato per quello, non ci sono noti tutti gli effetti collaterali della pasticca, per questo siamo cosí selettivi –

non selettivi a sufficienza, a quanto pare –

abbiamo sempre un paramedico a disposizione, ha provato a rianimarlo, ma fin da subito è stato chiaro che non c'era niente da fare e non potevamo informare nessuno, capisci?

no, non capisco.

non potevamo informare nessuno perché questa festa non esiste e questa pasticca non esiste e non ci possiamo permettere di trovarci addosso la polizia a fare domande –

ma perché?

perché la pasticca non è legale e il laboratorio dove è prodotta non è legale, e il fatto che chi la prende si possa sentire sia uomo sia donna, senza rinunciare a nessuna possibilità, non è gradito a nessun governo del mondo, e men che meno alle autorità religiose –

perché? Di cos'hanno paura?

non capisci quanto è rivoluzionario, Heli? Quanto questa libertà di muoversi fra i sessi rappresenti una sfida contro l'ordine prestabilito?

ma Ofer dov'è?! Perdo la pazienza. Al diavolo l'ordine prestabilito. Cos'avete fatto del corpo di mio marito?

è in un buon posto, Heli.

cosa significa, «è in un buon posto»?

non posso dirti di piú.

ma perché non avete cercato un modo per avvisarmi? Vi rendete conto di cos'ho passato in quest'anno?

Dio abbassa la testa in imbarazzo e dice, mi dispiace, mi dispiace tanto, ma adesso sono costretta a ucciderti –

sfila un coltellino dalla manica –

ma prima che abbia il tempo di estrarre la lama e tagliare l'arteria in rilievo sul mio collo salto giú dalla capanna alta alta e atterro morbidamente al suolo, come un gatto, e una potente grandine apre il cielo, mi alzo e scappo a perdifiato sotto la pioggia battente, non mi volto a guardare, ma so di essere inseguita da un branco di pantere, sento che guadagnano terreno, corro e corro e corro tra gli alberi, mi graffio e inciampo e mi alzo e mi graffio, il succo delle arance mi cola fra le cosce, fino alle caviglie, finché non ce la faccio piú, finché le forze mi abbandonano, finché le gambe cedono e incespico, finché basta –

*Marzo 2018*

Quando ho aperto gli occhi, Ori e Matan erano chini su di me.

Mi sono tastata il corpo con le mani come quando cerchi il portafogli.

Ero vestita.

In lontananza sentivo cinguettare gli uccelli.

Non sentivo la musica del rave.

Cos'è successo? ha chiesto Ori.

Non lo so, ho detto.

Ti puoi alzare? ha domandato Matan.

Ci posso provare, ho detto.

Ognuno di loro mi ha preso per un braccio e mi hanno sollevato con delicatezza.

Amori miei, ho detto.

Va tutto bene, mamma? mi ha chiesto Matan.

Papà è morto, ho detto.

Ma mamma, Ori ha cercato di protestare, finché non si troverà il corpo non potremo essere sicuri –

Papà è morto, ho ripetuto. Lo so.

Non hanno obiettato e non hanno detto che ero pazza e non hanno chiesto come lo sapevo. Sono rimasti in silenzio a lungo. Poi ci siamo abbracciati tutti e tre in mezzo al frutteto. Un abbraccio goffo, perché abbracciarsi in tre è scomodo. E ho pensato, c'era una volta una famiglia, e adesso non è piú com'era, è qualcos'altro.

Mentre tornavamo a casa Ori ha acceso la radio e c'era di nuovo quella canzone, *Sono tornato a casa dopo vent'anni / a prima vista nulla è cambiato.*

Sapevo che alla fine della prima strofa sarebbe arrivato il ritornello che per me era pericoloso ascoltare, ma non ho spento la radio. Ho lasciato arrivare il dolore. Ho lasciato che il dolore insopportabile mi attraversasse.

Dopo siamo entrati in casa e Ori era occupata con una videochiamata con il suo ragazzo, e Matan era occupato con una telefonata con un giovane ultraortodosso bisognoso di sostegno, il suo tono compassionevole era preciso identico a quello di suo padre.

Allora ho acceso il computer. Sono entrata nel blog di Mercury Furter. E ho scritto la storia mancante. L'ultimo racconto del progetto centoventi per cento.

Avevo le parole pronte in testa già da molto tempo, dovevo solo fare copia incolla dalla testa al foglio.

*Buco*

*Nella maglietta bianca di sua moglie – la polizia gliel'ha consegnata dopo aver deciso di archiviare il caso di scomparsa per mancanza di prove – c'è un buco. Vicino al cuore. Lo strappo dev'essere stato provocato da un ramo d'albero: sua moglie non avrebbe mai indossato una maglietta bucata. Nemmeno per una passeggiata tra i frutteti il sabato mattina. Da quando l'ha notato la prima volta, non è piú riuscita a non vederlo. Se prende la maglietta dal sacchetto di plastica per sentire nostalgia, non può non vedere che manca quello che avrebbe dovuto stare dove c'è il buco. Ha impiegato anni a capire che un buco è anche qualcosa attraverso cui si può vedere.*

Una volta terminato di scrivere ho selezionato «conteggio parole» per controllare che fossero precisamente centoventi. Incluso il titolo. Sapevo che per Ofer era importante quell'estetica.

Poi sono entrata nel blog di Mercury Furter e ho pubblicato il racconto.

Pur sapendo che non avrei scritto mai piú, per un momento ho capito la consolazione che Ofer aveva trovato nella scrittura. Come gli avesse permesso, per tutto quel tempo, di tollerare la rinuncia.

## Ringraziamenti

Questo libro è stato scritto quasi per intero nei giorni del doloroso distanziamento sociale e delle grandi limitazioni alla libertà di movimento. Ma l'immaginazione non si può imprigionare. Piú il mio mondo reale si rattrappiva, piú il mondo dei miei personaggi si ampliava, e ho avuto bisogno di rivolgermi a diversi esperti perché mi aiutassero ad approfondire nuovi campi del sapere in cui muovevo i miei primi passi esitanti.

Desidero ringraziare il dottor Alex Eshel, il dottor Yossi Hasson, la dottoressa Yael Yagel, la dottoressa Lian Rabinovich e il dottor Uri Rozen per avermi offerto uno spaccato del mondo interiore dei medici e permesso di conoscere la vita quotidiana in diversi reparti di un ospedale.

Grazie al dottor Uri Inbar per la consulenza genetica, all'avvocato Tal Brenner per la consulenza legale, ad Avi Leibowitz per la musica e a Ya'ara Nevo per i colori.

Grazie ai miei primi sei lettori: Noga Ashkenazi, Moshe Ben Yochana, Orit Ghidli, Tali Wolf, Yotam Tulub, Moran Levi-Moses – ognuno di voi ha illuminato per me un diverso punto cieco.

Grazie a Hila Blum, la mia editor – solo noi due sappiamo quanto la versione iniziale di quest'opera fosse… iniziale, e quanto i tuoi commenti siano stati indispensabili per trasformare lettere morte in immagini vive.

L'ultimo grazie è per Anat, moglie amata, che è per me Pshat, Remez, Drash e Sod, ogni significato della mia vita.

Stampato per conto di Neri Pozza Editore, Vicenza
da Grafica Veneta S.p.A., Trebaseleghe (PD)
nel mese di febbraio 2022
Printed in Italy

Questo libro è stampato col sole

Azienda carbon-free